KB007649

대위의 딸

대위의 딸

초판 1쇄 발행 | 2018년 8월 31일

지은이 알렉산드르 세르게예비치 푸시킨
옮긴이 이영의
발행인 이대식

편집 김화영 나은심 손성원 김자윤
마케팅 배성진 박상준 **관리** 이영혜
디자인 모리스

주소 서울시 종로구 평창길 329(우편번호 03003)
문의전화 02-394-1037(편집) 02-394-1047(마케팅)
팩스 02-394-1029
홈페이지 www.saeumbook.co.kr
전자우편 saeum98@hanmail.net
블로그 blog.naver.com/saeumpub
페이스북 facebook.com/saeumbooks
인스타그램 instagram.com/saeumbooks

발행처 (주)새움출판사
출판등록 1998년 8월 28일(제10-1633호)

ISBN 979-11-89271-20-6 03890

대위의 딸

Капитанская дочка

알렉산드르 세르게예비치 푸시킨
이영의 옮김

새움

차례

일러두기

1. 이 책은 러시아 아카데미에서 출간한 푸시킨 전집(А. С. Пушкин, Полное собрание сочинений в шестнадцати томах., Т. 8. Романы и повести путешествия(М.,; Л., АН СССР, 1937-1959)을 원본으로 삼아 번역했다.
2. 등장인물들의 이름 및 지명의 표기는 국립국어원의 외래어 표기법에 따르되, 현재 널리 쓰이는 표기법을 참고했다.
3. 본문 중 설명이 필요한 부분은 〈역자노트〉 속에 각각의 번호를 달아 미주로 정리했다.

명예는 젊어서부터 지켜라.

속담

제1장

근위 중사

"그는 내일 당장, 근위 대위를 해도 될 텐데."
"그럴 필요 없네. 일반 부대에 근무하게 그냥 내버려 둬."
"그게 좋겠네! 고생 좀 하게 내버려 두지 뭐……."

. . . .

"그건 그렇고 그의 부친이 누구지?"

크냐즈닌

◆◆

나의 아버지 안드레이 페트로비치 그리뇨프[2]는 젊은 시절, 미니흐 백작[3] 휘하에서 복무하다 17○○년[4]에 중령으로 퇴역했다. 그 후 아버지는 영지가 있는 심비르스크에 정착해, 그 지방의 가난한 귀족의 딸 아브도치야 바실리예브나 U.와 결혼했다. 슬하에 모두 아홉 자녀를 두었지만, 나 외에는 모두 어려서 죽고 말았다. 나는 가까운 친척이었던 근위대 소령 B. 공작의 도움으로 어머니 배 속에서부터, 세묘노프스키 부대[5]의 중사로 등록되어 있었다.[6] 만에 하나 어머니가 모두의 기대를 저버리고 딸이라도 낳았더라면, 아버지는 이 세상에 태어나지도 않은 중사의 사망 신고서를 냈을 테고, 사건은 그것으로 마무리되었을 것이다. 아무튼 나는 학업을 마칠 때까지는 휴가 중인 것으로 처리되었다. 그 당시만 해도 우리는 지금과 다르게 교육을 받았다. 나는 다섯 살이 되던 해부터 마부였던 사벨리치의 손에 맡겨졌는데, 그는 바른 행실 덕분에 나의 시중을 들게 되었다. 나는 그의 감독 아래, 열두 살이 되던 해에는 러시아어 문법을 다 익히고, 보르조이 수캐의 특성을 완벽하게 감별할 줄도 알게 되었다. 그해, 아버지는 나의 가정교사로 므슈* 보프레라는 프랑스인을 고용하게 되었는데, 그는 일 년분 포도주와 프로방스 올리브유와 함께 모스크바에서 초빙되어 왔다. 사벨리치는 그의 등장을 몹시 못마땅해했다. "하느님 덕분에, 우리 도련님은 아무 탈 없이 내가 잘 씻기고, 빗기고, 먹이고 있고." 그는 이렇게 혼잣말로 중얼거리곤 했다. "더구나 집안에 딱히 손이 부족한 것도 아닌데, 무엇 때문에 그를 불러들여 쓸데없이 돈을 낭비하는지, 원!"

보프레는 자기 나라에서 이발사를 하다가 나중에는 프로이센에서 군 복무를 했고, 그 말의 의미도 모른 채, '가정교사가 되려고'[7] 러시아에 왔다. 그는 선량한 청년이었지만, 한편으론, 몹시 경박하고 방탕하기도 했다. 그의 가장 큰 약점은 예쁜 여자만 보면 사족을 못 쓰는 것이었는데, 그는 아무나 찝쩍거리다가 뭇매를 당하고 하루 종일 끙끙 앓아누운 적이 한두 번이 아니었다. 그뿐 아니라, 그는 (본인의 표현대로) '술병의 적'이 아니라고 했는데, 그 말은 (러시아식으로 표현해) 진창이 되도록 술을 마시는 사람이라는 뜻이었다. 그러나 안타

* 프랑스어 monsieur로 '…씨'를 의미.

깝게도 우리 집에서는 점심 식사 때나 겨우 포도주가 작은 술잔에 한 잔씩 나올 뿐이었고, 그나마 선생에게까지 돌아가는 일은 드물었다. 그래서 우리의 보프레 선생은 러시아 과실주에 길들여지게 되었고, 나중에는 과실주가 위장에 훨씬 좋다며 자기 나라의 포도주보다 더 애호하게 되었다. 우리는 금세 친해졌다. 계약상으로 그는 프랑스어, 독일어, 그리고 기타 분야를 가르치기로 했지만, 나를 가르치기는커녕, 나한테서 우선 러시아어를 그럭저럭 좀 배운 뒤에는, 각자 자기 일에 열중하게 되었다. 우리는 서로 마음을 터놓고 지내게 되었다. 나에게 다른 선생은 전혀 필요하지 않았다. 그러나 오래지 않아 운명은 우리를 갈라놓고 말았는데, 이런 사정 때문이었다.

하루는 세탁 일을 맡아 하는 뚱뚱한 곰보 하녀 팔라시카와 젓 짜는 일을 맡아 하는 애꾸눈 하녀 아쿨리카가 약속이라도 한 듯, 동시에 우리 어머니를 찾아와 발아래 꿇어 엎드려, 자신들이 저지른 잘못을 사죄하고 순진한 자신들을 꾀어낸 보프레를 원망하며 울었다. 그런 일을 절대 그냥 넘기실 분이 아닌 어머니는 바로 그 사실을 아버지에게 전했다. 아버지는 지체 없이 해결에 나섰다. 아버지는 당장에 못된 프랑스 놈을 불러오라고 했다. 하인들이 지금 므슈는 수업 중이라고 보고했다. 아버지가 직접 내 방으로 들이닥쳤다……. 이때, 보프레는 침대에 누운 채 세상모르고 자고 있었다. 나는 또 나대로 다른 일에 열중해 있었다. 여기서 미리 얼마 전에 나의 학습을 위해 모스크바에서 주문해 온 지도가 하나 있었다는 것을 말해 두어야 할 것 같다. 한동안 아무 쓸모도 없이 벽에 걸려 있던 이 지도는 크고 반질반질한 질감의 종이로 만들어져 있어서, 오래전부터 나는 이 지도에 눈독을 들이고 있었다. 마침 보프레가 잠든 틈을 이용해, 이것으로 연을 만들기로 하고 드디어 작업에 착수했다. 내가 희망봉이 있는 지점에 보리수로 만든 연 꼬리를 막 붙이려는 순간, 아버지가 방 안으로 들어섰다. 나름의 지리 공부에 열중한 내 모습을 본 아버지는 냅다 내 귀를 잡아당기고는, 이어서 보프레에게 달려들어 사정없이 그를 흔들어 깨우며 욕설을 퍼부었다. 보프레는 당황해서 일어나려고 안간힘을 썼지만, 몸이 말을 듣지 않았다. 가련한 프랑스인은 완전히 취해 있었던 것이다. 일곱 가지 악에 답은 하나. 아버지는 그의 멱살을 잡아 침대에서 일으켜 세우고는, 문밖으로 끌어내 그날로 내쫓아 버렸다. 사벨리치의 기쁨은 이루 형언할 수 없었다. 하지만 그날로 내 공부도 끝장나고 말았다.

나는 비둘기나 쫓고, 농노 아들들과 말타기 놀이나 하면서 하릴없이 세월을 보냈다. 그사이 열여섯 살이 되었다. 그때 나의 운명에 중대한 변화가 생겼다.

어느 가을날 어머니는 거실에서 꿀을 넣은 잼을 만들고,

나는 그 옆에서 입맛을 다시며 부글부글 끓는 거품을 보고 있었다. 아버지는 창가에 앉아 해마다 받아 보는 궁중연감[8]을 읽고 계셨다. 궁중연감은 언제나 아버지에게 큰 영향을 미치곤 했다. 아버지는 항상 연감을 꼼꼼하게 읽었고, 다 읽고 나면 몹시 흥분하곤 했다. 아버지의 그런 습관과 버릇을 잘 알고 있었던 어머니는 꺼림칙한 연감을 가능하면 손이 닿지 않는 곳에 숨겨두려고 애썼고, 어느 때는 몇 달이 지나도록 아버지의 눈에 띄지 않을 때도 있었다. 그러다가 우연히 궁중연감을 발견하기라도 하는 날이면, 아버지는 몇 시간이고 손에서 그것을 놓지 않았다. 그날도 아버지는 연감을 읽으며 이따금 어깨를 들썩이기도 하고, 입속말로 "육군 중장이라! 이 사람은 내 중대의 중사로 있었던 사람 아닌가! 러시아 최고 훈장[9]을 두 개나 받았단 말이지! 우리가 헤어진 지가 그렇게 오래되었나……."라고 중얼거렸다. 마침내 아버지가 읽고 있던 궁중연감을 소파에 휙 집어던지고는 침울한 표정으로 생각에 잠겼는데, 그것은 아무래도 좋은 징조가 아니었다.

아버지가 어머니를 향해 갑자기 말문을 열었다. "아브도치야 바실리예브나! 우리 페트루샤*가 올해 몇 살이오?"

"올해로, 열일곱 살이 됐어요." 어머니가 대답했다. "그러니

* '페트루샤'와 뒤에 나오는 '페트루신' 모두 화자의 이름인 '표트르'의 애칭이다.

까 그때가 나스타샤 게라시모브나 고모님이 한쪽 눈을 못 쓰게 된 해였고, 또 그때…….”

“됐어요.” 아버지가 어머니의 말을 가로막았다. “이젠 이 녀석도 군대에 갈 나이가 됐군. 쓸데없이 여자애들 꽁무니나 따라다니고, 비둘기 집에나 기어오르는 짓은 이제 그만할 나이가 됐어.”

나와 헤어질 날이 가까워졌다는 생각에 가슴이 철렁한 어머니는 순간 냄비에 숟가락을 떨어뜨렸고 눈물이 뺨을 타고 주르르 흘렀다. 그러나 나는 이루 말할 수 없이 기뻤다. 군에 입대한다는 사실은 나에게 해방감과 페테르부르크 생활의 즐거움을 연상시켰기 때문이다. 근위대 장교가 된 내 모습을 상상하며, 그것이야말로 인생 최고의 행복이라고 생각했다.

아버지는 계획을 변경하거나 뒤로 미루는 성격이 아니었다. 그 즉시 출발 날짜가 결정되었다. 떠나기 전날 저녁, 아버지는 앞으로 나의 상관이 될 분에게 같이 편지를 쓰자면서 펜과 종이를 가져오라고 했다.

“안드레이 페트로비치! B. 공작에게 제 안부 인사를 꼭 전해 주세요.” 어머니가 말했다. “그리고 우리 페트루샤를 잘 부탁한다고도 써 주세요.”

“무슨 쓸데없는 소리요!” 아버지가 얼굴을 찌푸리며 말했다. “무엇 때문에 내가 B. 공작에게 편지를 쓴단 말이오?”

"당신이 지금 페트루샤의 상관에게 편지를 쓴다고 하지 않았어요?"

"그렇소, 그런데 그게 그 사람과 무슨 상관이오?"

"아니, 페트루신의 상관이 바로 B. 공작 아닌가요? 페트루샤가 바로 세묘노프스키 부대에 등록되어 있잖아요."

"등록은 무슨! 이 녀석이 등록이 되었든 안 되었든 내가 알 바 아니오! 페트루샤는 페테르부르크로 가지 않을 거요. 페테르부르크에서 근무를 해서 도대체 무얼 배우겠소? 돈이나 헤프게 쓰고 못된 짓이나 배우지. 절대 안 될 말이오. 이 녀석은 전방에서 근무를 해야 해요. 그곳에서 고생도 하고 화약 냄새도 맡으면서, 한량이 아닌, 진짜 군인이 되어야 한단 말이오. 허 참, 근위대에 등록이 되어 있다고? 이 녀석 신분증 어디 있소? 그거나 이리 가져와요."

어머니는 내가 세례를 받았을 때 입었던 옷과 함께 그녀의 귀중품함에 넣어 두었던 신분증을 꺼내 떨리는 손으로 아버지에게 건네주었다. 아버지는 그것을 받아 들고, 찬찬히 읽은 다음, 책상 한가운데 내려놓고는 편지를 쓰기 시작했다.

나는 몹시 호기심이 동했다. 페테르부르크가 아니면 도대체 나를 어디로 보낸다는 것일까? 나는 천천히 편지를 써 내려가는 아버지의 펜에서 눈을 떼지 못했다. 마침내 아버지는 편지를 다 쓰고 봉투에 신분증과 편지를 넣어 봉하고는 안경을 벗고, 나를 불러 말했다.

"자, 내 오랜 동료이자 친구인 안드레이 카를로비치 R.에게 보내는 편지다. 너는 오렌부르크로 가서 이분 휘하에서 근무하도록 해라."

이렇게 나의 모든 화려한 꿈은 산산조각이 나고 말았다! 즐거운 페테르부르크에서의 생활 대신 한적하고 무료한 시골 벽지에서의 삶이 나를 기다리고 있는 것이다. 조금 전까지만 해도 기대에 부풀었던 군 복무가 이젠 견디기 힘든 불행으로 변해 버렸다. 그렇다고 아버지의 말을 거역할 수도 없는 노릇이 아닌가! 다음 날 아침 일찍, 여행용 포장마차가 현관 앞에 대기하고 있었다. 포장마차에는 트렁크와 차 끓이는 주전자며 찻잔 등속이 든 작은 가방, 그리고 이젠 집안의 응석받이에게 마지막 기념이 될 빵과 피로그* 꾸러미 등이 실려 있었다. 부모님이 나에게 축복을 빌어 주었다. 아버지가 말했다. "잘 가거라, 표트르. 충성을 다해 복무해야 한다. 상관의 명령에 절대복종해야 하지만 그렇다고 아첨을 해선 안 된다. 또한 공을 세우려고 함부로 나서도 안 되지만, 근무를 게을리해서도 안 된다. '옷은 새것일 때부터 아끼고, 명예는 젊어서부터 지켜야 한다'는 말을 깊이 새기도록 해라." 어머니는 눈물을 흘리며

* 속에 고기나 감자 으깬 것 등을 넣어 구운 파이.

부디 몸 건강하라고 몇 번이나 말하고, 사벨리치에게 나를 잘 돌보라고 신신당부했다. 그러고는 토끼가죽 외투를 나에게 입혀 주고, 그 위에 또 여우털 외투를 입혀 주었다. 나는 사벨리치와 함께 마차에 올라타 눈물을 뒤로하며 길을 떠났다.

그날 밤이 되어서야 우리는 심비르스크에 도착했다. 필요한 물건을 구입해야 했기 때문에 그곳에서 하룻밤을 묵기로 했다. 물건을 구입하는 일은 사벨리치의 몫이었다. 나는 여관에 짐을 풀었다. 사벨리치는 아침부터 상점을 둘러보러 나갔다. 창밖의 더러운 거리를 내다보다 지겨워진 나는 여관의 이곳저곳을 기웃거렸다. 당구실로 들어선 나는 그곳에서 키가 큰 서른다섯 살가량의 신사를 만나게 되었다. 그는 기다란 검은 수염을 기른 실내복 차림의 남자였는데, 파이프를 문 채, 한 손에 당구봉을 들고 있었다. 신사는 게임 계산원을 상대로 시합을 했다. 계산원은 시합에서 이기면 보드카를 한 잔씩 얻어먹고, 지면 당구대 밑을 네 발로 기어 다니기로 내기를 했다. 나는 그들이 게임하는 모습을 지켜보았다. 게임이 계속될수록 계산원이 당구대 밑을 네 발로 기어 다니는 횟수가 잦아졌고, 결국에는 당구대 밑에 주저앉고 말았다. 신사는 애도사 같은 인상적인 몇 마디를 던지고 나서 나를 보더니 게임을 해보지 않겠느냐고 물었다. 나는 칠 줄 모른다고 거절했다. 그는 믿기지 않는다는 표정을 지었다. 그는 애석하다는 듯이 쳐다보긴 했지만, 어쨌든 서로 이야기를 나누게 되었다. 그의 이야기를 듣고 나는 그의 이름이 이반 이바노비치 주린이라는 것과 ○○경기병 연대의 대위라는 것, 그리고 현재 신병을 인계받기 위해 심비르스크에 왔다가 이 여관에서 머물고 있다는 사실을 알게 되었다. 주린은 군대식 표현으로, 하느님이 허락하신 대로 함께 점심이나 먹자고 청했다. 나는 기꺼이 초대에 응했다. 우리는 식탁에 마주 앉았다. 주린은 술을 잘 마셨다. 군대 생활에 익숙해지려면 술을 잘 마셔야 한다며 나에게도 술을 권했다. 그는 군대에서 있었던 이런저런 일화들을 들려주었는데, 그의 이야기를 들으며 배꼽이 빠지도록 웃었고, 식탁에서 일어날 즈음에 우리는 어느새 서로 허물없는 가까운 사이가 되었다. 그가 나에게 당구치는 법을 가르쳐 주겠다고 나섰다. "이건 말이지, 우리 같은 군대 생활을 하는 친구들에게는 필수품이네." 그가 말했다. "가령, 행군 도중에 잠시 어느 지역에 들르게 되었다고 해보세. 그때, 대체 무엇을 하며 시간을 때우겠나? 온종일 유대인 녀석들이나 패고 있을 수는 없잖아? 어쩔 수 없이 여관에 들어가서 당구를 칠 수밖에. 그러니 당구는 필히 배워 둬야 한다네!" 나는 그 말에 전적으로 공감하며 열심히 당구를 배워야겠다고 생각했다. 주린은 큰 소리로 나를 격려하며 습득력이 대단하다고 치켜세우기도 했다. 몇 차례 더 연습을 한 뒤, 그는 이 코페이카* 동전을 걸고 게임을 하자고 제안했다. 굳이 돈을 거는 것은 따려는 목적이 아니고, 공짜 시합이 왠지 치사스럽기 때문이라고 말했다. 내가 그 말에 동의하자, 주린은 펀치**를 주문하며 술 없는 군대 생활이란 상상할 수도 없고, 군 생활에 익숙해지려면 술 마시는 법부터 배워야 한다고 거듭 말하며, 나에게도 마시기를 권했다. 나는 그가 권하는 대로 술을 받아 마셨다. 그사이 게임은 계속되었다. 술잔을 들이켜는 횟수가 잦아지면서, 나는 점점 대담해졌다. 내가 친 공이 연달아 당구대 밖으로 튀면서 날자, 나는 몹시 흥분해서 계산원에게 계산을 아무렇게나 한다며 고함을 질러댔고, 시간이 지날수록 판돈을 점점 올려갔다. 한마디로, 나는 자유로운 세상 밖으로 나온 철부지처럼 행동했다. 어느새 시간이 꽤 흘렀다. 주린이 시계를 한번 쳐다보더니 당구봉을 내려놓으며, 내가 모두 백 루블을 빚졌다고 말했다. 순간 나는 당황했다. 돈은 모두 사벨리치가 갖고 있었던 것이다. 나는 사정을 설명하려고 했다. 그러자 주린이 내 말을 가로막았다. "괜찮네! 아무 걱정 말게. 얼마든지 기다려 줄 테니. 잠깐 아리누시카에게나 다녀오세."

무슨 말을 하겠는가? 나는 그날 하루를 경솔하게 시작해

* 러시아 화폐단위. 100코페이카는 1루블.

** 과일즙에 설탕, 양주 따위를 섞은 음료.

경솔하게 마감했으니 말이다. 우리는 아리누시카의 집에서 저녁을 먹었다. 주린은 군 생활에 익숙해지려면 술을 배워야 한다며 연신 내 잔에 술을 채웠다. 급기야 자리에서 일어섰을 때는 몸조차 가누기 힘들었고, 주린이 여관으로 나를 데려왔을 때는 한밤중이 다 되어서였다.

사벨리치가 현관에서 우리를 맞았다. 의심할 여지 없는 나의 군 복무에 대한 열정적 징후를 목격한 사벨리치는 탄식을 쏟아냈다. "이게 무슨 일입니까, 도련님. 도대체 이게 어찌 된 일입니까요?" 그가 안타까운 목소리로 말했다. "어디서 이렇게 술을 많이 드셨습니까? 아이고 하느님! 태어나서 지금까지 이런 망측한 일은 한 번도 없었는데!"

"입 다물어, 이 영감탱이야!" 나는 혀 꼬부라진 소리로 말했다. "너야말로 술에 취한 모양이니 가서 잠이나 자고, 내 잠자리도 봐줘."

다음 날 아침, 내가 심한 두통에 시달리며 간신히 눈을 뜨니, 어제 일어났던 일들이 머릿속에 어렴풋이 떠올랐다. 그때 사벨리치가 차를 들고 방으로 들어와 나의 상념은 중단되었다.

"아직은 아닙니다, 표트르 안드레이치." 고개를 저으며 그가 말했다. "아직 유흥에 빠질 나이가 아닙니다요. 누굴 닮아서 그러실까? 아버님도 조부님도 그렇게 술을 드신 적이 없고, 어머님에 대해서는 더 말할 것도 없는데요. 어머님은 태어나서 지금까지 크바스[*] 외에 술이라고는 단 한 모금도 입에 대신 일이 없으시니까요. 대체 누가 이렇게 만들었습니까? 모두 그 빌어먹을 보프레 놈 때문이지 뭡니까요. 그놈은 걸핏하면 안치피예브나에게 쪼르르 달려가서 '마담, 쥬 부 프리 보드큐[**]' 하곤 하지 않았습니까요. 그런데 이제 도련님마저 '쥬 부 프리 보드큐'라고 하고 있으니! 더 이상 무슨 말이 필요하겠습니까? 바로 그 개자식이 모두 가르친 것입니다요. 아니, 무엇 때문에 그런 이교도 놈[10]을 집 안에 불러들인단 말입니까? 주인댁에 우리 손이 모자란 것도 아닌데!"

부끄러운 생각이 들었다. 나는 외면하며 그에게 말했다. "사벨리치, 당장 나가게. 차는 마시고 싶지 않아." 그러나 사벨리치가 일단 설교를 시작하면, 아무도 그를 말릴 수가 없었다. "그것 보세요, 표트르 안드레이치, 술에 취해 보니 어떻습니까? 머리는 아프고, 입맛은 없지요. 술꾼은 아무짝에도 쓸모가 없어요……. 오이즙에 꿀을 좀 타서 드셔야 할지, 아니면 해장으로 과실주를 반 잔 정도 마시면 더 나을지도 모르겠네요. 그걸 가져올까요?"

그때, 한 사내아이가 방으로 들어와 I. I. 주린이 보낸 쪽지를 전해 주었다. 쪽지를 펴 보니, 다음과 같은 내용이 적혀 있

* 알코올이 미량 함유된 러시아 전통 발효음료.

** '마담, 보드카 좀 주세요.'라는 뜻의 프랑스어.

었다.

친애하는 표트르 안드레이치, 자네가 어제 나에게 빚진 백 루블을 이 아이 편에 보내 주기 바라네. 지금 급히 돈이 필요하네.

경의를 표하며

이반 주린

어쩔 수가 없었다. 나는 애써 태연한 척하며, 돈과 의복은 물론 나의 온갖 시중을 도맡고 있는 사벨리치에게 백 루블을 내주라고 명령했다. "뭐라고요? 무엇 때문에 돈을 주란 말입니까요?" 사벨리치가 깜짝 놀라 물었다. "그에게 빚을 졌네." 나는 짐짓 아무렇지도 않은 듯 말했다. "빚을 졌다고요?" 사벨리치가 더욱 놀라며 말했다. "아니, 도련님이 언제 그에게 빚을 졌단 말입니까? 뭔가 이상한데요? 어찌 되었든 돈을 빌리는 거야 도련님 자유지만, 저는 그 돈을 내줄 수 없습니다요."

나는 지금 같은 중요한 순간에 고집 센 이 영감의 기를 꺾어 놓지 않으면 앞으로 두고두고 그의 잔소리를 벗어나기 어려울 거라는 생각이 들자, 거만하게 그를 쏘아보며 말했다. "나는 자네의 주인일세. 자네는 내 하인이란 말이야. 그리고 돈은 내 것이야. 내기를 해서 내가 지긴 했지만, 그것도 내가 원해서 한 거야. 자네에게 한마디 충고하겠는데, 앞으로는 내 일에 간섭하지 말고 시키는 일이나 하게."

사벨리치는 예기치 않은 나의 말투에 놀라서, 두 손을 맞잡은 채 멍하니 서 있었다. "왜 그러고 서 있는 거야!" 내가 소리를 버럭 지르며 화를 냈다. 그러자 사벨리치가 울음을 터트렸다.

"표트르 안드레이치 도련님!" 그는 울먹이는 소리로 간신히 말을 이었다. "금쪽같은 우리 도련님! 제발 이 늙은이의 말을 허투루 듣지 마시고, 그 불한당 놈에게 모두 다 장난일 뿐이었다고, 또 우리 수중에 그렇게 많은 돈이 없다고 편지를 써 보내십시오. 백 루블이라니요! 제발 제 말을 들으세요! 부모님께서 호두까기 놀이 이외엔 어떤 내기도 해서는 절대 안 된다고 엄격하게 금하셨다고 적어 보내십시오……." "쓸데없는 소리 그만둬." 단호하게 그의 말을 가로막으며 내가 말했다. "돈을 다 내놔. 그렇지 않으면 인정사정없이 내쫓을 테다."

사벨리치는 몹시 상심한 눈빛으로 나를 바라보더니, 돈을 가지러 갔다. 가엾은 영감이 애처롭게 느껴지긴 했지만, 나는 구속을 받는 것이 싫었고, 이제 나도 어린애가 아니라는 것을 보여 주고 싶었다. 돈을 주린에게 보냈다. 사벨리치는 이 저주받을 여관에서 한시라도 빨리 나를 구출하기 위해 출발을 서둘렀다. 잠시 후, 그는 말이 준비되었다는 말을 전하러 왔다.

나는 당구 스승에게 한마디 인사도 없이, 다시 만나게 되리라고는 꿈에도 생각지 못한 채, 양심의 가책과 말할 수 없는 회한을 안고 심비르스크를 떠났다.

제2장

길 안내인

나 살던 고향땅
낯설기만 하여라!
내 발로 온 것도 아니요
준마가 데려온 것도 아니네.
젊고 착한 나를 이곳으로 데려온 건
청춘의 혈기와 기백 그리고
무모한 취기라네.[11]

옛 노래

◆◆

길을 가는 내내 머릿속은 불쾌한 상념들로 가득했다. 당시의 화폐 가치로 따지면 내가 잃은 돈은 적은 액수가 아니었다. 솔직히 말하면, 심비르스크의 여관에서 내가 취한 행동은 어리석기 짝이 없었고, 사벨리치에게도 너무 심하게 대했다는 생각이 들었다. 이런 생각들로 마음이 심란했다. 영감은 나를 외면한 채, 앞자리에 앉아 시무룩한 표정으로 이따금 헛기침만 할 뿐, 입을 꾹 다물고 있었다. 나는 화해할 기회를 엿보았지만, 무슨 말부터 꺼내야 할지 몰라 주저하고 있었다. 마침내 내가 입을 열었다. "이보게, 사벨리치! 그만하면 됐네. 이제 화해하세. 내가 잘못했네. 나도 내가 잘못했다는 걸 인정한다고. 어제는 내가 잘못했으면서 공연히 자네에게 분풀이를 해서 미안하네. 앞으로는 바르게 처신하고 자네 말도 잘 듣겠다고 약속하겠네. 자아, 어서 화를 풀고 화해하세."

"어휴, 표트르 안드레이치!" 그가 한숨을 크게 쉬며 말했다.

"화가 난 건 저 때문입니다요. 모두 제 잘못이에요. 도련님을 여관에 혼자 남겨 두고 나갈 생각을 했으니까요! 어쩌자고 그랬을까요? 아마, 귀신한테 홀렸었나 봅니다. 갑자기 대모님을 뵈러 성당지기 마누라한테 들렀다가 와야겠다고 생각했으니 말입니다. 그런데 그사이에 일이 벌어지다니요. 아닌 밤중에 홍두깨라더니! 무슨 이런 끔찍한 일입니까요! 주인어른을 무슨 면목으로 뵈올지 모르겠습니다. 도련님이 술을 마시고 노름을 한다는 것을 아시면 뭐라고 하시겠습니까요?"

나는 가엾은 사벨리치의 마음을 위로하려고 앞으로는 그의 허락 없이 단 한 푼도 쓰지 않겠다고 약속했다. 그는 여전히 머리를 흔들면서, "백 루블이라니! 이게 어디 보통 일이라야지!" 하며 혼자 중얼거렸지만, 조금씩 마음이 누그러지는 것 같았다.

목적지가 점차 가까워지고 있었다. 가는 길엔 구릉과 골짜기가 교차하는 쓸쓸한 들판이 펼쳐져 있었다. 지상의 모든 것이 흰 눈에 뒤덮여 있었다. 해는 이미 기울었다. 포장마차는 좁은 길을 따라, 아니 더 정확히는 농부들의 썰매가 지나간 자국을 따라 달려갔다. 그때 갑자기 마부가 하늘 저편을 몇 차례 힐끔거리더니, 모자를 벗어 들고 나를 돌아보며 말했다.

"나리, 아무래도 돌아가야 할 것 같습니다."

"아니, 그게 무슨 말인가?"

"아무래도 날씨가 심상치 않습니다. 바람이 일고 있어요. 보세요, 바닥에 쌓인 싸락눈이 회오리치지 않습니까?"

"그게 어떻다는 건가?"

"저기, 저것이 안 보이십니까?(마부가 채찍으로 동쪽을 가리켰다)"

"나는 아무것도 안 보이는데. 눈 덮인 들판과 청명한 하늘밖엔 아무것도 안 보이네."

"저기, 저 구름 말입니다."

정말로 언뜻 보기에는 멀리 있는 구릉처럼 보이는 하얀 구름이 하늘 저편에 걸려 있었다. 마부는 그 구름이 큰 눈보라를 예고하고 있다고 설명했다.

나도 이 지역의 눈보라에 관한 소문을 들은 적이 있었고, 이따금 짐마차 행렬이 눈보라에 파묻히기도 한다는 것을 알고 있었다. 사벨리치가 마부의 말에 맞장구를 치며 돌아가자고 했다. 그러나 나는 바람이 그렇게 심하지도 않고, 또 날이 흐려지기 전에 다음 역에 도착할 수 있으리라 기대하여 말을 좀 더 빨리 몰아가라고 명령했다.

마부는 채찍을 휘두르면서도 걱정스러운 듯, 연신 동쪽 하늘을 힐끔힐끔 쳐다보았다. 말들은 발을 맞춰 달렸다. 그러나 바람은 점점 더 드세어졌다. 구름이 뿌연 먹구름으로 변하며 위협적으로 몰려오더니 순식간에 하늘을 온통 뒤덮어 버렸다. 이어서 작은 눈발이 휘날리는가 싶더니 금세 함박눈으로 변해 펑펑 쏟아지기 시작했다. 바람이 일고 눈보라도 쳤다. 순식간에 시커먼 하늘이 눈 바다를 이루었다. 아무것도 분간할 수 없었다. 마부가 소리쳤다. "보십시오, 나리. 큰일입니다. 엄청난 눈보라예요."

나는 얼굴을 내밀고 마차 밖을 내다보았다. 사방이 암흑으로 변하고, 눈보라가 휘몰아쳤다. 바람이 어찌나 세차게 몰아치는지, 마치 살아 움직이는 것처럼 보였고, 머리 위로는 눈발이 쏟아져 내렸다. 말들이 힘겹게 걸음을 옮기려다가 이내 멈춰 섰다. "왜 멈추는 거야?" 초조해진 내가 마부에게 물었다. "어디로 가야 한단 말입니까?" 마부가 자리에서 일어서며 대답했다. "어디로 가야 할지, 아무것도 보이지 않습니다. 길도 없어지고 사방이 캄캄하잖습니까." 내가 마부를 야단치려 하자, 사벨리치가 나를 가로막고 나섰다. "이 사람 말을 무시해서, 일이 이렇게 된 것 아닙니까요?" 그가 화를 내며 말했다. "여관으로 돌아가서 실컷 차나 마시고 아침까지 푹 자고 나면, 눈보라도 잠잠해질 테고, 그때 길을 나서도 늦지 않을 텐데, 무엇 때문에 그리 서둘러 가자고 하십니까요. 어디 잔칫집에라도 간다면 또 모를까!" 사벨리치의 말이 옳았다. 이젠 어쩔 도리가 없었다. 눈은 계속 퍼부었다. 마차가 눈 더미에 파묻혔다. 말들은 머리를 숙인 채, 간간이 몸을 부르르 떨며 서 있었다. 마부는 하릴없이 여기저기 마구만 살피며 마차 주변을 서성댔다. 사벨리치는 계속 투덜거렸다. 나는 혹시라도 인가나 안내판이 보이지 않나 해서 사방을 둘러보았지만, 눈에 보이는 것은 아무것도 없었고, 눈보라만 사정없이 휘몰아치고 있었다……. 그 순간 저 멀리서 거무스름한 무언가가 눈에 들어왔다. "이보게, 마부!" 내가 소리쳤다. "저길 보게, 저기 거무스름하게 보이는 것이 뭔가?" 그러자 마부가 눈을 찡그리며 살피기 시작했다. "뭔지는 잘 모르겠습니다, 나리." 그가 제자리로 올라앉으며 말했다.

"달구지 같기도 하고 아닌 것 같기도 하고, 나무 같기도 하고 아닌 것 같기도 하고, 이리저리 움직이는 것을 보니, 늑대나 사람 같습니다만."

알 수 없는 그 형체를 향해 가보자고 내가 말하는 순간, 건너편에 있던 형체도 우리 쪽으로 가까이 다가왔다. 잠시 후에 우리는 낯선 남자와 마주하게 되었다. "이보슈!" 마부가 그를 향해 큰 소리로 말했다. "말 좀 물읍시다. 어디가 길입니까?"

"바로 여기가 길이오. 발밑이 단단하게 굳어 있으니 말이오." 나그네가 말했다. "길이라고 한들 그게 무슨 소용이겠소?"

"이보시오, 농부 양반!" 내가 그에게 말을 건넸다. "이 근처의 지리를 좀 아시오? 어디 유숙할 곳으로 우리를 안내해 주면 고맙겠소만."

"이곳이야 제 손바닥 안이지요." 나그네가 대답했다. "걸어서든 말을 타고서든 다행히 이곳은 사방팔방 안 가본 곳이 없습니다. 그러나저러나 오늘 날씨 한번 고약하군요. 이런 날엔 길을 잃기 십상이지요. 차라리 여기서 그냥 기다리는 것이 상책입니다. 기다리다 보면 눈보라가 멎고 하늘도 맑아질 테니까요. 그때, 별을 보고 길을 찾을 수가 있습니다."

그의 침착한 말을 들으니 기운이 났다. 나는 모든 것을 신에게 맡기고 들판 한가운데서 하룻밤을 지내기로 마음먹었다. 그때, 나그네가 재빠르게 마부석으로 올라앉으며 마부에게 말했다.

"다행히 인가가 멀지 않은 곳에 있는 것 같소. 오른쪽으로 말머리를 돌려서 가 봅시다." "아니 왜 오른쪽으로 가자는 거요?" 마부가 못마땅한 투로 물었다. "길이 어디 있다는 거요? 그러고 보니, 말도 남의 것이겠다, 굴레도 내 것이 아니겠다, 어디 한번 실컷 달려보자 이거요?"

듣고 보니 마부의 말이 옳은 것 같았다. "마부 말대로, 무슨 근거로 근처에 인가가 있다고 장담하시오?" 내가 물었다. 나그네가 대답했다. "방금 저쪽에서 바람이 불어왔는데, 바람에 연기 냄새가 실려 있습니다. 그것이 근처에 마을이 있다는 증거지요." 그의 영민함과 예리한 감각에 나는 놀라움을 금치 못했다. 나는 마부에게 그쪽으로 말을 몰도록 지시했다. 말들은 쌓인 눈 때문에 겨우겨우 걸음을 옮겼다. 마차는 눈 더미 위로 올라서기도 하고 구렁에 빠지기도 하면서, 이리 기우뚱 저리 기우뚱 겨우 앞으로 나아갔다. 그 모습이 마치 폭풍이 치는 바다를 항해하는 배 같았다. 사벨리치는 내 옆구리에 몸을 부딪칠 때마다 비명을 질러대곤 했다. 나는 짚으로 엮어 만든 마차의 가림막을 내리고, 털외투 속에 몸을 잔뜩 움츠린 채, 눈보라 소리를 자장가 삼아, 흔들리는 마차를 요람 삼아, 꿈속으로 빠져들었다.

깜박 잠이 든 나는 평생 잊을 수 없는 꿈을 꾸었는데, 지금 생각해 보니, 그 꿈은 내 생애의 기이한 사건들과 관련된 예지몽이었다는 생각을 떨쳐 버릴 수가 없다. 독자는 이런 나를 기꺼이 용서하시리라. 인간이란 원래 편견을 지극히 경멸하면서도, 한편으로는 본능적으로 미신에 빠지곤 한다는 사실을 경험상 알고 계실 거라고 믿기 때문이다.

나는 현실이 환상으로 넘어가는 몽롱한 꿈속에서 모든 것이 뒤섞인 아련한 감각과 의식 상태에 놓여 있었다. 꿈속에서도 여전히 눈보라가 휘몰아치고 있었고, 우리는 눈 덮인 들판을 방황하고 있었다……. 그때 갑자기 눈앞에 대문이 나타났고, 나는 우리 영지 안에 있는 집 안으로 들어가게 되었다. 그때 언뜻 내 마음속에는 의도치 않게 부모님 품으로 되돌아온 나를 보고 아버지가 화를 내지는 않을까, 내가 일부러 그의 명령을 거역했다고 생각하지는 않을까 하는 두려움이 일었다. 불안한 마음으로 마차에서 내리자, 어머니가 현관에서 수심이 가득한 얼굴로 나를 맞았다. "조용히 하거라." 어머니가 말했다. "지금 아버지가 위독하시다. 마지막으로 너와 작별 인사를 나누고 싶어 하시는구나." 두려움에 떨며 나는 어머니의 뒤를 따라 침실로 갔다. 방 안에는 희미한 불빛이 빛나고 있었고, 침대 주변에는 사람들이 슬픈 표정으로 서 있었다. 내가 조용히 침대 옆으로 다가가자, 어머니가 침대의 휘장을 걷어 올리며 말했다. "안드레이 페트로비치, 우리 페트루샤가 돌아왔어요. 당신이 병석에 누운 걸 알고 돌아왔어요. 축복을 해주구려."

나는 무릎을 꿇고 병자를 쳐다보았다. 아니, 그런데 이게 어찌 된 일인가? 침대 위에는 나의 아버지 대신 시커먼 구레나룻을 기른 시골 노인이 유쾌한 표정으로 나를 바라보며 누워 있는 것이 아닌가. 나는 어안이 벙벙해 어머니를 향해 물었다.

"이게 어떻게 된 일입니까? 아버지가 아니잖아요. 왜 내가 이 시골 노인에게 축복을 받는단 말입니까?" "아무려면 어떠니? 페트루샤." 어머니가 나에게 말했다. "이분은 너의 양아버지란다. 그의 손에 입을 맞추고, 축복을 받아라……." 나는 거절했다. 그러자 갑자기 노인이 침대에서 벌떡 일어나더니 등 뒤에서 도끼를 뽑아 들고 사방으로 휘두르기 시작했다. 나는 두려워 도망치려고 했다……. 그러나 몸이 움직이질 않았다. 어느새 방 안은 온통 시체들로 가득했고, 나는 시체에 걸려 넘어져, 바닥에 흥건히 괸 피에 미끄러졌다……. 무시무시한 노인은 다정한 목소리로 나를 불렀다. "자, 겁내지 말고 이리 와서 나의 축복을 받아라……." 나는 온통 공포와 의혹에 휩싸였다……. 그 순간 잠에서 깨어났다. 말들이 멈춰 서 있었다. 사벨리치가 내 팔을 흔들며 말했다. "도련님, 어서 내리십시오. 다 왔습니다요."

"여기가 어디지?" 내가 눈을 비비며 물었다.

"주막입니다. 하느님이 도우셔서 마차가 이 집 울타리 앞에 곧장 당도했습니다. 내리세요, 도련님. 어서 몸을 녹이셔야지요."

나는 마차에서 내렸다. 약간 주춤해지긴 했지만, 여전히 눈보라가 몰아치고 있었다. 한 치 앞도 보이지 않는 어두운 밤이었다. 주인이 소맷자락 밑으로 호롱불을 들고 입구까지 나와 우리를 맞아들여, 다소 비좁아 보였지만 제법 깨끗한 방으로 우리를 안내했다. 관솔불이 방 안을 비추고 있었다. 벽에는 소총 한 자루와 끝이 뾰족한 카자크족 모자가 걸려 있었다.

집주인은 야이크 카자크[12] 혈통을 이어받은 예순 살 정도

된 사내였는데, 아직 정정하고 건장해 보였다. 사벨리치는 차를 끓이는 도구를 들고 내 뒤를 따라 들어와, 주인에게 차를 끓일 불을 부탁했다. 그때처럼 간절하게 차를 원했던 적도 없었을 것이다. 주인이 서둘러 불을 가지러 갔다.

"길 안내인은 어디 있나?" 내가 사벨리치에게 물었다.

"여기 있습니다, 나리." 위쪽에서 대답하는 목소리가 들렸다. 위쪽 침상을 쳐다보니, 검은 수염과 반짝이는 두 눈동자가 보였다. "어떠시오, 형씨? 몸이 꽁꽁 얼지는 않았소?" "이렇게 홑겹 외투만 달랑 걸쳤으니 몸이 얼지 않고 배기겠습니까? 사실은 가죽 외투가 있었습니다만, 솔직히 말씀드리면, 어제 저녁 술집에 잡혀 먹었습니다. 이렇게 추울 줄은 모르고 말입니다."

그때 주인이 끓는 물이 든 사모바르*를 들고 방 안으로 들어왔다. 나는 길 안내인에게 차를 권했다. 사내가 침대에서 내려왔다. 그는 풍채가 매우 건장했다. 나이는 마흔 전후로 보였고, 키는 중간쯤 되어 보였는데, 좀 야위긴 했지만 어깨가 떡 벌어진 사내였다. 그는 희끗희끗하게 센 털이 섞인 검은 턱수염을 하고, 부리부리한 눈을 연신 굴리고 있었다. 인상은 좋아 보였지만, 그렇다고 호락호락해 보이지는 않았다. 머리는

* 가운데 구멍을 내고 숯불을 넣어 물을 끓이던 옛날 러시아의 찻주전자.

둥그렇게 깎아 올렸고, 다 해진 얇은 외투에 타타르식 통이 넓은 바지를 입고 있었다. 그에게 차가 담긴 찻잔을 건네주었다. 그는 차를 한 모금 마시고는 얼굴을 찌푸렸다.

"나리, 이왕 선심을 쓰시는 김에 술을 한 잔 갖다 달라고 하면 안 되겠습니까? 우리 카자크인들 입에는 차가 영 안 맞습니다만." 나는 기꺼이 그의 청을 받아 주었다. 주인이 술병과 컵을 꺼내 들고 그에게 다가가 그의 얼굴을 빤히 쳐다보며 말했다. "아하, 자네가 또 여기 나타났군그래. 대체 어디를 굴러다니다가 왔나?"

길 안내인은 의미심장한 표정으로 눈짓을 하더니 속담을 빗대어 이야기를 나누었다.

"채소밭을 날며, 삼씨를 쪼아 먹는데, 할망구가 돌을 집어 던지네. 그러나 돌이 비켜가네. 그건 그렇고, 주인장은 어떻게 지내시오?"

"우리들이야, 언제나 그렇지!" 주인이 이렇게 대답하며 여전히 비유적으로 말을 주고받았다. "저녁 종을 치려는데 신부 마누라가 방해하네. 신부는 출타하고, 교회 묘지는 마귀들이 차지했네." "말도 마시오, 주인 양반." 이번에는 방랑객이 대꾸했다. "비 오면 버섯 나고, 버섯 나면 바구니가 필요한 법. 허나 지금은(여기서 그는 다시 눈짓을 했다) 도끼일랑 등에 감추어 두오. 산림감시원이 돌아다닌다오. 그럼, 나리, 나리의 건강을 빌며 들겠습니다!" 하며 그는 잔을 들어 성호를 긋고 단숨에 들이켰다. 그런 다음, 나에게 절을 하고 다시 침대 위로 올라갔다.

그 당시, 나는 이 도둑들의 이야기를 전혀 알아듣지 못했다. 나중에야, 그때 그들의 이야기가 1772년에 반란을 일으켰다가, 당시 진압된 야이크 군대에 대한 이야기라는 것을 짐작할 수 있었다. 사벨리치는 뭔가 불만스러운 표정으로 이야기를 듣고 있었다. 주인이나, 길 안내인 모두가 의심스럽다는 듯 주시했다. 주막은 그 지역 말로 우묘트*라고 불리는 곳이었는데, 인가에서 멀리 떨어진 허허들판 한가운데 있어서, 흡사 폭도들의 소굴처럼 보였다. 그렇다고 달리 뾰족한 수가 없었다. 도저히 길을 계속 갈 수는 없는 상황이었던 것이다. 사벨리치가 불안해하는 모습을 보니 우스워 보이기도 했다. 어쨌든 나는 잠 잘 준비를 하고 긴 의자에 드러누웠다. 사벨리치는 페치카 위에서 자기로 하고, 주인은 마루에 누웠다. 잠시 후 온 집 안은 코 고는 소리로 가득 찼고, 나도 깊은 잠에 빠져 들었다.

다음 날 아침 느지막이 잠에서 깨어났을 때, 눈보라는 말끔하게 개어 있었다. 태양이 밝게 빛나고 있었다. 끝없는 들판

* 엄폐물, 참호 등을 뜻하는 말.

은 눈부신 장막처럼 눈으로 뒤덮여 있었다. 말들은 이미 떠날 채비를 마쳤다. 나는 주인에게 숙박료를 지불했다. 주인이 적당한 가격을 요구해서인지 사벨리치마저 항상 하던 버릇대로 값을 깎으려 들지 않았고, 어제의 의심도 그의 머릿속에서 말끔히 가셨다. 나는 길 안내인을 불러 그의 도움에 진심으로 감사를 표하고, 사벨리치를 향해 그에게 술값으로 오십 코페이카를 주라고 지시했다. 그러자 사벨리치가 얼굴을 찡그렸다. "아니, 오십 코페이카를 술값으로 주란 말입니까? 무엇 때문에요? 저 녀석을 주막집에 재워 준 것만 해도 어딘데요? 나리, 물론, 그거야 나리 자유지만, 우리는 지금 그럴 여유가 없습니다요. 그렇게 이놈 저놈에게 술값을 대 주다가는 우리가 굶게 생겼습지요." 나는 사벨리치와 싸울 수가 없었다. 모든 돈은 그가 관리하기로 약속했기 때문이었다. 하지만 재난이라고까지 할 수는 없지만, 그런 위급한 상황에서 나를 구해 준 사람에게 그 정도의 보답도 할 수 없다는 사실은 매우 유감스러웠다. "좋아, 그러면 할 수 없지." 내가 냉랭한 목소리로 말했다. "자네가 정 오십 코페이카를 못 주겠다면, 내 옷 중에서 하나를 내주도록 하게. 저 사람의 옷이 너무 얇아. 내 토끼가죽 외투를 내주게."

"그건 당치도 않습니다, 표트르 안드레이치 도련님!" 사벨리치가 말했다. "무엇 때문에 도련님의 토끼가죽 외투를 내줍니까요? 저 사람은 당장 술집으로 달려가 그것을 한입에 털어 넣어 버릴 것이 뻔한데요."

"이봐, 영감. 그건 당신이 상관할 바가 아니야." 나그네가 말했다. "내가 술로 바꿔 마시든 말든, 그것은 당신이 상관할 바가 아니라고. 주인 나리가 이놈을 가엾게 여겨 토끼가죽 외투를 벗어 주시겠다면, 그건 주인의 자유야. 자네가 할 일은 주인에게 꼬박꼬박 말대꾸를 하는 대신, 주인의 말에 순종하는 것이라고."

"아니, 이런 날강도를 봤나, 하늘이 무섭지 않느냐!" 사벨리치가 잔뜩 화가 나서 그에게 소리쳤다. "네놈도 보다시피 우리 도련님은 아직 어려서 아무것도 모르신단 말이다. 우리 도련님이 순진해 보이니까 몽땅 빼앗을 작정이구나. 네놈이 우리 도련님의 가죽 외투는 가져다 어쩌겠다는 것이냐? 보나마나 네놈 어깨가 커서 맞지도 않을 텐데."

"제발, 그만해 두게." 내가 사벨리치에게 말했다. "당장 그 옷을 이리 가져와."

"이걸 어쩐다!" 우리의 사벨리치가 한숨을 내쉬었다. "토끼가죽 외투는 거의 새것이나 마찬가진데! 다른 사람도 아니고, 하필이면 저런 주정뱅이한테 주다니!"

그러나 영감은 결국 토끼가죽 외투를 내놓았다. 사내는 곧바로 몸에 맞는지 입어보기 시작했다. 나에게도 좀 작은 편이라서 보나마나 그에겐 몹시 작았다. 그는 솔기까지 뜯어가며 겨우 그 옷을 걸쳤다. 실밥이 터지는 소리가 나자 사벨리치는 거의 비명을 지를 뻔했다. 방랑자는 나의 선물을 받고 아주 좋아했다. 그는 나를 집 밖까지 배웅하고 큰절을 했다. "고맙습니다, 나리! 하느님이 나리의 은덕에 보답해 주실 겁니다. 이 은혜는 영원히 잊지 않겠습니다." 그러고는 제 갈 길을 갔고, 나는 화가 난 사벨리치를 애써 외면하고 우리의 목적지를 향해 계속 나아갔다. 그러고는 어제의 눈보라도, 나의 토끼가죽 외투도 금세 잊어 버렸다.

오렌부르크에 도착하자마자 나는 곧장 장군을 찾아갔다. 그는 키는 훤칠해 보였지만, 나이가 들고 이미 등이 굽은 노익장이었다. 그의 긴 머리는 호호백발이었다. 낡은 군복은 안나 이오아노브나[13] 시대의 군인을 연상케 했고, 그의 말투에는 독일식 억양이 강하게 섞여 있었다. 나는 그에게 아버지의 편지를 전해 주었다. 아버지의 이름을 본 그는 얼른 나를 쳐다보았다. "오, 이런!" 그가 말했다. "안드레이 페트로비치가 자네만 했을 때가 엊그제 같은데, 벌써 이런 장성한 아들을 두었다니! 세월이 참 빠르기도 하지!" 그는 편지 봉투를 뜯어 낮은 목소리로 해설까지 덧붙이며 읽기 시작했다. "음, '존경하는 안드레이 카를로비치 각하, 청하건대, 각하의……' 이런, 이게 다 무슨 당치 않은 격식인가? 몸 둘 바를 모르겠군. 물론, 군대에서야 군기가 중요하긴 하지만, 옛 동료에게 이런 식으로 편지를 쓰는 법이 어디 있나? '각하께서도 잊지 않으셨으리라 생각하지만……' 음…… '그리고 그 당시…… 고故 육군 원수 미○○께서 행군 도중에…… 또한…… 카롤린카를……' 아니, 아니, 브루더*! 예전에 우리들이 장난친 걸 지금까지 기억하다니! '다름이 아니라…… 각하께 제 아들을……' 음…… '고슴도치 장갑을 끼고 다루듯……' 고슴도치 장갑이 무슨 뜻이지? 아마 러시아 속담인 모양이지……. '고슴도치 장갑을 끼고 다루듯 돌보라'는 말이 무슨 뜻인가?" 그는 나를 돌아보며 다시 한번 말했다.

"말하자면……." 나는 되도록 순진한 표정을 지으려 애쓰며 대답했다. "지나치게 엄격하게 다루지 말고, 다정하게 대해 주며, 가능한 한 자유롭게 해준다는 뜻이 바로 고슴도치의 장갑처럼 돌본다는 뜻입니다."

"음, 무슨 말인지 이제야 알겠군. 그리고 '자유를 주지 말고……' 아니야, 고슴도치의 장갑이란 말은 그런 뜻이 아닌 것 같아……. '여기에 그 녀석의 신분증을 동봉하오니……' 그게 어디 있지? 아, 여기 있군……. '세묘노프스키 부대에서 삭제하도록 하고……' 그래, 좋아, 좋아. 틀림없이 그렇게 하

* bruder, 독일어로 '형제'라는 뜻. 장군은 독일 출신이어서 독일어를 섞어 쓰고 있다.

지……. '지위를 떠나서, 옛 동료이자 친구로서 포옹하는 것을 허락해 주기 바랍니다.' 아! 이제야 무슨 말인지 알겠군……. 그리고 여차여차해서…… 그럼, 그럼."

그는 편지를 다 읽고 나서 나의 신분증을 옆에 놓고 말했다. "틀림없이 그렇게 하지. 자, 자네는 ○○○연대의 장교로 배속될 걸세. 시간을 절약하기 위해서, 내일이라도 당장 벨로고로드 요새로 떠나도록 하게. 그곳에서 충직하고 정직한 미로노프 대위 휘하에 근무하게 될 걸세. 그곳에서 진짜 군대 생활이 뭔지 배우고 군기를 배우도록 하게. 오렌부르크에 있어 봐야 자네가 할 일은 아무것도 없으니까. 방만한 생활은 젊은이에게 이롭지 못하지, 암. 하지만, 오늘은 우리 집에서 점심을 같이 들도록 하세나."

'갈수록 태산이군!' 나는 속으로 이렇게 생각했다. '이렇게 되면, 어머니 뱃속에서부터 근위대 중사로 등록되어 있었다는 것이 다 무슨 소용이란 말인가! 나를 보고 지금 어디로 가라는 거야? ○○○연대로, 그러니까 키르기스-카자크 초원의 국경선에 인접한 외딴 요새로 가란 말이지!'

나는 안드레이 카를로비치의 집에서 그의 늙은 부관과 함께 점심 식사를 했다. 검소한 독일식 생활 태도는 그의 식탁에서도 나타났다. 나는 검소한 이 홀아비가 이따금 군식구를 식사에 초대해야 할지 모른다는 두려움 때문에 나를 서둘러

국경 수비대로 내쫓는 것은 아닐까 생각했다. 다음 날 아침, 나는 장군에게 작별을 고하고 임지로 떠났다.

제3장

요새

요새에 사는 우리들.
빵 한 조각 맹물로 연명하지만,
사나운 적군들 몰려와
피로그를 달라 하면,
손님들에게 잔치를 베풀자,
대포에 유산탄을 담뿍 재워.

병사의 노래

참 구식 양반들이었지요.[14]

미성년

◆◆

벨로고로드 요새는 오렌부르크에서 사십 베르스타* 정도 떨어진 곳에 있었다. 길은 야이크강**의 가파른 기슭을 따라 나 있었다. 아직 얼지 않은 강물은 흰 눈에 덮인 강변의 단조로운 양 기슭 사이로 은빛으로 반짝이며 고요히 어두워지고 있었다. 그 너머로는 키르기스의 초원이 아득히 펼쳐져 있었다. 나는 온통 음울한 상념들에 잠겨 있었다. 수비대 생활에는 아무 관심도 없었다. 나는 미래의 상관인 미로노프 대위를 애써 머리에 떠올려 보았다. 어쩌면 그는 자기 임무 외에는 아무 관심이 없는 엄격하고 무서운 노인네일지도 모르고, 사소한 일로 나를 감옥에 집어넣고 빵과 맹물만 주려고 할지도 몰랐다. 어느새 황혼이 지기 시작했다. 마차는 속도를 내며 달렸다. "요새까지는 아직 멀었나?" 내가 마부에게 물었다. "그리

* 미터법 이전 러시아에서 쓰던 거리 단위로 1베르스타는 1.067킬로미터.

** 러시아와 카자흐스탄을 사이에 두고 흐르는 우랄강의 옛 이름.

멀지 않습니다요." 마부가 대답했다. "저기, 벌써 보이기 시작합니다." 나는 위용 있는 성벽과 보루, 참호 등이 보이기를 기대하며, 주위를 이리저리 둘러보았다. 그러나 통나무 울타리를 둘러친 작은 촌락 외에는 아무것도 눈에 띄지 않았다. 반쯤 눈에 덮인 서너 개의 건초 더미가 한편에 보이고, 다른 한편엔 보리수 껍질을 씌운 지붕 한쪽이 맥없이 기울어진 풍차 방앗간이 서 있을 뿐이었다. "대체 요새가 어디 있단 말인가?" 내가 의아해하며 물었다. "저기, 저것입니다요." 마부가 마을을 가리키며 대답하는 순간, 벌써 우리는 마을 안으로 들어섰다. 마을 입구에는 무쇠로 만든 낡은 대포가 하나 놓여 있었다. 길은 좁고 구불구불한 데다, 오두막은 대부분이 낮고 초가지붕을 하고 있었다. 나는 마부에게 사령관 관사로 가자고 지시했다. 곧바로 마차는 언덕 위의 목조 교회와 나란히 서 있는 통나무 건물 앞에 멈춰 섰다.

아무도 나를 맞으러 나오는 사람이 없었다. 나는 현관으로 들어가 대기실 문을 열었다. 늙은 상이군인 한 사람이 책상에 앉아서 초록색 군복의 팔꿈치 부분에 푸른 헝겊을 대고 깁고 있었다. 나는 그에게 내가 왔다는 사실을 안에 보고하라고 명했다. "들어가세요. 나리, 모두들 안에 계십니다." 상이군인이 말했다. 나는 구식으로 소박하게 꾸며진 깔끔한 방으로 들어섰다. 한쪽 구석에는 그릇을 넣어 둔 진열장이 놓여 있었다. 벽에는 액자에 넣어 유리를 씌운 장교 임명장이 걸려 있었고, 그 주위로 터키의 키스트린 요새[15]와 오차코프 요새[16]의 점령을 그린 장면, 신붓감을 고르는 장면, 또 고양이를 매장하는 장면 등이 서투르게 그려진 목판화들이 걸려 있었다. 창가에는 두툼하게 솜을 넣은 조끼를 입고 머리에 수건을 쓴 노부인이 앉아 있었다. 그녀는 장교 복장을 한 애꾸눈 영감이 두 손으로 팽팽하게 받쳐 들고 있는 실을 감고 있었다. "무슨 일로 오셨소, 젊은이?" 계속 손을 놀리면서 그녀가 물었다. 나는 군 복무를 위해 이곳에 왔으며, 규정에 따라 대위를 뵙고 신고를 하겠다고 대답했다. 말을 마치고 나는 애꾸눈 영감에게 몸을 돌리려 했다. 그를 사령관으로 생각한 것이다. 그러자 여주인은 내가 준비해 온 말을 가로막으며 말했다. "이반 쿠즈미치는 집에 안 계신다오." 그녀가 말했다. "게라심 신부 댁에 가셨어요. 그렇지만 상관없어요. 내가 안주인이니까요. 앞으로 잘 지내기를 바랍니다. 자, 여기, 편히 앉으세요." 그녀는 하녀를 불러, 카자크 하사를 불러오라고 지시했다. 영감은 신기한 듯 애꾸눈으로 힐끔힐끔 나를 쳐다보았다. "질문을 좀 해도 되겠소?" 그가 말했다. "지금까지 어느 연대에서 근무하셨소?" 나는 그의 질문에 답을 해주었다. "실례지만……." 그가 계속 질문했다. "근위대에서 이런 수비대로 옮긴 이유가 뭡니까?" 나는 상부의 지시였다고 대답했다. "장교로서 잘못된 처신을 한 모양이군요." 그는 계속 질문을 퍼부어댔다. "그런 바보 같은 질문은 그만둬요." 사령관 부인이 말했다. "젊은 분이 먼 길을 오느라고 얼마나 피곤하겠어요. 당신의 질문에 말대답할 정신이 어디 있을라구……. 손이나 똑바로 들고 있어요. 그리고 젊은이……." 그녀가 나를 향해 계속 말을 이었다. "이런 곳으로 쫓겨 왔다고 너무 슬퍼하지 말아요. 젊은이가 처음도 아니고 마지막도 아닐 테니까, 참고 견디다 보면 정이 들 거예요. 알렉세이 이바느이치 시바브린은 살인 혐의를 받고 이곳에 온 지 오 년이 됐어요. 곧 알게 되겠지만, 무엇에 홀렸는지, 어떤 중위와 말을 타고 교외에 나가서 칼을 빼들고 싸웠다는 거예요. 그러다가 목격자가 두 사람이나 있는 자리에서 알렉세이 이바느이치가 중위를 찔러 죽였답니다. 그러니 어쩌겠어요. 죄를 짓는 사람이 따로 있는 것도 아니고."

그때 하사가 들어왔다. 체격이 좋은 젊은 카자크인이었다. "막시므이치!" 사령관 부인이 그를 보고 말했다. "이 장교님을 숙소로 모셔다 드리도록 해요. 좀 깨끗한 방으로." "알겠습니다, 바실리사 예고로브나." 하사가 대답했다. "그럼, 장교님을 이반 폴레자예프 댁으로 모시면 어떻겠습니까?" "막시므이치, 그러면 안 됩니다." 사령관 부인이 말했다. "폴레자예프 댁은 그렇지 않아도 좁아요. 그리고 그분은 나의 대부님이시지만, 우리를 상전으로 생각하고 신경을 쓰시니 부담스러워요.

이 장교님을 모시고…… 그런데, 잠깐만요, 젊은이의 이름과 부칭이 어떻게 된다고 하셨지요?" "표트르 안드레이치입니다." "표트르 안드레이치를 세묜 쿠조프 댁으로 안내하세요. 그런데 글쎄, 그 못된 이가 자기 말을 우리 채소밭에 풀어놓았지 뭐예요! 그건 그렇고, 막시므이치, 다른 일은 없어요?" "다행히 별일은 없습니다." 카자크인이 대답했다. "다만, 프로호로프 하사가 목욕탕에서 더운물 한 바가지 때문에 우스치나 네글리나와 맞서 싸운 일 외에는 아무 일 없습니다."

"이반 이그나치이치!" 사령관 부인이 애꾸눈 노인에게 말했다. "프로호로프와 우스치나를 조사해 시비를 가려야겠어요. 그리고 두 사람 모두 단단히 혼을 내주도록 하세요. 그럼, 막시므이치, 이젠 가보세요. 표트르 안드레이치, 막시므이치가 숙소로 안내해 드릴 겁니다."

나는 자리에서 물러났다. 카자크인 하사는 요새 끝의 가파른 강기슭에 서 있는 오두막으로 나를 안내했다. 오두막의 절반은 세묜 쿠조프 가족이 쓰고 있었고, 나머지 절반을 내가 사용하기로 했다. 방은 하나였지만 칸막이로 나뉘어 있었다. 사벨리치는 짐을 풀고, 나는 작은 창문을 통해 밖을 내다보았다. 눈앞에는 황량한 들판이 아스라이 펼쳐져 있었다. 집 옆으로 다른 오두막이 몇 채 더 있었고, 길에는 네댓 마리 닭들이 모이를 찾아 한가로이 거닐고 있었다. 여물통을 든 노파가

문 앞 계단에 서서 돼지를 불렀다. 돼지들은 주인이 부르는 소리를 듣고, 반갑다는 듯 꿀꿀거리며 주인을 향해 달려갔다. 아아, 이곳이 내 젊은 날을 보내야 할 곳이란 말인가! 나는 우울한 기분이 들었다. 나는 창가에서 물러나 사벨리치의 잔소리도 듣는 둥 마는 둥 하고 저녁도 거른 채, 잠자리에 들었다. 사벨리치가 상심한 목소리로 몇 번이나 말했다.

"이 일을 어쩐다? 아무것도 드시지 않으니! 병이라도 나서 마님이 아시면 얼마나 걱정하실까?"

다음 날 아침, 막 일어나 옷을 입고 있을 때, 갑자기 문이 열리더니 젊은 장교가 방으로 들어왔다. 그는 그다지 큰 키는 아니었고, 까무잡잡한 얼굴에 잘생긴 편도 아니었지만 아주 활기차 보였다. "실례합니다." 그가 프랑스어로 말했다. "이렇게 불쑥 찾아온 것을 용서하시오. 나는 어제 당신이 왔다는 소식을 듣고, 드디어 사람다운 사람을 보게 되었다는 기쁨에 그만, 참지 못하고 이렇게 만나러 왔습니다. 여기서 한동안 살아 보면 제 말을 이해할 겁니다." 나는 그가 결투 사건으로 근위대에서 쫓겨난 인물일 것이라고 짐작했다. 우리는 금세 가까워졌다. 시바브린은 꽤 영리했다. 그의 이야기는 매우 재치 있고 흥미로웠다. 그는 사령관 가족과 그의 친구 이야기, 그리고 운명이 나를 데려온 바로 이 지역에 대해 아주 재미난 이야기를 해주었다. 내가 허심탄회하게 웃고 있을 때, 어제 사령관 관사 거실에서 군복을 꿰매고 있던 상이군인이 들어와, 바실리사 예고로브나가 점심 식사에 초대했다는 전갈을 전해주었다. 시바브린도 나와 동행하겠다며 따라나섰다.

우리가 사령관 관사 가까이 이르렀을 때, 연병장에 기다랗게 머리를 땋고 삼각모를 쓴 상이군인 이십여 명이 모여 있는 것이 보였다. 그들은 횡대로 정렬해 있었다. 그 앞쪽에 사령관이 서 있었다. 그는 키가 크고 건장해 보이는 노익장으로 둥근 실내모에 중국식 실내복을 입고 있었다. 우리를 발견한 그는 곧장 우리에게 다가와, 나를 향해 몇 마디 환영사를 건넨 다음, 다시 군인들을 지휘하기 시작했다. 우리는 멈춰 서서 그들의 훈련 모습을 지켜보려 했지만, 사령관은 곧 뒤따라 갈 테니 먼저 바실리사 예고로브나에게 가 있으라고 말했다. 그러고는 "여기에 무슨 볼 게 있겠나." 하고 덧붙였다.

바실리사 예고로브나는 상냥하게 우리를 반겼고, 오랫동안 알고 지내온 사람처럼 나를 대했다. 상이군인과 팔라시카가 점심상을 차리고 있었다.

"오늘따라 이반 쿠즈미치는 무슨 훈련을 한다고 저 야단이람!" 사령관 부인이 말했다. "팔라시카! 주인님께 점심 드시라고 말씀드려라. 그리고 마샤*는 또 어딜 간 거야?" 그때, 열여

* '마리야'의 애칭.

덟 살 정도 되어 보이는 아가씨가 방으로 들어섰다. 둥그런 얼굴에 홍조를 띠우고, 빨갛게 달아오른 양쪽 귀 뒤로 단정하게 금발 머리를 빗어 넘긴 아가씨였다. 첫눈에 그녀는 썩 호감이 가지 않았다. 그녀에 대한 선입견 때문이었는데, 시바브린이 대위의 딸인 마샤를 아주 미련한 여자라고 말했던 것이다. 마리야 이바노브나는 구석에 앉아 수를 놓기 시작했다. 그사이 양배추 수프가 나왔다. 바실리사 예고로브나는 남편이 계속 들어오지 않자 팔라시카를 다시 보냈다. "가서 주인님께 손님들이 기다리고 있고, 수프가 다 식는다고 말씀드려라. 훈련은 언제라도 할 수 있고, 앞으로도 고함은 얼마든지 칠 수 있을 거라고 말이다." 잠시 후 대위는 애꾸눈 노인과 함께 나타났다. "왜 이렇게 늦으셨어요?" 그의 아내가 말했다. "음식은 오래전에 다 준비되었는데, 불러도 계속 오지 않으니 말예요." "이것 봐요, 바실리사 예고로브나. 근무 중이라는 걸 몰라서 그러오? 사병들을 훈련시키는 중이었단 말이오." 이반 쿠즈미치가 대답했다.

"됐어요!" 사령관 부인이 쏘아붙였다. "말이 좋아 훈련이지, 그자들은 아무리 훈련시켜 봐야 근무도 제대로 못할 텐데요 뭘. 근무를 안 하는 건 당신도 마찬가지고요. 집에 가만히 앉아 기도나 드리는 것이 백배 낫죠. 자, 손님들, 어서 자리에 앉으세요."

우리는 모두 식탁에 둘러앉았다. 바실리사 예고로브나는 잠시도 가만히 있지 않고, 나에게 부모님은 어떤 분인지, 모두 살아 계신지, 어디에 살고 계신지, 재산은 어느 정도인지 질문을 퍼부었다. 내가 우리 아버지에게 삼백 명의 농노가 있다고 말하자, "어머나, 세상에 그렇게 많은 농노를 갖고 있다니요!"[17] 하고 놀라 말했다. "그러니까 그런 부자가 정말로 있군요! 우리 집은 하녀라곤 겨우 팔라시카 하나뿐인데. 그래도 덕분에 그럭저럭 살고 있긴 하지요. 한 가지 걱정거리가 있다면 우리 마샤인데, 결혼할 나이가 되었는데도 가진 것이 아무것도 없으니 어떻게 해야 할지 모르겠어요. 있는 거라곤 머리빗 하나와 목욕솔 하나, 그리고 목욕 값밖에 안 되는 삼 코페이카 동전뿐이니!(하느님, 용서하세요) 괜찮은 총각이라도 나타나면 다행이지만, 잘못하다간 평생 처녀로 늙어 죽을지도 몰라요." 나는 마리야 이바노브나를 힐끔 쳐다보았다. 얼굴을 발갛게 붉힌 그녀는, 접시에 눈물까지 떨구었다. 나는 그녀가 측은해서 얼른 화제를 바꾸었다.

"제가 듣기로는 바시키르족[18]들이 이 요새를 공격할지도 모른다고 하던데요." 나는 전혀 엉뚱한 말을 꺼냈다. "자네, 그 말을 도대체 어디서 들었나?" 이반 쿠즈미치가 물었다. "오렌부르크에서는 다들 그렇게 말하더군요." 내가 대답했다. "다 헛소리야! 나는 아무 이야기도 못 들었네. 바시키르족들은 모두 겁을 먹고 있는 데다 키르기스족들도 우리가 혼을 내주었으니, 걱정하지 말게. 아무도 우리를 넘보진 못할 걸세. 만일 멋모르고 쳐들어왔다가는 한 십 년은 찍소리 못하게 맛을 보여 주지." 사령관이 말했다. "그러면 부인은 두렵지 않습니까? 이렇게 위험한 요새에 계시니 말입니다." 내가 사령관 부인에게 물었다. "이젠 익숙해져서 괜찮아요." 그녀가 대답했다. "이십 년 전에 우리가 처음 이곳으로 전속되어 왔을 때는, 그 이교도 놈들이 얼마나 무서웠던지, 말도 마세요. 그놈들의 살쾡이 모자가 보이거나, 그들의 고함 소리만 들려도, 오 하느님 맙소사, 어찌나 가슴이 떨리고 두려웠는지 몰라요! 하지만 지금은 익숙해서 그 악당들이 말을 타고 요새 주변을 달린다는 보고가 들어와도 눈 하나 깜짝하지 않아요."

"바실리사 예고로브나는 매우 용감한 분이십니다." 시바브린이 자랑스럽게 덧붙였다.

"이반 쿠즈미치가 제 말을 증명해 주실 겁니다."

"그건 맞는 말이야. 내 마누라는 겁쟁이가 아니지." 이반 쿠즈미치가 말했다.

"그러면 마리야 이바노브나는 어떻습니까? 부인처럼 그렇게 용감하십니까?" 내가 물었다.

"마샤가 용감하냐고요?" 그녀의 어머니가 말했다. "말 말아요. 마샤는 아주 겁쟁이예요. 지금도 총소리만 들리면 얼마나 부들부들 떠는지 모른다오. 글쎄, 재작년엔가는 우리 집 양반이 내 명명일命名日[19]에 대포를 쏘려고 했다가 마샤가 얼마나 겁을 먹었던지 하마터면 큰일 날 뻔했지 뭐예요. 그 후로 망할 놈의 그 대포는 쏘지 않는다오."

우리는 식탁에서 일어났다. 사령관과 부인은 잠자리에 들었고, 나는 시바브린의 숙소로 함께 가서, 그곳에서 밤새도록 그와 시간을 보냈다.

제4장

결투

좋아, 원한다면, 칼을 들고 나서라.
그리고 똑똑히 보아라, 네 몸이 어떻게 요절나는지를.[20]

크냐즈닌

◆◆

몇 주가 지나자, 벨로고로드 요새에서의 내 생활은 괜찮은 정도가 아니라, 오히려 유쾌하기까지 했다. 사령관 가족은 나를 한 식구처럼 대해 주었다. 사령관 내외는 존경할 만한 분들이었다. 이반 쿠즈미치는 사병의 아들로 태어나 장교가 된 사람으로 교육도 제대로 받지 못한 평범한 사람이었지만, 아주 강직하고 선량한 인물이었다. 그의 아내는 사령관을 마음대로 쥐고 흔들었지만, 그것이 오히려 사령관의 무사태평한 성격과 맞아떨어졌다. 바실리사 예고로브나는 군대 일을 마치 집안일처럼 생각하고 요새 전체를 자기 집처럼 관리했다. 얼마 안 있어 마리야 이바노브나는 수줍음을 타지 않게 되었고, 나와 가깝게 지내게 되었다. 나는 그녀가 분별력과 감수성이 풍부한 아가씨라는 것을 알게 되었다. 어느새 나는 선량한 사령관 가족에게 애정을 느끼게 되었고, 심지어는 바실리사 예고로브나와 불륜의 관계를 맺고 있다고 시바브린이 유언비어를 퍼트린 수비대의 중위 애꾸눈 이반 이그나치이치마저, 그런 낌새는커녕, 오히려 호감을 갖게 되었다. 그런데도 시바브린은 그것에 대해 전혀 개의치 않았다.

나는 장교로 임명되었다. 군 생활은 전혀 힘들지 않았다. 무사태평인 이곳 요새는 사열이나 훈련, 그리고 보초 근무라는 것이 없었다. 사령관은 이따금 마음이 내킬 때면, 사병들이 좌우를 구별할 수 있도록 훈련을 시키곤 했지만, 아직 완벽하게 병사들을 가르치는 데는 역부족이었다. 시바브린은 프랑스어로 된 책을 몇 권 가지고 있었다. 나는 그것들을 읽기 시작했고, 갑자기 문학에 대한 열정이 생겼다. 나는 아침에는 주로 책을 읽거나 번역을 하기도 하고, 가끔은 직접 시를 쓰기도 했다. 점심은 보통 사령관 관사에서 먹었고, 나머지 시간도 대부분 그곳에서 보냈다. 가끔 저녁이면 게라심 신부가 그의 아내 아쿨리나 팜필로브나와 함께 이곳에 들르곤 했는데, 신부의 아내는 이 지역에서 수다스럽기로 으뜸가는 여자였다. 알렉세이 이바느이치 시바브린과도 매일 만났다. 그러나 날이 갈수록 그의 이야기에 흥미를 잃어갔다. 사령관 가족에 대한 그의 계속되는 농지거리, 특히 마리야 이바노브나에 대한 가시 돋친 험담은 심히 거북했다. 그 외에는 교제할 만한 사람이 요새 안에 없었고, 또 다른 사람을 원하지도 않았다.

소문은 무성했지만 바시키르인들의 봉기는 일어나지 않았

다. 우리 요새 주변은 계속 평온한 상태였다. 그러나 평온은 우리 내부의 갈등 때문에 뜻하지 않게 깨지고 말았다.

내가 문학에 심취해 있었다는 것은 이미 밝힌 바 있다. 당시에 내 습작들은 상당한 수준에 올라서, 몇 해 후, 알렉산드르 페트로비치 수마로코프[21]에게 격찬을 받을 정도였다. 하루는 아주 만족스러운 시 한 편을 완성했다. 모름지기 작가들은 조언을 해달라는 구실로 자기를 높이 평가해 주는 호의적인 독자를 찾게 마련이다. 나도 시를 완성한 다음에, 요새 안에서 시를 평가할 만한 유일한 인물인 시바브린에게 시를 가져갔다. 나는 몇 마디 사설을 늘어놓다가, 호주머니에서 수첩을 꺼내 다음의 시구를 읊어 주었다.

사모의 마음 떨쳐 버리고,
아름다운 그대를 잊으려 애쓰네,
아아, 마샤 그대를 멀리하여,
사랑의 굴레에서 벗어나고 싶어라!

그러나 나를 사로잡은 그 눈동자,
언제나 내 앞에서 빛나니,
내 마음 흔들려,
괴롭기만 하여라.

나의 고통 안다면,

그대 마샤여, 나를 바라봐 주오.

이 험한 변방에서,

그대의 포로 된 나를 가련히 여겨 주오.[22]

"자네, 이 시를 어떻게 생각하나?"

나는 응당 나에게 바쳐져야 할 공물처럼 찬사를 기대하며 시바브린에게 물었다. 그런데 여느 때 같으면 관대한 평가를 했을 시바브린이 형편없는 시라고 딱 잘라 말하자, 몹시 기분이 언짢았다.

"왜 그렇게 생각하나?" 나는 애써 불쾌한 감정을 감추며 물었다.

"왜냐하면," 그가 대답했다. "이런 류의 시는 나의 스승 바실리 키릴로비치 트레디아콥스키[23]에게나 어울리는 시란 말일세. 그런데 우리 스승의 연시와 너무 흡사하단 말이야."

그렇게 말하고는 내 손에서 수첩을 낚아채 신랄하게 빈정대고 비웃으며 낱말 하나하나, 문장 하나하나에 꼬치꼬치 시비를 걸었다. 더 이상 참을 수 없었던 나는 그의 손에서 수첩을 빼앗고, 앞으로 다시는 시를 보여주지 않겠다고 말했다. 시바브린은 나의 위협에도 아랑곳하지 않고 나를 비웃었다. "어디 두고 보세." 그가 말했다. "자네가 지금 한 말을 지킬 수 있을지. 이반 쿠즈미치에게는 식전에 반주가 필요하듯, 시인에게는 독자가 꼭 필요한 법이거든. 그나저나, 자네가 언급한 달콤한 정열과 사랑의 고통을 준 마샤라는 여인이 누군가? 혹시 마리야 이바노브나를 두고 말하는 것 아닌가?"

"시 속의 마샤가 누군지는 자네가 상관할 바 아닐세." 내가 얼굴을 찌푸리며 대답했다. "자네의 견해나 추측 따위는 사양하네."

"오호라! 자존심 강한 시인이자 소심한 사랑의 포로군!" 시바브린은 점점 더 약을 올리며 말을 이었다. "하지만 우정 어린 나의 충고도 무시하진 말게. 사랑을 얻고 싶다면 그런 시 따위는 집어치우게."

"그게 무슨 뜻인가? 설명을 좀 해보게."

"기꺼이 말해 주지. 가령, 마샤 미로노바가 야심한 밤에 자네를 찾아오게 하려면 그따위 달콤한 연애시 대신에 귀고리나 한 쌍 선물하게."

그 말에 나는 피가 거꾸로 솟았다. "왜 자네는 그녀를 그런 식으로 매도하나?" 나는 애써 분을 삭이며 물었다.

"왜냐하면 경험상 그녀의 성격과 습성을 잘 알기 때문일세." 그는 음흉한 웃음을 지으며 대답했다.

"거짓말 마, 이 비열한 놈아!" 나는 화가 머리끝까지 올라 소리를 질렀다. "그런 파렴치한 거짓말을 하다니!"

시바브린의 안색이 일시에 변했다. "아니, 이건 그냥 넘어갈 수 없군." 그가 내 손목을 움켜잡으며 말했다. "당장 자네에게 결투를 신청하겠네."

"좋아, 언제든지 응해 주지!" 나도 기꺼이 받아들이겠다고 대꾸했다. 나는 그 순간 할 수만 있었다면 그를 갈기갈기 찢고도 남았을 것이다.

나는 그길로 바로 이반 이그나치이치를 찾아갔다. 그는 사령관 부인의 부탁으로 겨울에 쓸 버섯을 말리기 위해 실에 꿰고 있는 중이었다. "표트르 안드레이치!" 그가 나를 보고 말했다. "어서 오십시오! 그래, 무슨 바람이 불어서 여기까지 오셨습니까? 무슨 일인지 여쭤봐도 되겠습니까?" 나는 간략하게 알렉세이 이바느이치와 다툰 일을 설명하고 이반 이그나치이치에게 결투의 입회인이 되어 달라고 부탁했다. 이반 이그나치이치는 하나밖에 없는 눈을 휘둥그레 뜨고 진지하게 나의 이야기를 들었다. "저어, 한 말씀 드리겠습니다." 그가 나에게 말했다.

"지금 장교님의 말인즉슨, 알렉세이 이바느이치를 죽이려고 하니, 저더러 입회인이 되어 달라는 이야기이지요? 죄송하지만, 그 말씀이죠?"

"바로 그렇소."

"이런 세상에, 표트르 안드레이치! 그게 도대체 무슨 말입니까? 그러니까 장교님이 알렉세이 이바느이치와 다투셨다는 말씀이죠? 이거 정말 큰일입니다! 욕지거리는 금방 잊히기 마련입니다. 그가 욕지거리를 하면 이쪽에서도 욕지거리를 해주고, 그쪽에서 주둥이를 치면 이쪽에서 귓등을 후려갈기면 됩니다. 두세 번 주거니 받거니 하다가 헤어지면 그만입니다. 그러면 저희들이 화해를 시켜서 해결하면 되고요. 그런데 가까운 사람들끼리 칼부림을 한다는 것이, 죄송한 말씀이지만, 옳다고 할 수 있는 일입니까? 설사 장교님이 알렉세이 이바느이치를 찌른다고 해도 저는 눈 하나 깜짝하지 않을 겁니다. 저도 그 사람을 별로 좋아하지 않으니까요. 하지만, 그가 장교님을 찌르면 어떡합니까? 그것이 도대체 무슨 꼴입니까? 죄송하지만, 누가 바보 소리를 듣겠습니까?"

중위의 사려 깊은 판단도 내 결심을 바꾸지는 못했다. 나는 나의 결심을 계속 고집했다. "그렇다면 원하는 대로 하십시오." 이반 이그나치이치가 말했다. "정 그러시다면 원하는 대로 하십시오. 그렇지만, 제가 꼭 입회인이 되어야 할 이유가 없지 않습니까? 무엇 때문에 제가 그래야 한단 말입니까? 죄송하지만, 결투가 대단한 흥밋거리가 된다고 생각하십니까? 저는 스웨덴전과 터키전을 경험한 덕분에 그런 광경은 지겹도록 구경했습니다."

그럼에도 내가 어떻게든 그에게 입회인의 임무에 관해 설명하려 했지만, 이반 이그나치이치는 내 말을 받아들이려 하지 않았다. "정 그렇다면, 원하는 대로 하시지요." 그가 말했다. "그러나 제가 이 일에 관여해야 한다면, 저의 직책상, 먼저 이반 쿠즈미치에게 보고를 해야 합니다. 요새 안에서 국가의 이익에 반하는 금지된 일이 벌어질지 모르니, 사령관님이 어떤 식으로든 적절한 조치를 취하도록 말입니다." 그가 말했다.

나는 기겁해서, 이반 이그나치이치에게 사령관에게는 절대 비밀을 지켜 달라고 부탁했다. 결국 반강제로 그를 설득해 비밀을 지키겠다는 다짐을 받아냈다. 하지만 그를 입회인으로 내세우는 것은 포기했다.

여느 때와 마찬가지로 그날도 나는 사령관 관사에서 저녁 시간을 보냈다. 나는 괜히 사람들의 의심을 산다거나 귀찮은 질문을 받고 싶지 않아서 애써 즐거운 표정을 지으며 태연한 척했다. 그러나 고백컨대, 불행히도 나는 이런 입장에 처한 사람들이 언제나 과시적으로 보여주기 마련인 침착성이 없었다. 그날 밤 나의 마음은 애잔하고 감상적이 되었다. 마리야 이바노브나는 여느 때보다 더욱 내 마음을 끌어당겼다. 어쩌면 그녀를 볼 수 있는 것도 오늘이 마지막이 될지 모른다는 생각이 들어서인지 그녀의 모습이 평소보다 더 사무치게 느껴웠다. 그때 시바브린이 나타났다. 나는 그를 구석으로 끌고 가서, 이반 이그나치이치와 나눈 이야기를 전했다. "입회인이 무슨 필요가 있나? 그런 건 없어도 돼." 매몰차게 그가 말했다. 우리는 요새 근처에 있는 건초 더미 뒤에서 결투를 하기로 하고, 다음 날 아침 여섯 시에 만나기로 약속했다. 곁에서 보기에 우리 두 사람이 사이좋게 대화를 나누는 것처럼 보인 때문인지, 이반 이그나치이치가 반가운 마음에 그만 무심코 이렇게 중얼거리고 말았다.

"진작에 그랬으면 좀 좋습니까." 흡족한 표정으로 그가 나에게 말했다. "선한 싸움보다 나쁜 평화가 낫고, 명예를 잃더라도 몸은 성해야 한다고 하잖아요."

"뭐라고요, 뭐라고 하셨어요, 이반 이그나치이치?" 한쪽 구석에서 카드 점을 치고 있던 사령관 부인이 말했다. "무슨 말인지 못 들었어요."

이반 이그나치이치는 내가 눈을 찡그리는 것을 보자, 나와 한 약속을 떠올리고는 당황해서 우물쭈물 했다. 시바브린이 얼른 그에게 구원의 손을 뻗쳤다.

"이반 이그나치이치는 우리가 화해해서 잘됐다고 말했습니다." 시바브린이 말했다.

"누구와 싸웠다는 겁니까? 아니, 장교님들이 싸웠다고요?"

"표트르 안드레이치와 대판 싸웠습니다."

"아니 무슨 일로요?"

"뭐 사소한 일이었습니다. 노래 때문이었지요. 바실리사 예고로브나."

"별걸 다 가지고 싸우는군요. 노래 때문이라니! 그래 어떻게 싸우게 되었는데요?"

"사실은 이렇게 된 일입니다. 표트르 안드레이치가 얼마 전에 노래를 하나 지었다면서, 오늘 제 앞에서 노래를 부르지 뭡니까? 그래서 저도 평소에 좋아하던 노래를 불렀죠. 이런 노래였습니다.

대위의 딸이여,

야심한 시각에 산책일랑 하지 마오.[24]

그런데 거기서 서로 언쟁이 생겼습니다. 표트르 안드레이치가 처음에는 불같이 화를 냈지만, 나중에는 인정했습니다. 누구에게나 노래를 부를 자유는 있다는 것을 말입니다. 그렇게 문제가 해결됐습니다."

나는 시바브린의 뻔뻔스러운 언행에 화가 치밀었지만, 나 외에는 아무도 그의 저속한 비유를 알지 못한 것 같았다. 전혀 관심조차 보여 주지 않았다. 화제는 시에서 시인으로 옮겨 갔다. 사령관은 시인들이란 모두 방탕한 데다 주정뱅이들이라고 말하는가 하면, 시를 쓰면 군 복무에 방해가 되고 좋지 못한 결과를 초래할 수 있으니 피하는 것이 좋겠다고 은근한 충고까지 곁들였다.

나는 시바브린과 같이 앉아 있다는 것이 견딜 수가 없었다. 그래서 나는 사령관과 그의 가족들에게 작별 인사를 하고 집으로 돌아왔다. 나는 군도를 점검하고 칼날을 시험해 본 다음, 사벨리치에게 여섯 시에 깨우라고 지시하고 잠자리에 들었다.

다음 날 아침, 나는 약속 시간에 맞춰 건초 더미 뒤에서 적을 기다렸다. 얼마 후, 그가 얼굴을 드러냈다. "사람들 눈에 뜨일지도 몰라." 그가 나에게 말했다. "빨리 해치우자고." 우리는 서둘러 군복을 벗고 조끼 차림으로 칼을 뽑아 들었다. 바로 그때, 건초 더미 뒤에서 이반 이그나치이치와 네댓 명가량의 상이군인들이 나타났다. 그들은 우리를 사령관에게 데려가겠다고 했다. 우리는 분하긴 했지만 그들의 말에 따를 수밖에 없었다. 우리는 병사들에게 둘러싸인 채, 의기양양하게 으스대며 앞서 걸어가는 이반 이그나치이치의 뒤를 따라 요새로 향했다.

우리가 사령관의 관사에 이르자, 이반 이그나치이치는 문을 열고, 엄숙한 말투로 "모셔왔습니다!" 하고 말했다. 바실리사 예고로브나가 우리를 맞았다. "에그머니, 장교님들! 이게 무슨 꼴입니까? 어떻게 된 일이에요? 우리 요새에서 살인을 저지르려 하다니요! 이반 쿠즈미치, 당장 이 사람들을 감옥에 처넣으세요! 표트르 안드레이치! 알렉세이 이바느이치! 당장 칼을 이리 내놔요. 팔라시카, 이 칼을 얼른 창고에 갖다 놓도록 해라. 표트르 안드레이치, 정말 당신이 그럴 줄은 몰랐어요. 부끄럽지도 않으세요. 알렉세이 이바느이치는 물론, 살인을 저지른 적이 있는 사람이니까 그렇다고 해요. 그 때문에 근위대에서 쫓겨났고, 신앙심도 없으니 말예요. 그런데 당신은 어떻게 그럴 수가 있어요? 당신도 같은 길로 빠지겠다는 거예요?"

이반 쿠즈미치는 전적으로 아내의 의견에 동의하고 다음과 같은 결정을 내렸다. "잘 알아들었나? 바실리사 예고로브나의 말이 전적으로 옳아. 결투는 군인의 근무 규정상 금지되어 있네." 그사이 팔라시카가 우리의 군도를 창고로 가져갔다. 나는 웃음이 나왔다. 시바브린은 계속 점잔을 빼고 있었다. "저는 부인을 존경합니다만, 부인께서 나설 일은 아닌 것 같습니다. 이런 일은 이반 쿠즈미치에게 맡기십시오." 그가 냉정하게 말했다.

"아니 이런! 이보시게!" 사령관 부인이 맞섰다. "부부는 일심동체라는 말 모르나? 이반 쿠즈미치! 왜 아무 말 않고 멍하니 계세요? 지금 당장 이 사람들을 각자 영창에 넣고 빵과 물만 주도록 하세요. 정신 좀 차리게 해야 합니다. 그리고 게라심 신부님을 모셔다가 고해성사를 하게 하세요. 하느님께 용서를 빌고 사람들 앞에서도 참회를 하게 해야 합니다."

이반 쿠즈미치는 어떻게 해야 할지 몰라 당황했다. 마리야 이바노브나는 새파랗게 질려 떨고 있었다. 조금씩 풍파가 가라앉았다. 사령관 부인도 마음을 누그러뜨리고 우리들에게 화해의 입맞춤을 명했다. 팔라시카가 우리에게 군도를 다시 갖다 주었다. 우리는 겉으로는 화해한 척하면서 사령관 관사를 나왔다. 이반 이그나치이치도 우리를 따라 나왔다. 내가 화가 나서 그에게 말했다. "부끄럽지도 않소? 비밀을 지키겠다고 철석같이 약속해 놓고 사령관에게 고자질을 하다니요!" 그러자 그가 대답했다. "아닙니다, 아니에요. 저는 절대로 이반 쿠즈미치에게 말한 적이 없습니다. 바실리사 예고로브나가 하도 꼬치꼬치 캐물어 말을 하게 되었지요. 그런데 바실리사 예고로브나가 사령관에게 알리지도 않고, 모든 일을 지시한 것이에요. 어쨌든 아무 탈 없이 일이 해결되어 천만다행입니다." 그가 이렇게 말하고 집으로 돌아가자 나와 시바브린만이 남게 되었다. "우리 문제를 이렇게 끝낼 수는 없네." 내가 그에게 말했다. "물론이지." 시바브린도 질세라 대답했다. "자네의 불손한 행동에 대해서는 오직 피로써 보답할밖에. 그러나 틀림없이 우리를 감시하고 있을 테니 앞으로 며칠 동안은 아무 일도 없는 척해야 되네. 잘 가게!" 그런 다음 우리는 아무 일도 없었던 것처럼 헤어졌다.

나는 평소와 같이 사령관 관사로 다시 돌아와 마리야 이바노브나의 곁에 앉았다. 이반 쿠즈미치는 집에 없었고, 바실리사 예고로브나는 집안일로 분주했다. 우리는 작은 목소리로 이야기를 나누었다. 마리야 이바노브나는 내가 시바브린과의 문제로 많은 사람들에게 걱정을 끼친 것을 살짝 나무랐다.

"장교님들이 군도를 들고 결투를 하신다는 이야기를 들었을 때, 저는 기절할 뻔했어요. 남자들은 정말 이상하군요! 일주일만 지나면 잊힐 사소한 말 한마디 때문에 칼부림을 하고, 자신의 생명과 양심을 저버리고, 심지어 다른 사람의…… 행복까지도 기꺼이 희생하려 하니 말예요. 하지만 저는 당신이 먼저 싸움을 걸지는 않았다고 믿어요. 분명히 알렉세이 이바느이치가 잘못했다고 확신해요."

"마리야 이바노브나, 왜 당신은 그렇게 생각하십니까?"

"그냥…… 그는 원래 남을 잘 비웃어요! 저는 알렉세이 이바느이치가 싫어요. 아주 불쾌한 사람이죠. 그러나 이상하게도 그가 저를 미워하지는 않았으면 좋겠어요. 그가 몹시 두렵거든요."

"마리야 이바노브나, 당신은 그가 당신을 좋아한다고 생각하십니까? 아니면 미워한다고 생각하십니까?" 마리야 이바노브나는 얼굴을 붉히며 대답을 주저했다.

"제 생각에는 좋아하는 것 같아요."

"왜 그렇게 생각하십니까?"

"그분이 저에게 청혼을 했었거든요."

"청혼이라고요! 그가 당신에게 청혼을 했었단 말입니까? 그게 언제였습니까?"

"작년에요. 당신이 이곳에 오기 두 달 전이었어요."

"그런데 당신이 허락하지 않았군요?"

"보시다시피 그렇게 됐어요. 알렉세이 이바느이치는 물론 머리도 좋고 집안도 좋은 데다 재산도 있어요. 하지만 그 사람이 결혼식 날 많은 사람들 앞에서 저에게 입을 맞출 거라고 생각하면…… 아, 절대 안 돼요! 아무리 조건이 좋다 해도 저는 싫어요!"

마리야 이바노브나의 이야기를 듣고 나니, 비로소 모든 것이 분명해지고, 많은 것을 이해할 수 있었다. 시바브린이 왜 그녀의 험담을 늘어놓곤 했는지도 이해할 수 있었다. 그는 우리가 서로 호감을 갖고 있다는 것을 알고 우리를 떼어 놓기 위해 그런 행동을 한 것이다. 우리의 싸움의 동기가 된 그의 말도 단순한 비웃음이 아니라, 사실은 교묘하게 의도된 중상모략이었다는 사실을 깨닫고 나니, 더욱더 그가 가증스럽게 생각되었다. 그래서 뻔뻔스러운 그 독설가를 응징해야겠다는 생각이 더욱 불타올랐고, 초조한 심정으로 하루빨리 적당한 기회가 오기만을 기다렸다.

얼마 기다리지 않아 기회가 왔다. 이튿날, 엘레지悲歌를 한 편 지을 생각으로 펜을 깨물며 적당한 운이 떠오르기를 기다리고 있을 때, 시바브린이 나의 방 창문을 두드렸다. 나는 펜을 내려놓고, 군도를 집어 들고 그에게 갔다. "뒤로 미룰 필요가 있겠나?" 그가 나에게 말했다. "우리를 감시하는 눈이 없으니, 지금 바로 강변으로 가세. 그곳에서는 아무도 우릴 방해하지 않을 걸세." 우리는 말없이 강변으로 향했다. 가파른 비탈길을 내려가 강변에 멈춰 선 우리는 군도를 뽑아 들었다. 시바브린의 검술은 나보다 뛰어났지만, 나는 그보다 힘이 세고 더 용감했다. 나는 언젠가 군대에서 근무한 적이 있었다는 보프레에게 검도를 배운 적이 있어, 능력을 십분 발휘했다. 시바브린은 내가 그렇게 만만한 상대가 아니라는 사실은 몰랐을 것이다. 우리는 한참 동안 서로 상대에게 상처를 입히지 못했다. 드디어 시바브린이 힘이 빠진 것을 보고, 나는 공격적으로 그에게 달려들었고, 강변 가장자리까지 그를 몰아갔다. 그때, 큰 소리로 내 이름을 부르는 소리가 들렸다. 나는 문득 고개를 돌렸다. 사벨리치가 우리 쪽을 향해 가파른 비탈길을 달려 내려오고 있었다. 그 순간, 나는 오른쪽 어깨 밑의 가슴을 심하게 찔려 정신을 잃고 쓰러졌다.

제5장

사랑

아가씨, 아가씨, 아름다운 아가씨!
어린 나이에 시집일랑 가지 마오,
부모에게 묻고 물어,
일가친척 묻고 물어,
지혜와 분별을 배워 두소,
그것이 살림 밑천이라오.[25]

민중가요

예쁜 아가씨를 만나거든 저를 잊으시고,
못난 아가씨를 만나거든 저를 기억해 주세요.[26]

민중가요

◆◆

나는 정신이 들고 난 후에도, 한참 동안 나에게 무슨 일이 일어났었는지 아무 기억이 없었다. 나는 낯선 방 안의 침대 위에 누워 있었고, 온몸에 힘이 하나도 없었다. 눈앞에 사벨리치가 촛불을 들고 서 있었다. 누군가가 나의 가슴과 어깨의 붕대를 조심스럽게 풀고 있었다. 조금씩 정신이 들었다. 마침내 나는 결투 사건을 기억해 내고, 내가 상처를 입은 사실을 알아차렸다. 그때 문이 열리는 소리가 들렸다. "좀 어떠세요?" 하는 나직한 목소리가 들리자, 나는 갑자기 온몸이 떨리기 시작했다. "별 차도가 없습니다요." 사벨리치가 한숨을 내쉬며 대답했다.

"벌써 닷새째 이렇게 혼수상태이니, 원." 나는 몸을 움직이려고 했지만 꼼짝할 수가 없었다.

"여기가 어디지? 방금 그 사람은 누구야?" 간신히 내가 말했다. 그러자 마리야 이바노브나가 내 침대 곁으로 와서 고개를 숙이고 물었다. "어때요, 이제 정신이 좀 드세요?" "덕분에 괜찮아요." 내가 힘없는 목소리로 대답했다. "마리야 이바노브나, 바로 당신이었군요! 이게 어떻게 된 일인지 이야기 좀……." 나는 힘이 빠져 더 이상 말을 못하고 입을 다물었다. 사벨리치가 환성을 올렸다. 그의 얼굴이 환해졌다. "정신을 차리셨군요. 이제야 정신을 차리셨어요!"

그가 반복해 말했다. "오, 하느님 고맙습니다요. 천만다행이에요, 표트르 안드레이치 도련님! 이놈이 얼마나 놀랐는지 모르시지요? 이게 어디 보통 일이어야지요? 닷새 동안이나 정신을 잃고 계셨다니까요!" 마리야 이바노브나가 그의 말을 가로막았다. "사벨리치, 말을 많이 시키면 안 됩니다. 아직은 매우 허약한 상태니까요." 그녀는 밖으로 나가며 조심스럽게 문을 닫았다. 나는 흥분에 휩싸였다. 이제 보니, 지금 나는 사령관의 집에 누워 있고, 마리야 이바노브나가 이제껏 나를 돌본 것이 분명했다. 내가 사벨리치에게 몇 마디 물어보려 했지만, 사벨리치는 고개를 가로저으며 귀를 막는 시늉을 했다. 나는 아쉽긴 했지만 다시 눈을 감고 금세 잠이 들었다.

잠에서 깨자 사벨리치를 불렀다. 그러자 사벨리치 대신 마리야 이바노브나가 나에게 다가와 천사 같은 목소리로 인사를 건넸다. 그 순간 나를 사로잡은 황홀한 감정은 이루 말로 표현할 수 없었다. 나는 그녀의 손을 잡고 감동의 눈물을 흘리며 입을 맞추었다. 마샤는 손을 빼지 않고 가만히 있었다……. 갑자기 그녀의 입술이 내 뺨에 와 닿았다. 나의 뺨에서 그녀의 뜨겁고 생생한 입맞춤을 느꼈다. 순간 온몸에 불이 번지는 것 같았다. "사랑하는 마리야 이바노브나……." 내가 그녀에게 말했다. "부디 저의 아내가 되어 주십시오. 내 청을 거절하지 말고, 나를 행복하게 해주세요." 그녀가 간신히 정신을 수습하고는 나에게서 손을 빼며 말했다. "제발, 진정하세요. 아직은 마음을 놓을 수 없는 상태예요. 상처가 덧날지도 몰라요. 저를 위해서라도 몸조심하셔야 해요." 그녀는 이렇게 말하고는 한없는 환희에 감싸인 나를 두고 방을 나갔다. 더할 수 없는 행복이 나를 소생시켰다. 그녀는 내 것이다! 그녀는 나를 사랑하고 있다! 내 마음은 이 생각만으로 가득 찼다.

그 후, 점차 나는 호전되었다. 나의 치료를 담당한 사람은 이 연대의 이발사였다. 요새 안에는 특별히 치료할 만한 다른 의사가 없었기 때문이다. 다행스러운 것은 그가 공연히 아는 척해서 서투른 짓을 하지는 않았다는 점이다. 젊음과 자연이 나를 빠르게 회복시켜 주었다. 사령관 가족 모두가 나를 정성껏 보살펴 주었다. 마리야 이바노브나는 내 곁을 잠시도 떠나지 않았다. 물론 나는 적당한 기회가 올 때마다 전에 말했던 사랑의 고백을 계속했고, 마리야 이바노브나도 진지하게 받아 주었다. 그녀 역시 솔직하게 자신의 사랑을 고백했고, 부모님도 기꺼이 축복해 주실 거라고 말했다. "그러나 잘 생각해 보세요." 그녀가 이렇게 덧붙였다. "당신의 부모님이 반대하시지는 않을까요?"

나는 곰곰이 생각했다. 다정다감한 성품의 어머니는 별다른 문제가 없을 테지만, 아버지는 평소 성격과 사고방식으로 보아 우리의 사랑을 전혀 이해하지 못할 뿐 아니라, 우리의 사랑을 그저 젊은 혈기로 치부해 버리고 말 것이라는 사실을 짐작할 수 있었다. 나는 마리야 이바노브나에게 솔직하게 사실을 털어놓고, 아버지에게 정중하게 편지를 올려서 부모님의 축복을 빌겠다고 했다. 나는 편지를 써서 마리야 이바노브나에게 보여 주었다. 그녀는 나의 편지가 아버지를 충분히 설득시키고 감동시킬 수 있으리라고 확신했고, 우리는 우리의 젊음과 사랑을 믿고 아무 의심 없이 사랑의 감정에 충실했다.

나는 건강이 회복된 후 시바브린과 바로 화해했다. 이반 쿠즈미치는 결투 사건에 대해 잔소리를 늘어놓으며 이렇게 말했다. "이보게, 표트르 안드레이치! 영창에 집어넣으려고 했더니, 영창에 들어가지 않고도 단단히 벌을 받았군그래. 알렉세이 이바느이치는 우리 집 곡물 창고에 감시인을 붙여 감금해 두었고, 그의 군도는 바실리사 예고로브나가 자물쇠까지 채워 잘 보관해 두었다네. 그자는 철저히 반성하고 자기 죄를 뉘우쳐야 해." 그러나 당시 나의 마음은 그런 원한을 품고 있기에는 너무나 행복했다. 나는 시바브린을 용서해 달라고 간청하고, 사람 좋은 사령관은 아내의 동의를 얻어 시바브린을 석방하기로 결정했다. 시바브린은 나를 찾아와 우리 사이에 있었던 불미스러운 일에 대하여 깊이 유감을 표하고, 모든 잘못은 자신에게 있다면서 지난 일은 잊어버리자고 했다. 나는 원래 원한 같은 것을 오래 기억하는 성격이 아니어서, 우리 사이에 있었던 불미스러운 일과 내가 입은 상처에 대해 진심으로 용서했다. 그가 퍼뜨린 험담도 실은 모욕당한 자존심과 거부당한 사랑에서 비롯된 것임을 알고 있었기에 나는 이 가련한 경쟁자를 관대하게 용서할 수 있었다.

얼마 후 나는 상처가 완전히 회복되어 나의 숙소로 옮겼다. 나는 집으로 보낸 편지에 기대를 걸지는 않았지만, 불길한 예감을 애써 억누르며 초조하게 답장을 기다리고 있었다. 바실리사 예고로브나와 그녀의 남편에게는 아직 나의 의사를 밝히지 않았지만, 그들이 나의 청혼에 놀라지는 않을 것이었다. 나와 마리야 이바노브나가 그들 앞에서도 우리의 감정을 애써 감추려 하지 않았고, 그들이 허락할 것을 믿었던 것이다.

어느 날 아침, 사벨리치가 편지를 들고 내 방으로 들어왔다. 나는 두근거리는 가슴으로 얼른 편지를 낚아챘다. 겉봉에 쓰인 주소의 필체는 분명 아버지의 것이었다. 그것은 뭔가 심상치 않은 일을 예고했다. 보통은 어머니가 편지를 썼고, 아버지는 뒤에 몇 마디 덧붙이는 것이 고작이었기 때문이다. 나는 한참 동안 편지 봉투를 뜯지 못하고, '오렌부르크의 벨로고로드 요새에 있는 나의 아들 표트르 안드레이치 그리뇨프에게'라고 위엄 있는 필치로 쓰여 있는 주소와 이름만 읽고 또 읽었다. 나는 그 필체에서 편지를 쓸 때의 아버지의 기분이 어땠을지를 추측해 보려고 애를 썼고, 결국 봉투를 뜯었다. 그러나 첫 문장에서부터 일이 틀어졌다는 것을 짐작할 수 있었다. 편지의 내용은 다음과 같았다.

나의 아들 표트르 보아라! 지난 15일에 미로노프의 딸 마리야 이바노브나와의 결혼을 허락해 줄 것과 부모인 우리의 축복을 바란다는 너의 편지를 받았다. 그러나 나는 너희의 결혼을 허락하거나 축복해 줄 생각은커녕 너의 잘못된 행동을 꾸짖을 참이다. 네가 비록 장교 계급장을 달고 있지만 어린아이를 다루듯이 혼내야겠다고 생각했다. 그것은 네 스스로가 아직 군도를 찰 자격이 없다는 것을 증명했기 때문이다. 군도란 모름지기 조국을 지키라고 하사한 것이지, 너와 조금도 다를 바 없는 그런 불량배 놈을 상대로 결투를 하라고 하사한 것이 아니다. 당장, 안드레이 카를로비치에게 편지를 보내 벨로고로드 요새보다 더 먼 곳, 너의 못된 버릇을 고칠 수 있는 다른 곳으로 전속시켜 달라고 부탁할 생각이다. 너의 어머니는 네가 결투를 하고 깊은 상처를 입었다는 소식을 듣고 심한 충격을 받아 지금 병석에 누워 있다. 장차, 네놈이 뭐가 되려고 그러느냐?

하느님께 큰 은총을 바랄 수는 없으되, 그저 너의 못된 버릇만이라도 고쳐 달라고 기도해야겠다.

너의 아비 A. G.

편지를 읽고 나자, 이런저런 생각으로 마음이 심란했다. 아버지의 가혹한 비난에 심한 모욕감마저 느꼈다. 더구나 마리야 이바노브나를 무시하는 표현은 무례하고 부당한 처사라는 생각이 들었다. 벨로고로드 요새에서 다른 곳으로 전속될지도 모른다고 생각하니 겁이 나기도 했지만, 더 가슴 아픈 것은 어머니가 병석에 누웠다는 소식이었다. 분명 사벨리치가 결투 사건을 부모님께 알렸다는 생각이 들자, 그가 몹시 괘씸했다. 나는 좁은 방 안을 서성대다가 사벨리치 앞에 멈춰 서서 그를 노려보며 말했다. "내가 자네 때문에 부상을 당하고 한 달 동안이나 사경을 헤매고 있었는데, 그것도 모자라 어머니까지 병석에 눕게 했단 말인가." 사벨리치는 날벼락을 맞은 듯 깜짝 놀랐다. "아닙니다, 도련님!" 울먹이는 목소리로 그가 말했다. "무슨 그런 말씀을 하십니까? 도련님이 저 때문에 상처를 입었다니요! 하느님이 알고 계십니다! 저는 알렉세이 이바느이치의 칼끝을 제 가슴팍으로 막아서라도 도련님을 지키기 위해 달려갔었습니다요! 다만, 이 빌어먹을 늙은 몸뚱이가 말을 듣지 않은 것뿐이지요. 그리고 제가 또 마나님을 어떻게 했다는 겁니까?" "자네가 무슨 잘못을 저질렀는지 정말 모른단 말인가?" 내가 물었다. "누가 자네에게 우리 집에 편지로 고자질을 하라고 했나? 스파이 노릇이나 하려고 나한테 이렇게 붙어 있는 겐가?" "제가 편지를 쓰다니요? 그리고 고자질을 하다니요?" 사벨리치가 억울한지 눈물을 흘리며 말했다. "아이구 이런, 하느님 맙소사! 정 그렇다면 나리가 저에게 보낸 편지를 한번 읽어 보시지요. 그러면 제가 고자질을 했는지 안 했는지 금세 아실 테니까요." 이렇게 말하고 호주머니에서 편지를 꺼내 건네주었다.

편지의 내용은 다음과 같았다.

늙은 수캐만도 못한 이놈아! 부끄럽지도 않느냐. 내가 그토록 단단히 일렀는데도 불구하고 내 아들 표트르 안드레이치에 대해 아무런 보고도 하지 않아, 보다 못한 다른 사람이 내 자식의 못된 장난질을 알리게 하니 말이다. 네가 자신의 의무와 주인의 명령을 그따위로 수행할 참이냐? 네가 정 그렇다면, 진실을 은폐하고 젊은 놈을 두둔한 죄로 지금 당장 늙은 수캐 같은 네놈을 돼지나 치게 하겠다. 내가 받은 편지에는 다 회복되었다고 했지만, 그 아이의 건강이 어떤지, 상처를 입은 곳이 어디인지, 완치는 되었는지, 지금은 어떤 상황인지, 편지를 받는 즉시 상세히 보고하도록 해라.

편지를 읽고 보니 사벨리치는 아무 잘못이 없다는 것이 분명해졌다. 공연히 그를 의심하고 모욕을 준 셈이었다. 나는 사과하고 용서를 빌었다. 그러나 영감의 마음은 좀처럼 풀리지 않았다. "제가 너무 오래 살았습니다요." 그는 계속 푸념을 늘어놓았다. "제가 오래 살다 보니 주인 양반들에게 이런 대접을 받지 뭡니까요! 저를 보고 늙은 수캐 같은 놈이라고 하지 않습니까. 주인 나리는 돼지나 치라고 하고, 도련님은 저 때문에 부상을 입었다고 하시잖아요? 아닙니다. 표트르 안드레이치 도련님, 제가 아니라, 그 빌어먹을 보프레 놈 때문입니다. 그놈이 바로 쇠꼬챙이로 사람을 찌르는 법을 가르치고, 발을 구르는 법을 가르치지 않았습니까. 찌르고 발을 구르면 금세 모든 악당들을 무찌를 수 있을 것처럼 말입니다! 그 사람을 고용해서 괜한 돈을 쓸 필요가 없었습니다요!"

그렇다면 도대체 누가 나의 행실을 아버지에게 알렸단 말인가? 장군일까? 하지만 그는 나에게 그다지 관심을 두는 것 같지 않았고, 또 이반 쿠즈미치도 이번 사건을 장군에게까지 알릴 필요는 없다고 생각하지 않았던가. 나는 전혀 짐작이 가지 않았다. 아무래도 시바브린에게 의심이 갔다. 그 사실을 밀고하여 내가 요새에서 쫓겨나고 사령관 가족과 헤어지게 되면 이득을 보는 쪽은 그쪽뿐이다. 나는 이 모든 일을 마리야 이바노브나에게 전하기 위해 그녀에게 갔다. 그녀는 현관 층계까지 달려 나와 나를 맞았다. "무슨 일이에요?" 그녀가 나를 보며 놀라 말했다. "안색이 아주 창백해요!" 나는 그녀에게 아버지의 편지를 보여 주며 말했다. "다 틀렸어요!" 이번에는 그녀의 얼굴이 창백해졌다. 그녀는 편지를 읽고는 떨리는 손으로 돌려주며 말했다. "아마 우리는 인연이 아닌가 봐요. 당신의 부모님은 저를 원하지 않으세요. 모든 것이 하느님의 뜻이에요! 우리가 어떻게 해야 좋을지는 하느님이 잘 알고 계실 거예요. 어쩔 수 없어요. 표트르 안드레이치, 부디 당신이 행복하기만을 빌겠어요……." "절대 그럴 수는 없어요!" 나는 그녀의 손을 잡고 소리쳤다. "당신은 저를 사랑하고 저는 모든 것을 희생할 각오가 되어 있어요. 가서 당신의 부모님께 간청합시다. 당신의 부모님은 인정도 많으시고, 또 순수한 분들이시니…… 그분들이 우리를 축복해 주실 겁니다. 우리 결혼식을 올립시다……. 나중에 시간이 지나면, 그때 우리 아버지를 설득해도 늦지 않을 거예요. 어머니는 우리 편이 되어 주실 테고, 아버지도 결국은 우리를 용서하실 겁니다……." "안 돼요, 표트르 안드레이치!" 마샤가 대답했다. "저는 장교님 부모님의 축복 없이는 절대 결혼할 수 없어요. 당신 역시 부모님의 축복 없이 행복할 수 없어요. 하느님의 뜻에 순종하기로 해요. 하느님이 정하신 배필이 생긴다면, 당신이 다른 여인을 사랑하게 된다면, 부디 행복하시기를…… 그러면 저는 두 분을 위해……." 마샤는 울음을 터뜨리며 뛰쳐나갔다. 나는 그녀의 방으로 따라 들어가려 했지만, 나 자신도 걷잡을 수 없이 혼란스러워져서 그냥 집으로 돌아왔다.

나는 수심에 가득 차서 의자에 앉아 있었다. 그때 갑자기 사벨리치가 들어오는 바람에 나의 상념이 중단되었다. "이것 보세요, 도련님." 그가 빽빽하게 글이 써진 종이쪽지를 나에게 내밀며 말했다. "보시라니까요, 제가 정말 고자질을 했는지, 부자지간의 의를 상하게 한 장본인인지 보시라고요." 나는 그의 손에서 쪽지를 집어 들었다. 그것은 아버지에게 보내는 사벨리치의 답장이었다. 그가 쓴 대로 옮기면 다음과 같다.

자애로우신 안드레이 페트로비치 주인님!

나리의 자비로우신 글은 잘 받았습니다. 편지에서 나리께선 나리의 명령을 제대로 수행하지 못한 것을 부끄럽게 여기지 않느냐고, 종놈인 저를 심하게 꾸중하셨습니다. 하지만 저는 늙은 수캐가 아니라 충직한 주인님의 종으로서, 항상 명령에 복종하고 성심을 다해 주인님을 섬기면서 백발이 되도록 살아왔습니다. 제가 표트르 안드레이치의 부상을 알리지 않은 것은 공연한 말씀을 올려서 근심을 끼쳐드릴까 봐 염려해서입니다. 우리 마님 아브도치야 바실리예브나께서 충격으로 병석에 누우셨다고 하셨는데, 하루빨리 쾌유되시기를 기도드리겠습니다. 표트르 안드레이치 도련님이 부상을 당한 곳은 오른쪽 어깨뼈 바로 아래 가슴이고, 상처의 깊이는 1.5베르쇼크* 정도입니다. 강가에서 곧장 사령관 관사로 모셔와 그곳에서 계속 치료를 받았으며, 이 고장의 이발사인 스테판 파라모노프가 치료해 주었습니다. 다행히 표트르 안드레이치 도련님은 지금 건강을 회복하셔서 나쁜 소식은 전할 것이 전혀 없습니다. 상관들께서 도련님을 사랑해 주시고, 바실리사 예고로브나는 친아들처럼 돌보아 주십니다. 이번 사건은 젊은 혈기로 그랬거니 생각하시고 너무 꾸중하지 마십시오. 말은 발이 네 개라도 이따금 넘어지지 않습니까요. 그리고 소인을 돼지나 치게 하겠다는 말씀에 대해서는 주인님의 뜻에 맡기겠습니다. 그럼, 이만 줄입니다.

주인님의 충실한 종

* 미터법 이전 러시아에서 길이를 재는 단위. 1베르쇼크는 약 4.45센티미터.

아르히프 사벨리예프 올림

나는 착하디착한 이 영감의 편지를 읽으면서, 몇 번이나 웃음을 지었다. 나는 아버지에게 편지를 쓸 만한 입장이 아니었다. 그리고 사벨리치의 편지만으로도 어머니를 충분히 안심시킬 수 있으리라고 생각했다.

그 후로 나의 사정은 상당히 바뀌었다. 마리야 이바노브나는 나와 이야기를 나누려 하지 않고, 매번 나를 피했다. 사령관 관사에 가는 것도 서먹해진 데다, 집에 혼자 있는 것도 점점 익숙해졌다. 바실리사 예고로브나는 처음에는 그런 나를 보고 나무랐지만, 내가 고집을 피우는 것을 보고 나중에는 가만히 내버려 두었다. 이반 쿠즈미치는 근무할 때를 제외하고는 만나지 않았다. 시바브린과도 거의 만나지 않았다. 그가 마음속으로 나에게 적의를 품고 있다는 사실을 알게 되었고, 나를 고자질한 자가 바로 그였다는 사실을 확신한 다음부터는 더욱더 그를 멀리하게 되었다. 나의 삶은 무기력해져 버렸다. 고독과 허무에 빠진 음울한 상념 속에서 나는 계속 헤어나지 못했다. 그럴수록 나의 사랑은 고독 속에서 더욱 불타올랐고, 시간이 갈수록 나를 더욱 고통스럽게 만들었다. 나는 독서와 문학에 대한 흥미도 잃었다. 모든 것에 의욕을 잃었다. 이러다가 미치는 것은 아닌지, 방탕에 빠지는 것은 아닌지, 두

렵기조차 했다. 그러던 어느 날 나의 삶에 지대한 영향을 준 갑작스러운 사건이 일어나 내 영혼에 뜻밖의 강렬하고 신선한 충격을 주었다.

제6장

푸가초프의 반란

이보게, 젊은이들 내 얘기 들어보오,
늙은이가 옛이야기 해줄 테니.[27]

가요

◆◆

내가 실제 겪은 기이한 사건을 이야기하기 전에, 우선 1773년 말에 오렌부르크 지방이 어떤 상황에 처해 있었는지 이야기해 둘 필요가 있을 것 같다.

광대하고 비옥한 이 지방에는 얼마 전부터 러시아 황제의 통치 아래 들어간 소수민족들이 살고 있었다. 그들은 계속 반란을 일으켰고, 법률과 문명화된 생활에 적응하지 못했다. 무분별하고 잔인한 민족성을 갖고 있던 이 이민족들을 통제하기 위해서는 정부의 계속적인 감시가 필요했다. 필요한 곳곳에 요새를 세웠는데, 그곳 주민들 대부분이 오래전부터 야이크강변을 점령하고 있던 야이크 카자크족이었다. 그러나 이 지방의 평화와 안전을 지키는 임무를 맡은 이들이 언제부터인가 오히려 정부를 위협하는 불온한 세력으로 변질되었다. 1772년에는 그곳의 중심 도시에서 반란이 일어났다. 트라우벤베르크 장군이 자기 휘하 부대의 기강을 잡으려고 가혹한 조치를 취한 것이 원인이었다. 결국 트라우벤베르크 장군이 잔인하게 살해되고, 참모들의 위계질서도 엉망이 되었다. 결국 유산탄을 퍼붓고, 주동자들을 무자비하게 처형한 뒤에야 반란은 겨우 진압되었다.

그 사건은 내가 벨로고로드 요새로 오기 얼마 전에 일어난 일이었다. 물론 내가 도착했을 때는 잠잠해진 듯 보였지만, 그것은 표면적으로만 그래 보였을 뿐이다. 정부는 경솔하게도 교활한 폭도들의 거짓 참회를 너무 쉽게 믿었다. 그들은 마음속 깊이 원한을 품고 있었기 때문에 호시탐탐 다시 반란을 일으킬 기회를 노리고 있었다.

그럼, 여기서 다시 본론으로 돌아가자.

어느 날 저녁(1773년 10월 초순경이었다.), 나는 집에 혼자 남아 가을바람 소리를 들으며, 창밖으로 달을 스치고 지나가는 비구름을 보고 있었다. 이때, 사령관의 호출이 있었다. 사령관 관사에는 시바브린과 이반 이그나치이치, 그리고 카자크인 하사가 이미 와 있었다. 바실리사 예고로브나와 마리야 이바노브나는 보이지 않았다. 나를 맞는 사령관의 얼굴에 수심이 가득했다. 그는 문을 걸어 잠그고 문 옆에 서 있던 하사를 제외하고는 모두 자리에 앉으라고 말했다. 그러고는 호주머니에서 서류 한 장을 꺼내며 우리를 향해 말했다. "장교 여러분, 중대한 사건이 일어났소! 장군이 보낸 명령을 잘 들으시오."

그는 안경을 쓰더니, 다음과 같이 서류를 읽었다.

벨로고로드 요새 사령관 미로노프 대위 귀하

기밀 사항

귀관에게 다음과 같은 사실을 통고한다. 감금 중에 탈출한 분리파 교도 에멜리얀 푸가초프[28]는 승하하신 표트르 3세 황제[29]를 참칭하는 불손한 범행을 자행하며, 폭도들을 규합, 야이크강 유역 일대에서 폭동을 일으켜 가는 곳마다 약탈과 살인을 일삼고, 몇몇 요새를 점령, 파괴하였다. 그러므로 이 문서를 받는 즉시, 귀관은 위의 역도 참칭 황제를 격퇴할 적절한 조치를 취하고, 만일, 귀관이 관리하는 요새에 이 폭도가 내습하면 최선을 다해 섬멸하기 바란다.

"적절한 조치를 취하라니!" 안경을 벗고 서류를 책상 위에 내려놓으며 사령관이 말했다. "말이야 쉽지. 서류를 보면 그 악당이 보통 녀석은 아닌 것이 분명한데, 우리 쪽의 병력은 카자크인을 제외하고는 백삼십 명밖에 안 돼. 카자크인들은 믿을 수가 없거든. 막시므이치 자네는 제외하고 말이야(그 말에 카자크 하사가 히죽 웃었다). 그러나 어쩔 수 없지. 장교 여러분! 어쨌든 최선을 다해 주기 바라네. 먼저 보초를 세우고

야간 정찰을 실시하게. 만일, 적의 습격이 감행될 경우에는 요새의 출입구를 봉쇄하고 병사를 집합시키게. 그리고 무엇보다 중요한 것은 요새의 어느 누구에게도 사전에 이 일을 발설하지 말고 비밀에 부쳐야 한다는 것이네."

이상과 같이 지시한 후, 이반 쿠즈미치는 우리에게 해산을 명했다. 나는 시바브린과 함께 방금 들은 사실을 이야기하며 밖으로 나왔다. "자네 생각엔 일이 어떻게 될 것 같나?" 내가 그에게 물었다. "잘 모르겠네, 좀 두고 봐야지. 지금 같아서는 뭐 대단한 것 같지는 않은데, 하지만 만일에……." 그는 이렇게 말하고 나서 잠시 생각에 잠겼다가, 무심결에 프랑스의 아리아를 휘파람으로 불기 시작했다.

우리들의 세심한 주의에도 불구하고, 푸가초프의 출현에 대한 소문은 요새 안에 쫙 퍼지고 말았다. 이반 쿠즈미치는 아내를 매우 존중했지만, 직책상 자신에게 맡겨진 비밀은 절대 누설하는 법이 없었다. 장군으로부터 통지서를 받자, 그는 아주 교묘한 방법으로 바실리사 예고로브나를 밖으로 내보냈다. 게라심 신부가 오렌부르크에서 어떤 이상한 소문을 들었다는데, 그것을 좀처럼 이야기해 주려 하지 않는다고 했다. 그러자 바실리사 예고로브나는 당장 신부의 부인에게 다녀와야겠다며 집을 나섰고, 마샤가 심심해할 테니 함께 데리고 가라는 이반 쿠즈미치의 조언에 따라 마샤도 함께 데려갔다.

이반 쿠즈미치는 혼자 남게 되자 우리를 부르러 사람을 보냈고, 하녀 팔라시카는 우리 이야기를 엿듣지 못하도록 광 속에 가둬 놓았다.

바실리사 예고로브나는 신부의 부인한테서 아무것도 알아내지 못한 채 집으로 돌아왔다. 그녀는 집에 돌아와 자신이 집에 없는 사이에 이반 쿠즈미치가 회의를 열고, 그동안 팔라시카는 광 속에 갇혀 있었다는 사실을 알게 되었다. 남편에게 속은 사실을 알자 그녀는 꼬치꼬치 캐묻기 시작했다. 그러나 우리의 이반 쿠즈미치도 그러한 공격에 대해 이미 대비하고 있었다. 그는 조금도 당황하지 않고, 이것저것 캐묻는 아내에게 태연하게 다음과 같이 대답했다. “그건 말이오, 동네 아낙들이 페치카에 밀짚을 때는 것을 보고, 잘못하면 불상사가 일어날지도 몰라서, 앞으로 그런 일이 없도록 지시하고, 그 대신에 덩굴나무나 삭정이 같은 것을 때도록 엄중하게 명령을 내린 것이오.” “그렇다면, 팔라시카를 왜 가둬 두었죠?” 사령관 부인이 물었다. “우리가 돌아올 때까지 가엾은 애를 왜 광에 가둬 두었냐고요?” 이반 쿠즈미치는 이 질문에 대해서는 미처 답변을 준비하지 못했다. 그는 당황한 나머지 얼토당토않은 말로 얼버무렸다. 바실리사 예고로브나는 남편의 술책을 짐작했지만, 더 이상 따질 수가 없어, 아쿨리나 팜필로브나가 아주 독특한 방법으로 오이지를 담갔다고 화제를 바꿨다. 바실리사 예고로브나는 밤새 잠을 이루지 못하고 뒤척였지만, 남편이 무슨 생각을 하고 있으며, 그가 감추는 일이 도대체 무엇인지 전혀 짐작할 수 없었다.

다음 날, 미사에서 돌아오던 길에 그녀는 이반 이그나치이치가 대포 속에서 동네 개구쟁이들이 마구 집어넣은 걸레 조각이며 돌멩이, 그리고 나무 조각이며 골판지 등 온갖 쓰레기를 끄집어내고 있는 것을 발견했다. '키르기스족의 습격에 대비하려는 것일까?' 하고 사령관 부인은 생각했다. 하지만 그런 대수롭지 않은 일을 이반 쿠즈미치가 나에게 감추려고 하지는 않을 텐데.' 그녀는 이반 이그나치이치를 큰 소리로 불렀다. 그녀는 어제부터 계속 궁금해하던 비밀을 그에게서 캐내야겠다고 단단히 결심했다.

바실리사 예고로브나는 부수적인 문제부터 신문해서 피고의 경계심을 풀어놓으려는 재판관처럼, 그에게 우선 집안일에 대해 몇 마디 주의를 당부했다. 그리고 잠시 말을 끊었다가 한숨을 깊이 쉬고 머리를 흔들며 이렇게 말했다. "원 세상에, 이런 일이 일어나다니! 정말 놀라운 소식이에요! 앞으로 어떻게 될까요?"

"하지만 부인!" 이반 이그나치이치가 말했다. "하느님이 도우셔서, 우리는 군인들도 많고 화약도 충분한 데다, 대포도 제가 깨끗이 청소를 해두었습니다. 아무리 푸가초프가 온다

해도 별수 없을 겁니다. 호되게 당하고 빵소니칠 게 뻔합니다. 하느님이 보호해 주시니 조금도 걱정할 필요가 없습니다!"

"그런데 그 푸가초프란 자는 누구죠?" 사령관 부인이 물었다.

그때서야 이반 이그나치이치는 어쩌다 비밀을 누설했다는 사실을 깨닫고 입을 다물었다. 그러나 이미 때는 늦었다. 바실리사 예고로브나는 아무에게도 이야기하지 않겠다고 약속하며 모든 일을 털어놓게 만들었다.

바실리사 예고로브나는 약속한 대로 아무에게도 비밀을 누설하지 않았다. 그러나 오직 한 사람 신부의 부인은 제외였다. 그녀는 신부의 부인에게 살짝 귀띔을 해주었다. 그 집의 소가 들판에 그대로 방치되어 있어서, 혹시 폭도들에게 빼앗길까 봐 걱정이 되어 이야기해 준 것이었다.

오래지 않아 모두가 푸가초프에 대해 이야기하기 시작했다. 소문은 구구했다. 사령관은 요새 주변의 촌락과 모든 정황을 샅샅이 정찰하도록 카자크인 하사를 파견했다. 이틀 후에 하사가 돌아와서, 요새로부터 육십 베르스타 떨어진 초원에서 타오르는 많은 불빛을 직접 목격했으며, 바시키르인들로부터 정체불명의 군대가 밀려오고 있다는 이야기를 들었다고 보고했다. 그러나 그는 두려운 나머지 더 이상 나가지 못했기 때문에 실속 있는 정보라고는 하나도 없었다.

요새 안의 카자크인들 사이에 심상치 않은 동요가 일고 있었다. 그들은 여기저기 한길에 모여 저희들끼리 무슨 말을 수군대다가 요새의 병사들이나 정찰병이 나타나면 바로 흩어져 버렸다. 염탐꾼이 비밀리에 그들 속으로 투입되었다. 이때 기독교로 개종한 칼미크족[30]의 율라이가 사령관에게 중대한 보고를 했다. 그의 말에 따르면, 카자크인 하사의 보고는 거짓이라는 것이다. 교활하기 짝이 없는 하사는 정찰에서 돌아오자, 곧바로 동료 카자크인들에게 자기가 폭도들 속으로 들어가 그들의 대장과 인사를 나누었고, 대장이 그를 가까이 불러 오랫동안 함께 이야기를 나누었다고 했다. 사령관은 즉각 하사를 감금시키고, 그 자리에 율라이를 임명했다. 이 소식을 들은 카자크인들은 노골적인 불만을 표시했다. 그들은 큰 소리로 마구 떠들어댔다. 사령관의 명령을 집행하는 이반 이그나치이치는 그들이 '어디 두고 보자, 수비대의 쥐새끼 같은 놈들!' 하는 소리를 자기 귀로 직접 들었다고 했다. 사령관은 그날로 체포한 카자크인 하사를 신문할 생각이었지만, 그는 벌써 감옥을 탈출한 뒤였다. 그들 일당의 도움을 받은 것이 분명했다.

새로운 사태가 발생하자 사령관의 근심은 더욱 가중되었다. 선동 전단을 갖고 있던 바시키르인이 체포된 것이다. 사령관은 장교들을 다시 소집해야 할 필요를 느꼈고, 소집을 하려면 무슨 구실을 만들어서 바실리사 예고로브나를 내보내야겠다고 생각했다. 그러나 이반 쿠즈미치는 워낙 고지식하고 융통성이 없는 성품이라 이미 쓴 방법 외에는 다른 방법을 찾을 수 없었다.

"이봐요, 바실리사 예고로브나……." 그가 헛기침을 하며 아내에게 말했다. "누가 이야기하는 것을 들으니, 게라심 신부님이 요전에 시내에서……." "거짓말 마세요, 이반 쿠즈미치!" 그의 아내가 사령관의 말을 가로막았다. "다 알고 있어요. 제가 없는 사이에 회의를 열고, 에멜리얀 푸가초프에 관한 의논을 하려는 거죠? 누가 속을 줄 아세요?" 이반 쿠즈미치는 눈이 휘둥그레졌다. "그럼, 어차피 당신도 알고 있으니 집에 남아 있도록 하시오. 당신도 같이 의논하기로 합시다." 그가 말했다. "내 말이 바로 그 말이에요." 그녀가 대답했다. "나를 속일 생각 하지 말고 어서 장교들을 부르러 사람을 보내세요."

우리는 다시 모였다. 이반 쿠즈미치는 아내가 있는 자리에서 거의 문맹에 가까운 카자크인이 쓴 것으로 보이는 푸가초프의 격문을 낭독했다. 폭도들은 머지않아 우리의 요새를 습격할 계획이라고 선포하고 카자크인들과 병사들에게 자기편에 합류하라고 권했으며 장교들에겐 저항하면 처형하겠다고 위협하며 항복하라고 충고했다. 전단의 격문은 거칠었지만 다부진 표현을 쓰고 있어서 머리가 단순한 사람들에겐 상당히 위협적이었다.

“이런, 천하의 못된 악당 놈을 봤나!” 사령관 부인이 소리쳤다. “감히 우리에게 그런 헛소리를 지껄이다니! 자기들을 맞이하고, 발밑에 우리 군기를 내놓으라고! 이런 개 같은 자식을 봤나! 그놈은 아직 우리가 사십 년 동안이나 군대 밥을 먹고, 덕분에 산전수전 다 겪었다는 것을 모르는 모양이지? 그런 도둑놈의 말을 들을 사령관이 어디 있다고?”

“절대 그럴 리가 없지!” 이반 쿠즈미치가 말했다. “하지만 듣자 하니 그 역적 놈이 벌써 여러 요새를 점령했다는군.”

“어쨌든 대단한 놈이라는 사실은 분명합니다.” 시바브린이 대꾸했다.

“그렇다면 당장에 그놈의 실력을 시험해 보세.” 사령관이 말했다. “바실리사 예고로브나, 창고 열쇠를 이리 줘요. 이반 이그나치이치, 그 바시키르 놈을 이리 데려오게. 그리고 율라이에게 채찍을 가져오라고 하게.”

“잠깐만요, 이반 쿠즈미치!” 사령관 부인이 자리에서 일어서며 말했다. “마샤를 어디 다른 곳으로 데려가야겠어요. 비명 소리라도 듣게 되면 잔뜩 겁을 먹을 거예요. 그리고 사실 저도 고문은 별로 좋아하지 않아요. 그럼 저는 먼저 실례하겠어요.”

고문은 옛날부터 죄인을 다루는 데 꼭 필요한 것으로 각인

되어, 고문을 없애라는 자비로운 황제의 칙령*이 내려졌는데도 불구하고 오랫동안 개선되지 않고, 효력을 발휘하지 못했다. 범인의 자백이 범죄의 증거로 꼭 필요하다고 생각하고 있었던 것이다. 그러나 그런 관념은 아무 근거도 없을 뿐만 아니라 법률 상식에도 어긋났다. 왜냐하면 피고가 범죄를 부인했는데도 그것이 무죄로 인정되지 않는다면, 반대로 피고가 자백을 했다 해도 그것이 유죄를 입증하는 데 아무 도움이 안 되기 때문이다. 오늘날에도 이런 야만적인 관습의 폐지를 유감스럽게 생각하는 늙은 법관들이 있다는 이야기를 듣곤 한다. 그런 상황이었으니, 그 당시에는 법관이나 피고나 한결같이 고문의 필요성을 의심하는 사람은 아무도 없었다. 상황이 그렇다 보니 사령관의 그러한 명령에 아무도 놀라거나 당황하는 사람이 없었다. 이반 이그나치이치가 사령관 부인의 창고에 갇힌 바시키르인을 데리러 갔다. 몇 분 후, 죄수가 문간방으로 끌려 나왔다. 사령관이 그자를 앞으로 데려오도록 명령했다.

바시키르인은 문지방을 겨우 건너와(그의 발에는 차꼬가 채워져 있었다), 끝이 뾰족한 모자를 벗어 들고 방문 옆에 멈춰 섰다. 나는 그를 보자 소름이 오싹 돋았다. 나는 아마 평

* 예카테리나 2세가 도입한 고문 폐지법.

생 그 사내를 잊지 못할 것이다. 그의 나이는 칠십이 넘어 보였는데, 얼굴에는 코도 없고, 귀도 없었다. 머리는 완전히 빡빡 밀었고, 턱에는 턱수염 대신 흰 털이 몇 가닥 달려 있을 뿐이었다. 작은 키에 몸집은 야위었고, 허리는 꼬부라져 있는데도 가느다란 두 눈만은 여전히 불꽃처럼 활활 타오르고 있었다. "오호라!" 사령관이 그의 흉측한 얼굴을 보고 그가 1741년에 처벌된 폭도[31] 중의 한 명이라고 짐작하고 말했다. "보아하니 너는 전에도 우리 올가미에 붙잡힌 적이 있는 늙은 늑대로구나. 네놈의 상판이 그렇게 밋밋한 것을 보니 폭동에 가담한 게 이번이 처음은 아니군. 좀 더 앞으로 나와! 어떤 놈이 너를 우리 요새로 잠입시켰는지, 그것부터 털어놔!"

늙은 바시키르인은 멍한 표정으로 말없이 사령관을 쳐다보았다. "왜 입을 다물고 있는 거냐?" 이반 쿠즈미치가 다시 물었다. "러시아어를 알아듣지 못한단 말이냐? 율라이! 이놈을 누가 우리 요새에 잠입시켰는지 물어봐!"

율라이가 타타르어로 이반 쿠즈미치의 질문을 전했다. 그러나 바시키르인은 여전이 멍한 표정으로 쳐다볼 뿐 한 마디도 대꾸하지 않았다.

"좋아!" 사령관이 다시 입을 열었다. "네놈의 입을 열어 놓고 말겠다. 이봐, 광대 같은 알록달록한 저놈의 옷을 벗기고, 잔등을 후려쳐라. 이봐, 율라이! 자네가 솜씨를 보여줘!"

그러자 두 상이군인이 그의 옷을 벗기기 시작했다. 가엾은 그의 얼굴은 공포에 질렸다. 그는 개구쟁이들에게 붙잡힌 가련한 짐승처럼 주변을 두리번거렸다. 한 병사가 그의 두 손을 잡아 자신의 목덜미에 걸어 등에 태우자, 율라이가 채찍을 들고 휘두르기 시작했다. 바시키르인은 애원하듯 가느다란 신음 소리를 내고 고개를 위아래로 흔들며 입을 열었다. 그의 입안에는 혓바닥 대신 작은 나무 조각이 매달려 있었다.

알렉산드르 황제의 태평성대를 살고 있는 지금, 이런 일이 내가 살았던 시대에도 있었다는 것을 회고해 보면, 문명의 급속한 발달과 박애주의 사상의 확산에 새삼 놀라지 않을 수 없다. 젊은이들이여! 만일 나의 수기가 그대의 손에 들어간다면 이것을 반드시 기억하시라. 가장 확고한 최선의 개혁은 온갖 강제된 변혁을 통해서가 아니라 자연스러운 풍속의 개선에서 온다는 사실을.

모두 깜짝 놀랐다. 사령관이 입을 열었다. "음, 이놈한테서는 아무것도 알아낼 수 없겠어. 율라이! 이 바시키르 놈을 창고로 데려가라. 그리고 여러분! 우리는 회의를 계속합시다."

우리는 당면한 상황에 대한 토의를 시작했다. 그때 별안간 바실리사 예고로브나가 당황해서 헐레벌떡 방 안으로 뛰어 들어왔다.

"무슨 일이오?" 놀란 사령관이 물었다.

"큰일 났어요!" 바실리사 예고로브나가 말했다. "니즈네오제르니 요새가 오늘 아침 함락되었대요. 게라심 신부 댁 하인이 방금 그곳에서 돌아왔어요. 그 사람이 요새가 함락되는 것을 보았대요. 사령관과 장교는 모두 목매달아 죽이고 병사들은 포로가 되었대요. 그 악당들이 지금이라도 이곳으로 몰려올지 몰라요."

뜻밖의 소식에 나는 심한 충격을 받았다. 니즈네오제르니 요새의 사령관은 침착하고 아주 겸손한 젊은이로 우리와 아는 사이였다. 그는 약 이 개월 전에 오렌부르크에서 젊은 아내를 데리고 부임하는 길에 이반 쿠즈미치의 댁에 묵은 적이 있었다. 니즈네오제르니 요새는 우리 요새에서 약 이십오 베르스타 떨어진 곳에 있었다. 이젠 우리도 언제 있을지 모르는 푸가초프의 공격을 대비해야 했다. 나는 마리야 이바노브나의 앞으로의 운명이 머릿속에 어른거려 심장이 멎을 것 같았다.

"제가 한 말씀 드리겠습니다, 이반 쿠즈미치 사령관님!" 내가 사령관에게 말했다. "우리들의 의무는 목숨이 붙어 있는 한 마지막까지 요새를 지키는 일입니다. 이 점에 대해선 이견이 없습니다. 그러나 부녀자들의 안전은 고려해 보아야 할 것 같습니다. 아직 길이 막히지 않았다면 오렌부르크 요새로 보내든가, 아니면 폭도들의 힘이 미치지 못할 먼 곳의 안전한 요새로 보내는 것이 좋겠습니다."

그러자 이반 쿠즈미치가 자신의 아내를 돌아다보며 말했다. "이보세요, 부인! 아닌 게 아니라 우리가 놈들을 처치할 때까지 당신과 딸아이는 어디 안전한 곳에 가 있는 것이 어떻겠소?"

"쓸데없는 소리 마세요! 총알이 날아오지 않을 요새가 지금 어디 있단 말예요? 벨로고로드 요새가 왜 안전하지 않다는 거예요? 하느님의 보호로 지금까지 이곳에서 이십이 년이나 살아왔어요. 바시키르 놈들도 키르기스 놈들도 막아냈으니 푸가초프도 반드시 이겨낼 거예요!" 사령관 부인이 말했다.

"그렇다면, 부인." 이반 쿠즈미치가 말했다. "당신이 우리 요새가 안전하다고 믿는다면 남아 있어도 좋아요. 하지만 마샤는 어떡하지? 그들을 막아내든지 구원병이 올 때까지라도 버틸 수 있으면 괜찮지만, 만일 폭도들이 요새를 점령하게 되면 어쩌겠소?"

"글쎄요, 그렇게 되면……." 바실리사 예고로브나는 한동안 말을 더듬으며 당황한 표정을 짓더니 입을 다물었다.

"안 돼요, 바실리사 예고로브나!" 사령관은 난생처음 자신의 말이 효력을 발휘했다고 생각하며 말을 이었다. "마샤를 여기 두는 건 잘못된 일이오. 오렌부르크에 있는 그 애의 대모에게 보내기로 합시다. 그곳은 군대와 대포가 충분하고, 성벽도 돌로 쌓아 올렸으니 안심할 수 있을 것이오. 당신도 그 애와 함께 그곳에 가 있는 것이 좋겠소. 노부인이라고 해서 안심할 수는 없지. 혹시라도 요새가 적의 공격에 함락되는 날이면, 당신이 어떻게 될지 생각해 보구려."

"좋아요." 사령관 부인이 단호하게 말했다. "당신 말대로 마샤는 보내기로 합시다. 하지만 나에게는 꿈에라도 그런 말 말아요. 나는 절대 가지 않을 테니까요. 다 늙은 지금에 와서 당신과 헤어져 낯선 고장에서 혼자 묻힐 무덤을 찾아 헤맬 생각은 없으니까요. 살아도 같이 살고 죽어도 같이 죽어야죠."

"그도 그렇군." 사령관이 말했다. "그럼 우물쭈물하지 말고 어서 마샤를 떠나보낼 준비를 하시오. 내일 새벽에 출발시키도록 합시다. 이곳에도 인원이 남아도는 것은 아니지만 호위병을 하나 딸려 보내야겠소. 그런데 마샤는 지금 어디 있소?"

"아쿨리나 팜필로브나 댁에 있어요." 사령관 부인이 말했다. "마샤는 니즈네오제르니 요새가 함락되었다는 이야기를 듣고 불안해하고 있어요. 혹시 병이라도 나지 않을까 걱정되는군요. 오, 하느님! 이게 대체 무슨 일입니까!"

바실리사 예고로브나는 딸을 떠나보낼 채비를 하러 나갔다. 사령관 관사에서는 회의가 계속되었지만, 나는 더 이상 아무 말을 할 수 없었고, 들리지도 않았다. 마리야 이바노브나는 눈물 젖은 창백한 얼굴로 저녁 식사 자리에 나타났다. 우리는 말없이 저녁 식사를 마친 뒤, 여느 때보다 일찍 자리에서 일어나 인사를 하고 각자 숙소로 돌아갔다. 그러나 나는 일부러 군도를 두고 나왔다가 다시 가지러 되돌아갔다. 어쩐지 마리야 이바노브나를 다시 만날 수 있을 것 같은 예감이 들었다. 기대한 대로 그녀는 문 앞에서 나를 맞으며 군도를 내주었다. "안녕히 계세요, 표트르 안드레이치!" 그녀가 눈물을 흘리며 말했다. "저를 오렌부르크로 보낸다고 해요. 부디 건강하고 행복하시길 빌겠어요. 하느님께서 우리를 보호해 주신다면 다시 만날 수 있겠지요. 만약 그렇지 않다면……." 그녀는 이렇게 말하고 울음을 터뜨렸다. 나는 그녀를 끌어안았다. "잘 가요, 나의 천사! 잘 가요, 귀여운 내 사랑! 내가 무슨 일을 당한다면 내 마지막 생각과 기도는 바로 당신을 위한 것이라는 사실을 믿어 주세요!" 마샤는 내 가슴에 기대어 한없이 흐느꼈다. 나는 그녀에게 뜨겁게 입 맞추고 서둘러 자리를 떴다.

제7장
습격

머리통아, 머리통아,
죽도록 일만 한 내 머리통아!
꼬박 삼십삼 년을
지지리 고생했건만,
이 내 머리통은
돈도 행복도 맛본 적 없고,
명예나 권력도 누려 본 적 없다네,
내 머리통이 차지한 건
허공에 솟아오른 말뚝 두 개와
가로지른 단풍나무 들보에
비단실 올가미라네.[32]

민중가요

◆◆

그날 밤 나는 옷도 벗지 않은 채, 뜬눈으로 밤을 새웠다. 날이 밝으면 마리야 이바노브나가 출발하기로 한 요새 입구로 가서 그녀와 마지막으로 작별 인사를 할 생각이었다. 나의 마음속에 어떤 큰 변화가 일어났다. 지금의 불안한 심정은 얼마 전까지 나를 사로잡았던 우울에 비하면 오히려 더 견디기 쉬웠다. 내 마음은 이별의 슬픔과 막연하고 아련한 기대감과 앞으로 전개될 위험에 대한 초조감, 그리고 고상한 공명심 같은 것들로 혼란스러웠다. 밤은 소리 없이 지나갔다. 내가 막 방을 나서려는 순간, 방문이 열리고 하사 한 명이 들어와 간밤에 요새 안의 카자크인들이 율라이를 강제로 요새 밖으로 끌고 나갔고 수상한 자들이 요새 주변에서 말을 달리고 있다고 보고했다. 그렇다면, 마리야 이바노브나가 요새 밖으로 나가기는 어려울 거라는 생각을 하니 두려운 마음이 들었다. 나는 서둘러 하사에게 몇 가지 사항을 지시하고 바로 사령관에게 달려갔다.

이미 날이 밝았다. 한길을 따라 서둘러 달려가고 있을 때, 누군가 나를 불렀다. 내가 걸음을 멈추었다. "지금 어디 가시는 길입니까?" 이반 이그나치이치가 나를 뒤따라오며 물었다. "이반 쿠즈미치는 이미 보루로 나가셨습니다. 장교님을 불러오라는 명을 받고 오는 길입니다. 푸가초프가 쳐들어 왔답니다." "그럼, 마리야 이바노브나는 출발했습니까?" 불안한 마음으로 내가 물었다. "아닙니다, 미처 떠나지 못했습니다." 이반 이그나치이치가 대답했다. "오렌부르크로 가는 길은 이미 차단되었고 우리 요새는 포위되었습니다. 상황이 아주 위급합니다, 표트르 안드레이치!"

우리는 자연 지형을 이용해 통나무로 울타리를 쳐 놓은 이름뿐인 보루로 향했다. 이미 그곳에 요새 주민들이 모두 모여 있었다. 수비대는 무장을 하고 정렬해 있었다. 대포는 간밤에 이미 그쪽으로 배치해 둔 상태였다. 사령관은 몇 명 되지 않는 대열 앞에서 서성대고 있었다. 이런 절박한 위기가 우리의 노병에게 여느 때와는 다른 용기를 불러일으킨 것 같았다. 요새에서 그리 멀지 않은 초원에는 스무 명 남짓한 적병들이 말을 달리고 있었다. 그중에는 살쾡이 가죽 모자와 화살통으로 쉽게 구별되는 바시키르인들도 보였다. 사령관은 대열을 오가며 병사들에게 말했다. "제군들, 오늘 여왕 폐하를 위해 목숨을 다해 싸워 우리의 용기와 충성심을 만천하에 보여줍시다!"

병사들이 소리 높여 함성을 질렀다. 시바브린은 내 옆에 서서 적들을 계속 주시했다. 초원에서 말을 달리던 자들이 요새 쪽의 기미를 눈치챘는지, 무리를 지어 한곳으로 모여서 쑥덕거리기 시작했다. 사령관은 이반 이그나치이치에게 적들이 모여 있는 곳으로 대포를 조준하라고 명령하고 도화선에 직접 불을 붙였다. 포탄은 휭 휭 소리를 내며 발사됐지만, 적군들에게는 아무 타격도 주지 못한 채, 그들의 머리 위를 그냥 지나쳤다. 말을 탄 적병들은 재빠르게 사방으로 흩어져 도망쳤고, 초원 위에는 아무도 보이지 않았다.

그때, 바실리사 예고로브나가 곁에 바짝 붙어 있는 마샤와 함께 보루에 나타났다. "사정은 좀 어때요? 전투는 어떻게 되어가고 있어요? 적들은 어디에 있는 거죠?" 사령관 부인이 물었다. "적들은 지금 가까운 곳에 있소." 이반 쿠즈미치가 대답했다. "하느님이 잘 보살펴 주실 거다. 무섭니, 마샤야?" "아니에요, 아빠. 혼자 집에 있는 것이 더 무서워요." 마리야 이바노브나가 대답했다. 그러면서 그녀는 나를 보고 애써 미소를 지어 보였다. 나는 갑자기 어젯밤에 그녀의 손에서 건네받은 군도를 상기하며 사랑하는 여인을 꼭 지키겠다는 듯, 나도 모르게 칼자루를 꽉 움켜잡았다. 나의 가슴은 불타올랐다. 나는 그녀의 수호기사가 된 나의 모습을 머릿속에 그렸다. 그녀에게 내가 신뢰할 만한 남자라는 것을 보여 주고 싶다는 생각이 들자, 초조한 심정으로 어서 빨리 결정적인 기회가 오기를 바랐다.

그 순간, 요새에서 반 베르스타 정도 떨어진 언덕 위에 새로운 기마대가 나타나는가 싶더니, 순식간에 창과 활로 무장한 수많은 병사들이 초원을 가득 채웠다. 그 가운데 붉은 카프탄*을 입고 긴 칼을 뽑아 든 사내가 백마를 타고 나타났다. 바로 푸가초프였다. 그가 말을 멈추자, 그의 명령을 받은 것으로 보이는 사람들이 그를 에워쌌고, 그중에서 네 명이 떨어져 나와 쏜살같이 말을 달려 요새 바로 아래까지 왔다. 우리는 그들이 이쪽에서 넘어간 변절자들임을 알아챘다. 그중에서 하나가 모자 위로 종잇조각을 흔들어 보였고, 다른 하나는 율라이의 잘린 머리를 꿴 창을 들고 있다가 한번 휘두르고 나서, 울타리 너머의 우리를 향해 내던졌다. 가엾은 칼미크인의 머리가 사령관의 발밑으로 굴러떨어졌다. 변절자들이 고함을 쳤다.

"쏘지 마라! 황제 폐하 앞으로 어서 나와라! 황제 폐하께서 여기 계시다!"

"이놈들아, 본때를 보여주마!" 이반 이그나치이치가 소리쳤다. "제군들, 발사!" 그러자 우리 병사들이 일제히 사격을 퍼부

* 사각형 천에 목과 팔 부분만 구멍을 내어 만든 옷. 중앙아시아에서 주로 입던 전통 복장.

었다. 편지를 흔들던 카자크인이 비틀거리며 말에서 굴러떨어지자, 다른 자들은 모두 도망쳤다. 나는 마리야 이바노브나를 돌아보았다. 피투성이가 된 율라이의 머리를 보고 잔뜩 겁에 질린 데다 귀청을 찢는 일제 사격에 그녀는 넋이 나간 사람처럼 보였다. 사령관이 하사를 불러 죽은 카자크인의 손에 들려 있던 종잇조각을 가져오라고 명령을 내렸다. 하사가 들판으로 나가 죽은 자가 타고 있던 말고삐를 끌고 왔다. 그는 사령관에게 편지를 전했다. 이반 쿠즈미치는 소리 없이 그것을 읽고 나서 갈기갈기 찢어 버렸다. 그사이 폭도들은 공격 개시를 준비하고 있음이 분명했다. 곧바로 총탄이 우리의 귓전을 스치기 시작했고, 화살 몇 개가 우리들 가까운 곳과 통나무 울타리에 날아와 꽂혔다. "바실리사 예고로브나!" 사령관이 말했다. "여기는 여자들이 있을 곳이 못 되니 어서 마샤를 데리고 가시오. 저 애의 얼굴을 보시오. 완전히 사색이 되지 않았소."

바실리사 예고로브나는 총소리에 움츠러들며, 적병들의 이동이 빤히 보이는 초원을 힐끗 쳐다보았다. 그러고는 남편에게 몸을 돌려 말했다. "이반 쿠즈미치! 인명은 재천이란 말이 있잖아요. 우리 마샤를 축복해 주세요. 마샤야, 아버지께 가거라."

마샤는 새파랗게 질린 얼굴로 몸을 후들후들 떨며 이반 쿠즈미치에게 가까이 다가가서 무릎을 꿇고, 머리가 땅에 닿도록 고개를 숙였다. 늙은 사령관은 딸에게 세 번 성호를 그었다. 그러고는 마샤의 몸을 일으켜 세워 입 맞춘 다음, 여느 때와 같은 차분한 목소리로 말했다. "마샤! 부디 행복하길 바란다. 하느님께 항상 기도해라. 하느님께서 너를 언제까지나 보호해 주실 것이다. 혹시 좋은 청년을 만나게 되면 하느님께서 너희에게 사랑과 지혜를 허락하시기를 기도한다. 너희도 우리처럼 행복하게 살기를 바란다. 그럼, 부디 잘 가거라. 바실리사 예고로브나! 어서 이 애를 데려가시오(마샤는 아버지의 목을 얼싸안고 울음을 터트렸다)." "우리도 작별 키스를 합시다." 사령관 부인도 눈물을 흘리며 말했다. "이반 쿠즈미치! 부디 몸조심하세요. 제가 혹시라도 당신을 섭섭하게 한 일이 있으면 용서해 주세요!" "여보, 부인! 잘 가시오!" 사령관은 아내를 끌어안으며 말했다. "자, 이젠 되었소! 어서 집으로 돌아가시오. 가능하면 마샤에게 사라판*을 입히도록 하구려." 사령관 부인은 마샤를 데리고 발길을 돌렸다. 나는 마리야 이바노브나의 뒷모습을 멍하니 바라보았다. 그녀는 뒤를 돌아보며 나에게 고개를 끄덕여 보였다. 그들이 돌아가자 사령관은 우리를 향해 돌아섰고, 적의 동향에 온 신경을 집중했다. 적장 주변으로 몰려들던 폭도들이 갑자기 말에서 내리기 시작했다.

* 민소매 원피스로 된 러시아의 전통 여성 농민 복장.

"모두들 마음을 단단히 하라!" 사령관이 말했다. "적들이 곧 공격해 올 것이다……." 그 순간 무시무시한 굉음과 고함 소리가 들려왔다. 폭도들이 요새를 향하여 전력으로 달려오고 있었다. 우리 대포에 유산탄이 채워졌다. 사령관은 적들을 가까운 곳까지 바짝 유인한 후에 순식간에 포탄을 퍼붓기 시작했다. 유산탄은 떼를 지어 몰려드는 폭도들 한가운데 떨어졌다. 폭도들은 양편으로 갈라져 도망치기 시작했다. 그러나 적장은 선두에 혼자 그대로 서 있었다. 그는 긴 칼을 빼어 들고 휘두르며 부하들을 열심히 설득하는 것 같았다. 잠시 주춤했던 함성 소리가 다시 들려왔다. "제군들!" 사령관이 소리쳤다. "이제 문을 열고 북을 울려라. 모두 나를 따라 출격! 앞으로!"

사령관과 이반 이그나치이치, 그리고 나는 곧바로 보루 밖으로 달려 나갔다. 하지만 겁에 질린 병사들은 꼼짝도 하지 않았다. "제군들! 왜 가만히 서 있나?" 이반 쿠즈미치가 소리쳤다. "자, 목숨을 걸고 싸우자! 그것이 군인의 길이다!" 그 순간 폭도들이 우리를 향해 덤벼들며, 요새 안으로 몰려들었다. 북소리가 멎고, 수비대원들은 총을 내던졌다. 나는 적에게 밀려 넘어질 뻔했지만, 다시 일어서서 그들 틈에 끼여 요새 안으로 들어왔다. 머리에 부상을 입은 사령관이 열쇠를 요구하는 폭도들에게 둘러싸여 있었다. 나는 그를 구하기 위해 달려가려 했지만, 몇 명의 카자크인들이 나를 붙들고, "자, 이제는 모두 폐하께 복종하는 길밖에 없다!"라고 소리치면서 말과 함께 가죽끈으로 나를 결박했다. 우리는 한길로 끌려다녔다. 주민들이 집에서 손에 빵과 소금을 들고 나왔다.[33] 교회의 종소리가 울려 퍼졌다. 갑자기 군중 속에서 누군가가 황제는 지금 광장에서 포로들을 기다리고 있으며, 충성 서약을 받을 것이라고 외쳤다. 군중이 모두 그곳으로 몰려갔고, 우리도 그쪽으로 끌려갔다.

푸가초프는 사령관 관사의 현관 층계 위에 놓인 안락의자에 앉아 있었다. 그는 가장자리에 금테를 두른 붉은색 카자크 카프탄을 입고 있었다. 머리에는 금술이 달린 높다란 담비털모자를 번득이는 눈 위까지 푹 눌러쓰고 있었다. 그의 얼굴이 왠지 낯설지가 않았다. 카자크 대장들이 그를 둘러싸고 있었다. 게라심 신부는 창백한 얼굴로 다리를 후들후들 떨며 두 손으로 십자가를 받쳐 들고 층계 옆에 서 있었다. 아마 앞으로 생기게 될 희생자들을 위해 소리 없이 그에게 애원을 하는 것처럼 보였다. 광장에는 급하게 교수대가 마련되었다. 우리가 가까이 다가가자 바시키르인들이 사람들을 밀쳐내고 우리를 푸가초프 앞으로 데려갔다. 종소리가 멎고 죽음 같은 정적이 흘렀다. "누가 사령관인가?" 참칭 황제가 물었다. 수비대의 하사로 있던 자가 사람들을 헤치고 나오며 이반 쿠즈미치를 지목했다. 푸가초프는 매서운 눈으로 노인을 노려보며 말했다. "네가 황제인 나에게 감히 반항을 했으렷다?" 사령관은 부상으로 기운이 빠졌지만, 안간힘을 쓰며 당당하게 말했다. "네놈이 어째서 나의 황제란 말이냐? 너는 도둑놈이다, 참칭 황제란 말이야. 알겠느냐!" 푸가초프는 험악한 눈길을 보내며 얼굴을 찌푸리더니 흰 손수건을 흔들었다. 카자크인 몇 명이 늙은 대위를 붙잡아 교수대로 끌고 갔다. 언뜻 보니, 교수대를 가로지른 들보에 어제 우리가 신문한 바로 그 바시키르인이 앉아 있었다. 그는 한 손에 올가미를 들고 있었고, 눈 깜짝할 사이에 이반 쿠즈미치는 허공에 대롱대롱 매달렸다. 다음으로 이반 이그나치이치가 푸가초프 앞으로 끌려 나갔다. "맹세를 해라! 표트르 표도로비치 황제께 충성을 맹세하란 말이다." 푸가초프가 말했다. "너는 우리의 황제가 아니다!" 이반 이그나치이치도 자기의 상관인 대위의 말을 따라했다. "너는 도둑놈이고 참칭 황제다!" 푸가초프가 다시 흰 손수건을 흔들자, 선량한 중위는 자신의 상관 옆에 나란히 매달렸다.

내 차례가 되었다. 나는 당당한 동지들의 답변을 그대로 말할 각오를 하고 푸가초프를 똑바로 응시했다. 그때 반란군 대장들 사이에서 카자크 카프탄을 입고 머리를 둥글게 깎은 시바브린을 발견하고 기가 막힐 정도로 깜짝 놀랐다. 그가 푸가초프에게 다가가 귓속말로 몇 마디 귓속말을 했다. "저놈도 매달아라!" 푸가초프가 나를 거들떠보지도 않고 명령했다. 내 목에도 둥그런 올가미가 걸렸다. 나는 마음속으로 기도를 드리며, 내가 범한 모든 죄를 하느님 앞에 진심으로 뉘우치고, 내가 아는 모든 이들의 구원을 빌었다. 그들이 나를 교수대 밑으로 끌고 갔다. "겁낼 것 없다. 겁낼 것 없어." 살인자들은 나에게 이렇게 복창했고, 그 소리는 정말 나에게 용기를 주려는 것 같았다. 그때 갑자기 누군가의 고함 소리가 들렸다. "기다려! 이놈들아, 잠깐만 기다려라……." 사형 집행인들이 주춤하며 동작을 멈췄다. 나도 그쪽으로 고개를 돌렸다. 사벨리치가 푸가초프의 발밑에 엎드려 있었다. "자비로운 우리 어르신!" 가엾은 노인이 말했다. "귀족의 자제 한 명을 죽였다고 당신에게 무슨 이득이 있겠습니까요? 제발, 저분을 놓아주십시오. 그 대가는 얼마든지 치를 것입니다. 본보기나 위협이 목적이라면 이 늙은것을 대신 매달아 주십시오!" 푸가초프가 손짓을 하자, 그들은 나의 목에서 바로 올가미를 풀고 놓아 주었다. "폐하께서 너를 불쌍히 여기셨다!" 그들이 말했다. 그 순간 내가 죽음을 면해서 기뻐했는지, 아니면 유감스럽게 생각했는지는 딱 꼬집어 말하기 어렵다. 나는 그때 너무 혼란스러웠다. 그들이 다시 나를 참칭 황제 앞으로 데리고 가서 꿇어앉혔다. 푸가초프가 험상궂은 손을 나에게 내밀었다. "손에 입을 맞춰라, 어서!" 옆에 서 있던 자들이 말했다. 그러나 나는 그렇게 비굴한 굴욕을 당하느니 차라리 어떤 참혹한 형벌이라도 달게 받겠다고 결심했다. "표트르 안드레이치 도련님!" 사벨리치가 등 뒤에서 나를 쿡쿡 찌르며 귓속말을 했다. "고집부리지 마세요. 그게 그리 힘든 일입니까요? 눈 한번 딱 감고, 이런 망할 놈…… 아차! 이분의 손에 입을 맞추십시오." 나는 꼼짝도 하지 않았다. 그러자 푸가초프가 손을 내리고 비웃으며 말했다. "귀하신 몸이 너무 기뻐서 머리가 어떻게 된 모양이군. 일으켜 세워라!" 그들이 나를 일으켜 세우고 풀어 주었다. 그렇게 해서 나는 이 가공할 코미디가 어떻게 전개되는지 목격할 수 있었다.

주민들의 충성 맹세가 시작되었다. 그들은 한 사람씩 앞으로 걸어 나와 십자가상에 입 맞춘 후에 참칭 황제 앞에 무릎을 꿇고 절했다. 그중에는 수비대 병사들도 끼어 있었다. 중대의 재봉사였던 자가 잘 들지도 않는 가위로 병사들의 기다란 머리채를 자르기 시작했다. 그들이 머리털을 털어 내고 푸가초프에게 다가가 손에 입 맞추면, 푸가초프는 그들을 사면하고 자기들의 일당으로 받아들였다. 이 의식이 세 시간 동안이나 계속되었다. 드디어 푸가초프가 의자에서 일어나 대장들을 거느리고 층계에서 내려왔다. 그의 앞에 호화로운 마구로 장식된 백마를 대령하고, 두 카자크인이 그를 부축하여 안장 위로 받쳐 올렸다. 그는 게라심 신부를 향해 점심은 그의 집에서 먹겠다고 말했다. 그때 여자의 울부짖는 소리가 들려왔다. 폭도 몇 놈이 머리를 풀어 헤치고, 옷을 벗겨 벌거숭이가 된 바실리사 예고로브나를 층계로 끌어냈다. 그중 한 놈은 어느새 그녀의 덧저고리를 껴입고 있었다. 다른 놈들도 털 이불이며 궤짝, 그리고 식기류와 침구 등 온갖 세간들을 밖으로 끄집어냈다. "이보시오!" 가엾은 노부인이 울부짖었다. "제발 부탁이니 나를 놔 주시오. 이반 쿠즈미치를 볼 수 있게 해 주시오!" 그러다가 문득 교수대를 본 그녀는 그곳에 남편이 매달려 있는 것을 발견했다. "이 악당들아!" 그녀는 발작적으로 소리를 질렀다. "이놈들아! 이게 무슨 짓이냐? 아아, 사랑하는 나의 이반 쿠즈미치! 당신은 정말 용감한 군인이셨어요! 프로이센의 총검도 터키의 총탄도 당신을 건드리지 못했건만,[34] 명예로운 전투에서 전사하지 못하고 저런 탈옥수 놈의 손에 돌아가시다니!" "저 늙은 년의 주둥이를 닥치게 해라!" 푸가초프가 소리쳤다. 그러자 젊은 카자크인이 긴 칼로 그녀의 머리를 후려쳤고, 그녀는 주검이 되어 층계 위로 넘어졌다. 푸가초프는 유유히 말을 타고 떠났고, 사람들이 그 뒤를 따랐다.

제8장
불청객

타타르인보다 못한 것이 불청객.

속담

◆◆

광장은 텅 비어 있었다. 너무 처참한 장면에 나는 넋을 잃고 한참 동안 멍하니 그 자리에 서 있었다.

가장 걱정이 되는 것은 생사를 알 수 없는 마리야 이바노브나의 안부였다. 그녀는 어디로 갔을까? 그녀에게 무슨 일이 일어난 것은 아닐까? 천만다행으로 어디에 피신해 있지는 않을까? 그러면 숨은 곳은 안전할까……? 온통 불안한 마음으로 나는 사령관 관사로 들어갔다……. 집은 텅 비어 있었다. 의자도 탁자도 궤짝도 모두 부서져 있었고, 그릇들은 산산조각이 났으며 나머지 세간살이는 모두 약탈되고 없었다. 나는 안방으로 통하는 조그만 층계를 뛰어올라가 난생처음 마리야 이바노브나의 방으로 들어갔다. 그녀의 침대는 폭도들에 의해 엉망이 되어 있었다. 옷장은 망가지고 물건들은 모두 약탈되고 없었다. 속이 빈 성상 궤 앞에 놓인 작은 촛불은 아직 타고 있었다. 창문 사이의 벽에 걸린 조그만 거울도 아직 무사했다……. 아늑한 이 방의 주인은 대체 어디로 갔나? 언뜻 끔찍한 생각이 머릿속을 스쳐갔다……. 폭도들에게 잡혀간 것은 아닐까? 하는 상상을 했던 것이다. 가슴이 미어지는 것 같았다. 나는 흐느껴 울면서, 사랑하는 여인의 이름을 큰 소리로 불렀다……. 그때 달그락거리는 소리가 나더니, 옷장 뒤에서 새파랗게 질린 얼굴로 팔라샤가 부들부들 떨며 나타났다.

"어머나, 표트르 안드레이치!" 그녀가 두 손을 모아 말했다. "정말 끔찍한 하루였어요! 이런 참담한 일이 벌어지다니요……!"

"마리야 이바노브나는?" 내가 초조하게 물었다. "마리야 이바노브나는 어떻게 되었느냐?"

"아가씨는 무사해요." 팔라샤가 대답했다. "지금 아쿨리나 팜필로브나 댁에 숨어 계세요."

"뭐, 신부님 댁이라고!" 나는 가슴이 덜컥 내려앉아 소리쳤다. "이런 맙소사! 지금 그 집엔 푸가초프가 있을 텐데!"

나는 즉시 방을 뛰쳐나와 단숨에 한길을 내달려 신부의 집을 향해 허겁지겁 달려갔다. 아무것도 보이지 않았고, 아무 생각도 나지 않았다. 집 안은 함성 소리와 웃음소리, 그리고 노랫소리로 왁자지껄했다. 푸가초프가 일당들과 함께 술자리를 벌이고 있는 중이었다. 팔라샤도 내 뒤를 따라 그곳으로 달려왔다. 나는 그녀를 몰래 안으로 들여보내 아쿨리나 팜필로브나를 불러오라고 했다. 잠시 후, 신부 부인이 빈 술 항아리를 두 손에 들고 밖으로 나왔다.

"마리야 이바노브나는 지금 어디 있습니까?" 내가 흥분해서 다그쳐 물었다.

"우리 귀염둥이는 칸막이 뒷방의 내 침대에 누워 있다오." 그녀가 대답했다. "하지만 표트르 안드레이치! 하마터면 큰일 날 뻔했지 뭐예요. 다행히 무사히 끝나긴 했지만 말예요. 글쎄, 악당 놈이 식탁에 앉자마자, 그 애가 신음 소리를 냈지 뭐겠어요. 나는 까무러치는 줄 알았어요. 그놈이 글쎄, 신음 소리를 듣고, '이봐, 할멈, 이 집에서 신음 소리를 내는 게 대체 누구야?' 하고 묻지 뭐예요. 그래서 나는 그 도둑놈에게 허리를 굽실거리며 '제 조카딸이에요. 앓아누운 지 벌써 보름이 됐습니다.' 했더니 '그래, 조카딸이 아직 어린가?' 하고 묻기에 '네, 아직 어립니다.' 했더니, '그렇다면, 나에게 좀 데려오게나.' 하지 뭐겠소. 나는 가슴이 철렁 내려앉았어요. 하지만 어쩔 수 없었지요. 그래서 무심결에 이렇게 대답해 버리고 말았어요. '그렇게 하시지요, 그러나 폐하, 그 애는 제 발로 어전에 나와 뵈올 수가 없는 형편입니다…….' 했더니, '괜찮아, 내가 직접 가보지.' 하고는 그 마귀 같은 놈이 칸막이 뒤쪽으로 들어가지 않겠어요. 그러고는 어떻게 된 줄 아세요? 그놈이 침대에 드리워진 휘장을 열어젖히고 매 같은 눈으로 그 애를 쳐다보더군요! 그러나 아무 일도 없었어요……. 하느님께서 도우셨지요. 정말이지, 우리는 그때 이젠 죽었구나 생각했지요. 그런데 다행스러운 것은 그 애가 악당 놈을 알아보지 못했다는 거예요. 오오, 하느님, 세상에 이런 변이 어디 있을까요? 정말이지, 무슨 말을 해야 할지 모르겠어요! 가엾은 이반 쿠즈미치가 그렇게 될 줄 꿈엔들 상상했겠어요……! 그리고 오오, 바실리사 예고로브나는 또 어떻고요? 그리고 이반 이그나치이치는……? 그 양반이 대체 무슨 죄가 있어요? 그래도 장교님은 용케 살아남았군요. 그런데 저 시바브린, 그러니까 알렉세이 이바느이치는 어떤지 아세요? 머리까지 둥그렇게 깎고, 지금 우리 집에서 저 못된 도둑놈들과 어울려 술타령을 하고 있어요! 그자가 얼마나 교활한지 이루 말할 수가 없어요. 내가 조카딸이 앓고 있다고 말하니까, 아, 글쎄, 칼날처럼 시퍼런 눈으로 나를 흘끔 쳐다보지 뭐예요. 하지만 고자질은 하지 않더군요. 어쨌든 그것은 고맙지만." 그때 놈들의 술 취한 고함 소리와 함께 게라심 신부의 목소리가 들렸다. 놈들이 술을 더 가져오라고 하자, 신부가 아내를 불렀다. 그녀가 당황하며 서둘러 말했다. "표트르 안드레이치, 어서 집으로 돌아가세요! 이야기할 시간이 없네요. 술판이 한창이니 시중을 들어야죠. 괜히 주정뱅이들한테 걸려들었다가는 정말 큰일이에요. 부디 몸조심하세요. 표트르 안드레이치! 모든 일을 하느님의 뜻에 맡기는 수밖에 없어요. 하느님께서 우리를 저버리지 않을 거예요."

신부 부인이 안으로 들어갔다. 나는 마음이 다소 진정되어 집으로 향했다. 광장을 지나다 보니 몇몇 바시키르인들이 교수대 주위에 몰려들어 공중에 매달린 시체에서 장화를 벗겨 내고 있었다. 나는 분노가 치밀어 올랐지만, 공연히 나설 필요 없다고 애써 나를 진정시키며 간신히 참았다. 요새 안에서는 폭도들이 떼를 지어 몰려다니며 장교들의 집을 약탈하고 있었다. 가는 곳마다 술에 취한 폭도들의 고함 소리가 들렸다. 집으로 돌아오자, 문간에서 사벨리치가 나를 맞았다. "천만다행이네요! 저는 놈들이 도련님을 잡아가진 않았나 노심초사하고 있었습니다요. 그런데 표트르 안드레이치 도련님, 악당들이 우리 세간을 모조리 앗아가 버렸습니다. 겉옷이니 속옷이니, 가구니 접시니 할 것 없이 닥치는 대로 모두 가져갔어요. 하지만 그까짓 것들이야 아무것도 아닙니다! 도련님이 무사한 것만으로 천만다행이지요! 그건 그렇고, 도련님! 그 두목 놈이 누군지 알아보셨어요?"

"아니, 나는 모르겠던데. 그놈이 대체 누군가?"

"도련님, 그때 여관에서 도련님의 토끼가죽 외투를 빼앗아간 그 주정뱅이를 기억하지 못한단 말입니까? 그것은 아주 새 것이었는데, 그 망할 놈이 억지로 입어서 실밥이 툭툭 터지지 않았습니까요!"

나는 깜짝 놀랐다. 그러고 보니 그때의 길 안내인이 푸가초프와 아주 흡사했다. 나는 푸가초프와 길 안내인이 동일인이라는 것을 알고 나서야, 그가 나에게 특사를 베푼 이유를 알 것 같았다. 나는 기이한 인연에 매우 놀랐다. 방랑자에게 선물한 작은 가죽 외투 하나가 교수대의 올가미에서 나를 구했고, 주막집을 찾아 돌아다니던 그 주정뱅이가 지금 많은 요새를 함락시키고 온 나라를 뒤흔들고 있었던 것이다.

"뭘 좀 드셔야지요?" 사벨리치가 항상 하던 버릇대로 이렇게 물었다. "집 안에는 아무것도 없지만 밖에 나가서 찾아보고 뭐든 준비해 올리겠습니다."

혼자 남게 되자, 나는 깊은 생각에 잠겼다. 이제 나는 무엇을 해야 하나? 폭도의 수중에 넘어간 요새에 그냥 머물러 있다거나, 그 일당에 참여하는 행동을 하는 것은 장교로서 합당한 행동이 아니었다. 나의 의무는 이렇게 어려운 상황에 놓인 조국을 위해 뭔가 유익한 일을 할 수 있는 새로운 근무지로 떠나는 것이리라……. 그러나 사랑은 마리야 이바노브나의 곁에 남아서 그녀를 보호해 주어야 한다고 주장했다. 가까운 장래에 정세는 분명히 호전되리라고 믿지만, 그녀가 지금 처한 상황의 위험성을 생각하면 불안한 마음을 떨쳐버릴 수가 없었다.

그때 한 카자크인이 내 방으로 들어와, 나의 상념도 중단되었다. 그는 '황제 폐하께서 부르신다'는 기별을 전했다. "지금 어디에 있는가?" 그를 따라나설 생각으로 나는 이렇게 물었다. "사령관 관사에 계십니다." 카자크인이 대답했다. "식사를 마치신 후에 우리 폐하께서는 목욕탕에 들르셨다가 지금은 쉬고 계십니다. 그런데 말입니다. 여러모로 보아 그분은 정말 대단한 인물임이 분명합니다. 저녁 식사 때는 구운 새끼 돼지를 두 마리나 드셨고, 그다음엔 아주 뜨거운 증기탕에 들어가셨어요. 얼마나 뜨거웠는지 옆에서 시중들던 타라스 쿠로흐킨이 도저히 견디지 못해 등을 두들기던 자작나무 가지를 폼카 비크바예프에게 넘겨주고 냉수를 끼얹고 말았답니다. 하시는 일이 모두 범상치 않습니다……. 그리고 듣자 하니 목욕탕에서 가슴에 박혀 있는 황제의 표지를 보여주셨다는데, 한쪽에는 오 코페이카짜리 은전만 한 쌍두 독수리의 표식*이 있고, 다른 쪽에는 그의 초상이 새겨져 있었답니다."

나는 카자크인의 의견에 굳이 토를 달 필요가 없다고 생각했다. 나는 벌써부터 푸가초프와의 만남을 상상하기도 하고, 이 만남이 어떤 결과를 초래할 것인지를 생각하며 그를 따라 사령관 관사로 향했다. 독자들은 이때의 내 심정이 얼마나 복

* 러시아 황실의 문장.

잡했는지 충분히 짐작할 수 있으시리라.

내가 사령관 관사에 다다랐을 때는 이미 날이 저물고 있었다. 희생자들을 매달고 있는 교수대는 어둠 속에서 무시무시한 모습으로 우뚝 솟아 있었다. 두 카자크인이 보초를 서고 있는 층계 밑에는 가련한 사령관 부인의 시체가 아직 뒹굴고 있었다. 나를 인도해 온 카자크인이 보고를 하려고 안으로 들어갔다가 곧바로 나오더니 방 안으로 나를 데리고 갔다. 그 방은 바로 마리야 이바노브나와 내가 다정하게 작별을 나누었던 방이었다. 기이한 광경이 눈앞에서 벌어지고 있었다. 상보를 씌운 식탁 위에 술병과 컵들이 잔뜩 늘어서 있었고, 푸가초프를 비롯한 열 명의 카자크 부대 대장들이 모자를 쓰고 알록달록한 상의를 입고, 술기운으로 발개진 얼굴에 눈알을 번득이며 앉아 있었다. 그러나 그중에는 시바브린이나, 우리 편 하사도 없었고 다른 새로운 변절자도 눈에 보이지 않았다. "아이고, 나리!" 나를 보자 푸가초프가 말했다. "열렬히 환영합니다. 어서 자리에 앉으시오." 그곳에 앉아 있던 무리들이 서로 자리를 좁혀 나에게 자리를 내주었다. 나는 아무 말 없이 식탁의 가장자리에 앉았다. 옆에 앉아 있던 체격 좋고 잘생긴 젊은 카자크인이 내 잔에 술을 따라 주었지만, 나는 손도 대지 않았다. 나는 호기심이 동해 좌중을 둘러보았다. 푸가초프는 맨 윗자리에 앉아 식탁에 팔꿈치를 괴고, 시커먼 턱수염이 난 턱을 커다란 주먹으로 받치고 있었다. 그의 용모는 매우 단정하고 호감이 가는 얼굴로 흉악한 데라고는 전혀 찾아볼 수 없었다. 그는 쉰 살 정도 되는 사내에게 자주 말을 걸었는데, 그를 백작으로 부르는가 하면, 티모페이치라고도 했고, 때로는 백부라고 존대를 하기도 했다. 모두들 서로 격의없이 굴었고, 자기 대장이라고 해서 특별히 우대하는 것 같지도 않았다. 그들은 오늘 아침에 있었던 습격에 대해 이야기하고 성공한 반란에 대한 이야기, 그리고 앞으로 어떻게 행동할 것인지를 주로 이야기했다. 대부분 제 자랑을 늘어놓거나 자기주장을 말했고, 푸가초프와도 스스럼없이 논쟁을 벌였다. 이 독특한 군 회의에서 그들은 오렌부르크로 진격하자는 결정을 내렸다. 이 계획은 대담무쌍했을 뿐만 아니라, 거의 성공하여 엄청난 비극을 초래할 뻔했다! 진격 날짜는 다음 날 정오로 결정되었다. 푸가초프가 말했다. "이보게 형제들! 잠자리에 들기 전에 내가 가장 좋아하는 노래나 한번 불러보세, 추마코프[35]! 자네가 먼저 선창하게!" 내 옆에 앉아 있던 사내가 가녀린 목소리로 애조 띤 뱃노래를 부르기 시작하자, 모두가 그를 따라 부르기 시작했다.

술렁대지 마라, 어머니 같은 푸른 참나무 숲이여,

방해하지 마라, 사내대장부의 상념을,

내일이면 나는 재판을 받으러 간다네,
무서운 재판관 황제 앞으로,
황제가 문초하길,
농노의 자식아, 어서 고해라, 고해,
도둑질 강도짓은 누구랑 했느냐,
네 일당이 몇이더냐?
우리의 희망이신 황제 폐하,
숨김없이 고하리다.
일당은 모두 넷이니,
첫째는 검은 밤,
둘째는 강철 단도,
셋째는 준마요,
넷째는 탄탄한 활
이 몸의 첩자는 강철 화살이옵니다.
황제는 말하리.
장하다 농노의 자식아,
네놈은 도둑질도 잘하고 말대답도 잘하는구나!
그 보답으로 네놈에게 상을 베푸나니
들판에 높이 세운 나무 집에
들보가 가로지른 통기둥 두 개로다.[36]

교수대의 이슬로 사라질 운명을 타고난 이들이 부르는 교수대에 대한 노래는 내 마음속에 이루 형언할 수 없는 묘한 감정을 불러일으켰다. 그들의 험상궂은 얼굴, 화음을 이루는 노랫가락, 노래 마디마디에 배어 있는 애절한 곡조, 그리고 구성진 곡조에 어우러져 더 구슬프게 들리는 노랫말 등이 모두 기이한 시적 충격으로 내 마음을 뒤흔들어 놓았다.

손님들이 모두 마지막 잔을 들이켜고 식탁에서 일어나, 푸가초프와 인사를 나누고 헤어졌다. 내가 그들을 따라 나가려고 하자, 푸가초프가 말을 건넸다. "앉아 있게. 자네랑 이야기를 좀 나누고 싶네." 우리는 얼굴을 맞대고 마주 앉았다.

우리는 몇 분 동안 둘 다 아무 말도 하지 않았다. 푸가초프는 나를 뚫어져라 바라보았다. 그러다가 이따금 교활하고도 비웃는 듯한 묘한 표정으로 왼쪽 눈을 가늘게 뜨며 쳐다보았다. 갑자기 그가 웃음을 터트렸다. 그 웃음이 얼마나 순박하고 쾌활했는지, 그를 쳐다보다가 그만 나도 모르게 웃어 버렸다.

"어떤 기분이 들었나?" 그가 나에게 물었다. "솔직히 이야기해 보게, 내 부하들이 자네 목에 밧줄을 걸었을 때, 말일세. 몹시 겁이 났었겠지? 아마 하늘이 빙빙 돌았을걸……. 자네 종놈이 나서지 않았더라면 자네는 지금쯤 교수대에 매달려 있었을 텐데. 그 늙은이를 바로 알아봤지. 그때, 자네를 여관으로 데려간 자가 사실은 위대한 황제였다는 것이 상상이 되나? (여기서 그는 엄숙하고 신비스러운 표정을 지었다.) 자네는 나에게 아주 큰 실수를 한 셈이지." 그가 계속해서 말했다. "하지만 나는 자네의 선행과 내가 적진에 몸을 숨기고 있을 때, 나에게 베풀어 준 친절을 생각해서 관대하게 용서하네. 그리고 두고 보게. 내가 조국을 다시 되찾는 날이면 자네에게 또 사례하겠네! 어때, 나에게 충성을 맹세하겠나?"

이 협잡꾼의 질문과 뻔뻔스러운 태도가 얼마나 당돌했던지 나는 그만 웃음을 터트리고 말았다.

"왜 웃나?" 그가 눈살을 찌푸리며 물었다. "자네는 내가 위대한 황제라는 사실을 믿지 않는 모양이군. 그런가? 어서 대답하게."

나는 당황했다. 이 부랑자를 도저히 황제로 인정할 수 없었기 때문이다. 그를 인정하는 것은 아주 비겁한 행동이라고 생각했다. 그러나 얼굴을 맞대 놓고, 그를 사기꾼으로 부르는 것은 스스로 파멸을 자초하는 일이었다. 일전에 교수대 밑에서 사람들이 보는 가운데 분노의 불길에 휩싸여 내가 하려고 했던 말을 지금 생각하면, 한낱 부질없는 허세에 지나지 않았던 것이다. 나는 망설였다. 푸가초프는 험상궂은 표정으로 나의 대답을 기다렸다. 결국 (이겨냈다. 지금도 그때 생각을 하면 아주 대견스럽다.) 나에게 부여된 의무가 인간의 연약한 감정을 극복했다. 나는 푸가초프에게 다음과 같이 대답했다. "잘 들으시오, 내 진심을 말하겠소. 내 입장을 생각해 주길 바라오. 내가 당신을 어떻게 황제라고 생각할 수 있겠소? 당신도 분별력이 있을 테니 내가 교활하게 거짓말을 해도 다 알지 않겠소."

"그럼, 자네 생각에는 내가 누구로 보이나?"

"그건 모르겠소, 하지만 당신이 누구든지 간에 당신이 지금 위험한 농담을 하고 있다는 것은 분명하오."

푸가초프가 나를 힐끗 쳐다보았다. "그러니까 나를 믿지 못한다는 말이군." 그가 말했다. "내가 표트르 표도로비치 황제라는 사실을 못 믿는다는 말이지? 그렇다면 할 수 없지. 하지만 용감한 자에게 어찌 행운이 따르지 않겠나? 옛날, 그리시카 오트레피예프[37]도 왕위에 오르지 않았던가? 나에 대해 어떻게 생각하든 그것은 자네의 자유네. 그러나 내 곁에 머물러 주게. 내가 진짜든 가짜든 자네가 따져서 뭘 하겠나? 결국은 매한가지가 아닌가? 나에게 충성과 신뢰를 보여 주게. 그러면 자네를 원수든 공작이든 원하는 대로 다 만들어 주겠네. 자네 생각은 어떤가?"

"그럴 수는 없소." 내가 딱 잘라 말했다. "나는 귀족이오. 나는 이미 여왕 폐하께 충성을 맹세한 몸이니 당신을 섬길 수 없소. 만일, 당신이 진정으로 나를 생각해 준다면 나를 오렌부르크로 보내 주시오."

그러자 푸가초프는 잠시 생각에 잠겼다. "만약, 내가 자네를 놓아준다면…… 최소한 나에게 총을 겨누는 짓은 하지 않겠다고 약속하겠나?" 그가 말했다.

"그건 당신이 더 잘 알지 않소? 내 마음대로 할 수 없다는 것을 말이오. 당신을 대적하라고 명령하면 해야지, 별수 없소. 당신 역시 지금 부하를 거느리고 있고, 부하들이 당신의 명령에 따르기를 요구하고 있지 않소? 내가 임무 중에 명령을 거부한다는 것은 말이 안 되오. 지금 내 목숨은 당신 손안에 있소. 나를 놓아준다면 감사한 일이고, 나를 사형시킨다면 그때는 신이 당신을 심판하겠지요. 나는 오직 진실만을 이야기할 뿐이오."

나의 솔직함에 푸가초프는 감동했다. "그렇다면 할 수 없는 일이지." 그는 내 어깨를 툭 치며 말했다. "사형을 시킬 놈은 시키고, 풀어 줄 놈은 풀어 줘야지. 좋네. 어디든 가고 싶은 곳으로 가서 하고 싶은 대로 하게. 그러면 내일 다시 나에게 들러 주게. 그때 작별 인사를 나누기로 하고 오늘은 이만 돌아가서 자게. 나도 졸립군."

나는 푸가초프를 남겨두고 밖으로 나왔다. 밤은 정적에 싸여 있었고 바람은 쌀쌀했다. 달과 별들이 광장과 교수대를 밝게 비추고 있었다. 요새 안은 정적과 어둠에 싸여 있었다. 오직 선술집의 불빛만이 빛나고 있었고, 밤늦도록 눌러앉은 술꾼들의 고함 소리가 들려올 뿐이었다. 나는 신부 집 쪽을 바라보았다. 덧문과 대문이 모두 닫혀 있었다. 집 안은 조용했다.

숙소로 돌아와 보니 사벨리치는 내가 사라져 무척 애를 태운 모양이었다. 내가 자유의 몸이 되었다는 소식에 그는 뛸 듯이 기뻐했다. "하느님, 감사합니다." 그가 성호를 그으며 말했다.

"해가 뜨면 어디든 발길 닿는 대로 서둘러 떠나기로 하십시다요. 제가 급한 대로 우선 저녁을 준비해 두었으니 도련님, 좀 드시지요. 그리고 아침까지 예수님의 품 안에 안긴 듯 편히 주무십시오."

나는 그의 권유대로 맛있게 저녁을 먹고, 정신적으로나 육체적으로나 지칠 대로 지쳐서 맨 마룻바닥에 누워 잠들어 버렸다.

제9장
이별

아름다운 그대여,
그대를 만날 때는 달콤했는데
이별하는 이 순간
영혼이 찢기운 듯 슬프고도 슬프구나.[38]

헤라스코프

◆◆

이른 아침 북소리에 잠을 깬 나는 집합 장소로 나갔다. 교수대와 가까운 그곳에는 벌써 푸가초프 부대가 정렬해 있었고, 교수대에는 어제 사형당한 희생자들이 아직 매달려 있었다. 카자크인들은 말을 타고 있었고, 병사들은 무기를 들고 있었다. 깃발이 바람에 펄럭였다. 몇 문의 대포가 견인포가牽引砲架 위에 놓여 있었는데, 그중에는 우리 대포도 끼어 있었다. 모든 주민들이 그곳에 나와 참칭 황제를 기다리고 있었다. 사령관 관사의 현관 층계 아래에는 한 카자크인이 늠름한 키르기스종 백마의 고삐를 쥐고 서 있었다. 나는 두리번거리며 사령관 부인의 시체를 찾았다. 시체는 약간 옆으로 밀쳐져 거적에 덮여 있었다. 드디어 푸가초프가 문밖으로 모습을 드러냈다. 그러자 사람들이 모자를 벗었다. 푸가초프는 현관 층계 위에서 발을 멈추고, 모든 사람들과 인사를 나누었다. 대장 가운데 한 사람이 돈주머니를 그에게 건네자, 그는 동전을 한 줌씩 집어 군중을 향해 던졌다. 그러자 사람들이 아우성을 치며 동전을 주우려 몰려들었고, 나중에는 부상자가 나오기도 했다. 일당의 우두머리들이 푸가초프를 둘러쌌다. 그중에는 시바브린도 끼어 있었다. 우리의 시선이 마주쳤다. 경멸하는 나의 눈길을 의식한 그는 적개심이 서린 묘한 조소를 보내더니 시선을 돌렸다. 군중 속에서 나를 발견한 푸가초프는 고갯짓으로 나를 가까이 오라고 불렀다. 그가 나에게 말했다. "이보게. 지금, 바로 오렌부르크로 가서 그곳의 지사와 모든 장군들에게 알리게. 일주일 후에 내가 갈 테니 준비하고 기다리라고 말이야. 아버지를 대하듯 존경과 복종으로 나를 맞지 않으면, 한 치의 용서 없이 모두 극형에 처할 것이라고 전하게. 그럼, 잘 가게!" 그는 이렇게 말하고 나서, 시바브린을 가리키며 군중을 향해 말했다. "여러분, 오늘부터 여기 이분이 새로운 사령관이오. 앞으로는 모든 면에서 새 사령관의 명령에 복종하시오. 새 사령관이 여러분과 이 요새의 모든 책임을 지게 될 것이오." 나는 그 말을 듣고 경악을 금치 못했다. 시바브린이 요새의 책임자가 된다면 마리야 이바노브나는 꼼짝없이 그의 수중에 놓이게 되는 것 아닌가! 맙소사, 그렇게 되면 그녀가 무슨 일을 당할지 누가 알겠는가! 푸가초프가 층계를 내려왔다. 그 앞으로 말이 대령했다. 카자크인들이 그를 말에 태워 주기도 전에 날렵하게 말안장에 올라탔다.

이때 사벨리치가 군중을 헤치고 나오더니 푸가초프에게 다가가 종이 한 장을 내미는 것이 보였다. 나는 무슨 일인지 영문을 모르고 서 있었다. "이게 뭐냐?" 푸가초프가 위엄 있는 목소리로 물었다. "읽어 보면 압니다." 사벨리치가 대답했다. 푸가초프가 종이쪽지를 받아 들고 한참 동안 심각한 표정으로 들여다보았다. "글자 한번 희한하게 썼구나!" 드디어 그가 입을 열었다. "밝은 내 눈으로도 도대체 무슨 글자인지 알아볼 수가 없으니, 서기장은 어디 있나?"

하사복 차림의 젊은이가 재빠르게 푸가초프 앞으로 달려 나왔다.

"큰 소리로 읽어 보아라." 참칭 황제가 그에게 종이쪽지를 건네며 말했다. 나는 늙은 하인이 도대체 푸가초프에게 무엇을 써 준 것인지 궁금했다. 서기장이 큰 소리로 또박또박 읽기 시작했다.

"옥양목 가운과 비단 줄무늬 가운 두 벌에 육 루블."

"이것이 무슨 소리냐?" 푸가초프가 얼굴을 찌푸리며 말했다.

"계속 읽게 하시지요." 사벨리치가 시치미를 뚝 떼고 대답했다.

서기장이 계속 읽어 내려갔다.

"얇은 녹색 서지[*] 제복이 칠 루블.

흰색 나사[**] 바지가 오 루블.

네덜란드제 커프스가 달린 아마포 와이셔츠 열두 벌에 십 루블.

찻잔이 든 휴대용 상자가 이 루블 오십 코페이카……."

"이게 다 무슨 헛소리냐?" 푸가초프가 서기장의 말을 가로막으며 물었다. "그놈의 휴대용 상자니, 커프스가 달린 아마포 와이셔츠니 하는 것들이 모두 나와 무슨 상관이 있어?"

사벨리치가 헛기침을 한번 하고 나서 설명하기 시작했다. "그건 말입니다, 폐하, 보시다시피 악당들이 훔쳐간 우리 도련님의 물품 목록입니다……."

"어떤 악당들을 말하느냐?" 푸가초프가 화난 목소리로 물었다.

"죄송합니다, 말이 헛나갔습니다." 사벨리치가 대꾸했다. "악당이든 아니든 폐하의 부하들이 우리 집을 마구 뒤져서 훔쳐간 것들입니다요. 부디 노여움을 푸시기 바랍니다. 네 발 달린 말도 넘어질 때가 있다고 하지 않습니까? 끝까지 마저 읽도록 허락해 주십시오."

"어디 끝까지 한번 읽어 보아라." 푸가초프가 말했다. 서기

[*] serge. 비스듬한 방향으로 무늬가 나타나는 모직물의 일종.

[**] 羅紗. 양털에 무명 등을 섞어서 짠 두꺼운 모직물.

장이 계속 읽어 나갔다.

"사라사* 담요와 무명 이불이 사 루블. 여우털이 달린 붉은 모직 외투가 사십 루블. 그리고 여관에서 우리 도련님이 선사한 토끼가죽 외투가 십오 루블."

"아니, 뭐가 어쩌고 어째!" 푸가초프가 이글거리는 눈을 번득이며 소리쳤다.

솔직히 말해서, 나는 그때 가엾은 이 영감이 이젠 죽었구나 하는 생각에 너무나 두려웠다. 그런데도 그가 계속 푸가초프에게 다른 무엇인가를 설명하려 들자, 푸가초프가 그의 말을 막았다. "아니, 감히 네놈이 그런 허튼수작을 하려고 내 앞에 기어 나왔단 말이냐?" 그는 서기장에게서 종이쪽지를 낚아채서, 사벨리치의 얼굴에 획 집어 던지며 고함을 쳤다. "이런 미련한 영감탱이를 봤나! 그런 물건들을 빼앗겼다 해서, 그게 뭐 그리 대수냐? 네 주인과 네놈이 저 반역자들과 함께 목이 매달리지 않은 것만 해도 평생 하느님께 우리 은덕을 기도해도 모자랄 판에…… 뭐, 토끼가죽 외투가 어쩌고 어째! 오냐, 네놈에게 토끼가죽 외투를 주마, 네놈의 생가죽을 벗겨서 옷을 만들어 주마!"

"좋을 대로 하시지요." 사벨리치가 대답했다. "어쨌든 저는

* sarasa. 다섯 가지 빛깔을 이용해 기하학적 무늬를 물들인 피륙.

종의 몸이니 주인의 물건에 대해서 책임을 져야 합니다요."

그런데 푸가초프는 갑자기 아량을 베풀 생각이 든 모양이었다. 더 이상 한 마디도 하지 않고 말머리를 돌렸다. 시바브린과 대장들이 그의 뒤를 따랐다. 나머지 일당들도 열을 지어 요새를 빠져나갔다. 사람들은 푸가초프를 배웅하기 위해 그의 뒤를 따랐고 나와 사벨리치만 광장에 남았다. 늙은 하인은 못내 서운한 듯 물품 명세서를 들고 들여다보고 있었다.

그는 나와 푸가초프의 관계가 썩 나쁘지 않다고 생각하고 어떻게 해볼 요량이었겠지만, 그의 묘안은 실패로 돌아갔다. 나는 그의 엉뚱한 충성심을 질책하려 했지만, 오히려 웃음이 터져 나왔다. "도련님은 웃으시는군요." 그가 중얼거렸다. "실컷 웃으십시오. 하지만 다시 그것들을 마련해야 할 때도 웃음이 나오는지 두고 보십시다요."

나는 마리야 이바노브나를 만나기 위해 신부의 집으로 서둘러 갔다. 신부의 부인은 뜻밖의 슬픈 소식을 전했다. 어젯밤부터 마리야 이바노브나가 고열에 시달리며 정신을 잃고 헛소리를 한다는 것이다. 신부 부인이 그녀의 방으로 나를 안내했다. 나는 조용히 그녀의 침대 곁으로 다가갔다. 초췌해진 그녀의 얼굴을 보자 나의 마음은 몹시 아팠다. 환자는 나를 알아보지도 못했다. 나는 한참 동안 그곳에 서 있었다. 게라심 신부와 그의 착한 부인이 나를 위로했지만, 내 귀에는 아무 말도 들리지 않았다. 암담한 생각으로 마음이 괴로웠다. 가련하고 의지할 곳 없는 고아가 되어, 흉악무도한 폭도들 가운데 남겨진 그녀의 신세와 아무런 도움을 줄 수 없는 나의 무력함에 순간 공포감이 들었다. 무엇보다도 시바브린, 바로 시바브린의 존재가 내 마음을 어지럽혔다. 그는 참칭 황제로부터 이 요새의 절대적 권력을 부여받았으니, 그의 미움을 사게 된 죄 없고 홀로 남은 가엾은 소녀는 완전히 그의 손아귀에 잡힌 꼴이 되었다. 이제 나는 어떻게 해야 하나? 어떻게 그녀를 도울 수 있단 말인가? 어떻게 하면 그녀를 악당의 손에서 구해 낼 수 있단 말인가? 오직 한 가지 방법밖에 없었다. 지금 바로 오렌부르크로 가서, 벨로고로드 요새의 탈환을 서두르도록 재촉하고, 나 자신도 적극 나서야 한다는 것이다. 나는 신부와 아쿨리나 팜필로브나에게 작별을 고하고, 이미 나의 아내와 다름없는 마샤를 그들에게 거듭 부탁했다. 나는 가엾은 소녀의 손을 잡고 입 맞추며 하염없이 눈물을 흘렸다. "부디 몸조심하세요." 신부 부인이 나를 배웅하면서 말했다. "부디 안녕히 가세요, 표트르 안드레이치. 좋은 때가 오면 다시 만날 수 있을 거예요. 우리를 잊지 마세요. 우리에게 자주 소식 전해 주시구요. 가엾은 마리야 이바노브나는 이제 장교님 외에는 아무도 위해 줄 수 없고, 의지할 분도 없답니다."

광장으로 나온 나는 잠시 발길을 멈춰 서서, 교수대를 향해 고개를 숙여 인사했다. 그런 다음 지금껏 한 번도 나와 떨어져 본 적이 없는 사벨리치와 함께 요새를 나와 오렌부르크를 향해 길을 걸었다.

생각에 잠겨 걷고 있을 때, 갑자기 뒤에서 말발굽 소리가 들렸다. 돌아다보니 저 멀리 요새 쪽에서 한 카자크인이 다른 한 필의 말고삐를 손에 쥔 채, 나에게 손을 흔들며 말을 타고 달려오고 있었다. 나는 걸음을 멈춰 섰고, 그가 요새에 있던 하사임을 알게 되었다. 그는 가까이 달려와 말에서 내리더니 끌고 온 다른 말의 고삐를 나에게 건네주며 말했다. "장교님! 폐하께서 장교님께 이 말과 입고 계시던 옷을 하사하셨습니다(안장에는 양가죽 외투가 묶여 있었다)." 하사가 더듬거리며 덧붙였다. "그리고 또 폐하께서 장교님께…… 반 루블을 하사하셨습니다만…… 그만 제가 길을 오는 도중에 잃어버렸습니다. 너그러이 용서해 주시기 바랍니다." 사벨리치가 그를 흘끔 노려보고 말했다. "길에서 잃어버렸다고! 그렇다면 네놈 품속의 주머니에서 지금 짤랑거리는 것은 무엇이냐? 양심이라고는 털끝만큼도 없는 놈!" 하사는 당황하는 기색도 전혀 없이 딱 잡아뗐다. "이놈의 영감 좀 보게. 이건 돈이 아니라 재갈이야!" "됐네, 그만하게." 내가 말을 가로막으며 말했다. "가서 너를 보낸 분에게 내가 고맙다고 하더라고 전해라. 잃어버린 반 루블은 돌아가는 길에 찾아보고, 혹시 찾거든 술값에

나 보태도록 해라." "정말 감사합니다. 나리!" 그가 말머리를 돌리며 말했다. "당신을 위해 하느님께 두고두고 기도하겠습니다." 그는 이렇게 말하고는 한 손으로 품속의 주머니를 감싸 쥔 채 요새를 향해 말을 달렸다. 금세 그는 시야에서 사라졌다.

나는 하사가 가져온 양가죽 외투를 입고 말에 올라탔다. 사벨리치도 내 등 뒤로 올라타게 했다. "그것 보세요, 나리." 노인이 입을 열었다. "제가 그 악당 놈에게 구걸한 보람이 있었지요. 양심에 좀 걸렸던 모양입니다요. 뭐, 그 도둑놈들이 우리한테서 훔쳐간 것과 나리가 하사한 토끼가죽 외투를 합하면 이따위 긴 다리에 야윈 바시키르산 말 한 필과 양가죽 외투는 절반 값도 안 되지만, 어쨌든 이 정도로 만족해야지요. 못된 개한테서는 하다못해 털이라도 한 줌 뽑으라고 하잖아요."

제10장

포위당한 도시

…산과 들판을 점령하고,
정상에 서서 독수리처럼 성안을 노려보았다.
그리고 진지 뒤에 포좌를 만들어
대포를 숨겨 두었다가 한밤중 도시에 퍼부으라 명했다.[39]

헤라스코프

◆◆

오렌부르크에 가까워지자, 머리를 빡빡 밀고 형무소의 낙인이 찍힌 흉한 얼굴의 죄수 무리들이 심심찮게 눈에 띄었다. 그들은 수비대 상이군인들의 감시를 받으며 보루 근처에서 일하고 있었다. 어떤 죄수는 참호를 메운 쓰레기를 수레에 담아 실어내기도 하고, 다른 죄수는 삽으로 땅을 파고 있었다. 보루 위에서는 석공들이 벽돌을 날라다 성벽을 수리하고 있었다. 보초병들이 입구에서 우리를 불러 세우더니 신분증을 요구했다. 내가 벨로고로드 요새에서 왔다는 이야기를 듣자, 위병 중사는 곧장 나를 장군 관사로 데려갔다.

나는 정원에서 장군을 만났다. 그는 가을바람에 벌거벗은 사과나무를 둘러보며 늙은 정원사의 도움을 받아 나무 밑동을 따듯한 짚으로 꼼꼼하게 싸고 있었다. 그의 얼굴은 평화롭고 건강해 보였으며 온화한 빛을 띠고 있었다. 그는 나를 보자 매우 반가워하며, 내가 목격한 무서운 사건에 대해 이런저런 질문을 했다. 나는 알고 있는 사실을 자세히 보고했다. 늙은 장군은 나의 이야기에 귀를 기울이며 마른 나뭇가지를 잘라냈다. "오, 불쌍한 미로노프 대위!" 내가 참혹하기 짝이 없는 그간의 이야기를 마치자 그가 말했다. "정말 안된 일이야. 얼마나 훌륭한 장교였는데! 미로노프 부인도 정말 착한 분이었지. 버섯을 소금에 절이는 솜씨는 천하일품이었는데……. 그럼, 가엾은 대위의 딸 마샤는 어떻게 되었나?" 나는 요새의 신부 댁에 남아 있다고 대답했다. "쯧쯧쯧!" 장군이 혀를 찼다. "그건 정말 안된 일이야. 아주 좋지 않은 상황이야. 폭도들의 군기는 절대 믿을 수가 없거든. 그 가엾은 애는 이제 어떻게 된단 말일까?" 나는 여기서 벨로고로드 요새까지는 얼마 되지 않으므로 각하께서 빨리 군대를 그곳에 파견하여 불쌍한 주민들을 구출하시리라 믿는다고 말했다. 장군은 자신감 없는 얼굴로 고개를 가로저었다. "좀 두고 보세, 좀 두고 보도록 해." 그가 말했다. "그 문제에 대해서는 좀 더 검토해 봐야 하네. 이따가 우리 집으로 차를 마시러 와 주게. 오늘 군사회의가 열릴 예정이네. 자네는 그 망나니 푸가초프와 그의 군대에 대해 정확한 정보를 우리에게 주리라고 믿네. 어쨌든 지금은 좀 쉬도록 하게."

나는 사벨리치가 미리 짐을 풀고 정리해 둔 지정된 숙소로 가서, 초조한 심정으로 약속된 시간이 되기를 기다렸다. 나의 운명에 중대한 영향을 끼칠 그 회의를 놓치지 않고 참석했으리라는 사실을 독자들은 짐작하시리라. 나는 정해진 시각이 되기도 전에 이미 장군 관사에 도착해 있었다.

장군 관사에서 나는 이 도시의 관리 중, 세관장이었던 것으로 기억되는 한 인물을 만났다. 그는 뚱뚱한 몸집에 얼굴이 불그스름했으며, 금실로 수를 놓은 비단 카프탄을 입고 있었다. 그는 이반 쿠즈미치를 대부라고 부르며, 그에 관해 여러 가지를 묻기 시작했다. 그는 보충 질문을 하거나 교훈이 될 만한 자기 견해를 덧붙이며, 여러 번 내 말을 중단시키곤 했다. 그의 견해로 보아, 그가 전술에는 밝지 못하지만, 최소한 천성이 총명하고 두뇌가 명석한 인물이라는 것에는 의심의 여지가 없었다. 그사이 초대된 나머지 사람들도 모두 모습을 나타냈다. 그중에 군인이라고는 장군 한 사람밖에 없었다. 일동이 모두 자리에 앉자, 각자에게 차를 따랐고, 이어 장군이 당면한 문제에 대해 명쾌하고 상세하게 설명했다. "여러분!" 장군이 말을 이었다. "폭도들을 어떻게 할 것인지, 그러니까 공격을 할 것인지 아니면 방어를 할 것인지에 대해 결정해야 합니다. 두 방안 모두 장단점이 있습니다. 공격은 보다 신속하게 적을 소탕할 수 있고, 방어는 보다 확실하고 안전합니다……. 자, 그러면 법에 따라 우선 계급이 낮은 소위보少尉補부터 차례로 의견을 말하도록 합시다!" 그가 나를 향해 말했다. "그럼 먼저,

소위보의 의견을 이야기해 주시오."

나는 자리에서 일어나 푸가초프와 그 도당에 대해 간단히 설명한 다음, 참칭 황제에게는 우리의 정규군에 대항할 힘이 없다고 단언했다. 관리들은 나의 의견을 노골적으로 무시했다. 그들은 내 이야기가 젊은이의 무모하고 경솔한 장담에 지나지 않는다고 치부했다. 모두들 수군대기 시작했다. 그들의 이야기 중에 누군가는 작은 목소리로 "젖비린내 나는 애송이 같으니."라고 말하는 소리도 들렸다. 장군이 나를 향해 미소를 지으며 말했다. "소위보! 군 회의에서는 항상 공격 지지론이 먼저 등장하는 법이네. 그것이 법칙처럼 되어 있지. 그럼, 계속해서 다른 분의 의견을 듣기로 하겠습니다. 자, 6등관! 의견을 말해 주시오."

금빛 비단 카프탄을 입은 노인이 차에 럼주를 지나치게 많이 넣은 세 번째 잔을 서둘러 비운 다음, 장군에게 대답했다. "각하, 저는 공격도 방어도 우리가 취할 태도가 아니라고 생각합니다."

"그건 왜 그렇소, 6등관?" 장군이 놀라며 되물었다. "전술에는 공격이냐 방어냐 하는 두 가지 방법밖에 없는데 말이오……."

"각하, 이번에는 매수 작전을 써 보십시오."

"아하, 그것 참! 당신의 의견도 그럴싸하군요. 하긴 매수 작전도 하나의 전술이 될 수 있을 것이니, 당신의 의견도 고려해 봅시다. 그 망나니 목에 칠십이나 백 루블 정도까지…… 현상금을 걸 수도 있을 것입니다. 기밀비에서 지불하기로 하고 말이오……."

"그럴 경우에 말입니다." 세관장이 이때 끼어들었다. "만일 그 도둑들이 그들의 대장의 손발을 꽁꽁 묶어 우리에게 넘겨주지 않는다면 저를 6등관이 아니라 키르기스 양羊이라고 해도 좋습니다."

"이 점에 대해서는 더 생각해 보고 의논하기로 합시다." 장군이 말했다. "어떤 형태로든 군사 행동을 취하지 않을 수는 없으니까요. 여러분, 규칙에 따라 순서대로 계속 의견을 말해 주시오."

모든 의견이 내 의견에 반대였다. 관리들은 한결같이 우리 군대가 미덥지 못하다는 것, 따라서 성공할 가망성이 희박하다는 것, 신중을 기해야 한다는 등의 의견을 늘어놓았다. 모두들 적에 노출된 들판에서 모험을 하기보다는 돌로 쌓은 견고한 성벽을 방패 삼아 대포의 엄호를 받는 편이 보다 현명하다고 생각했다. 참석자 전원의 의견을 들은 장군은 마침내 파이프의 재를 툭툭 털고 다음과 같이 자신의 의견을 피력했다.

"여러분! 본인의 입장에서는 소위보의 의견에 전적으로 찬성합니다. 왜냐하면 그의 의견은 적절한 전술의 원칙에 부합

하기 때문입니다. 즉, 전술은 거의 언제나 공격을 방어보다 우위로 보고 있습니다."

그는 이렇게 말하고는 자신의 파이프에 담배를 담았다. 나의 자존심은 승리의 개가를 올렸다. 나는 불안과 불만에 찬 얼굴로 수군거리고 있는 관리들에게 의기양양한 눈길을 보냈다.

"그러나 여러분." 깊은 한숨과 기다란 연기를 내뿜으며 그가 말을 이었다. "황공하옵게도 자비로운 여왕께서 나에게 위임한 이 지역의 안전 문제를 신중하게 생각한다면, 그토록 큰 위험을 감수할 수는 없지 않겠습니까? 따라서 본인은 성안에서 적의 포위를 기다렸다가 적이 공격하면 포병의 화력으로 대항하고, (적당한 때를 봐서) 성밖으로 출격하여 적을 무찌르는 것이 가장 현명하고 안전한 방책이라고 하신 대다수의 의견에 찬성하는 바입니다."

이번에는 관리들이 나에게 조소의 눈초리를 보냈다. 회의는 이렇게 끝났다. 나는 자기의 신념을 저버리고 무지하고 경험도 없는 이들의 의견을 따르기로 결정한 존경했던 이 군인의 무력한 태도에 적잖이 실망했다.

기념할 만한 회의가 있은 지 며칠 후에, 자기 약속을 충실하게 이행하는 푸가초프가 오렌부르크로 접근해 왔다는 사실이 알려졌다. 나는 성벽 위의 높은 곳에서 폭도들의 군대를 보았다. 시간이 흐르면서 그들의 수효는 내가 알고 있던 이전의 습격 때보다 무려 열 배는 더 늘어난 것 같았다. 그들은 푸가초프가 이미 정복한 여러 곳의 작은 요새에서 빼앗은 대포도 갖고 있었다. 군사회의의 결정에 따라 오렌부르크성 안에 계속 머물러야 했던 나로서는 분통이 터져 눈물이 날 지경이었다.

오렌부르크의 포위에 대해서는 여기서 자세히 설명하지 않겠다. 그것은 역사에 속하는 것으로 개인의 가족 문제에 대한 기록과는 다르기 때문이다. 간략하게, 이번 포위 작전은 지방 당국의 부주의로 인해 기아와 온갖 재난에 허덕였던 주민들에게 이루 말할 수 없는 치명적 고통을 주었다는 것만 말해두고자 한다. 오렌부르크에서의 하루하루가 극도로 견딜 수 없었다는 것은 쉽게 상상할 수 있으리라. 절망적인 상태에서 모두가 자기 운명이 하루빨리 결정되기만을 기다리고 있었고, 어마어마하게 폭등하는 물가에 신음하고 있었다. 나중에는 뜰 안으로 날아드는 포탄에도 주민들은 익숙해졌고, 이따금 시도되는 푸가초프의 습격에도 무신경해졌다. 나는 무료해서 죽을 지경이었다. 시간은 계속 흘러갔다. 벨로고로드 요새에서는 아무 소식도 없었다. 모든 길이 차단되어 있었다. 마리야 이바노브나와의 이별은 나에게 견딜 수 없는 고통이었다. 더구나 그녀의 안부조차 알 수 없어서 괴로움은 배가되었다.

나의 유일한 위안은 말을 타고 출격하는 일이었다. 비록 넉넉지 못한 식량 때문에 잘 먹이지는 못했지만, 푸가초프 덕분에 좋은 말을 갖게 된 나는 매일 말을 타고 성밖으로 출정하여 푸가초프의 유격 기병들과 총격전을 벌이기도 했다. 이러한 교전에서는 보통 배불리 먹고, 얼근하게 술에 취한 상태에서, 좋은 말을 타고 다니는 폭도들 쪽이 훨씬 유리했다. 굶주린 성안의 기병대는 도저히 그들을 막아낼 재간이 없었다. 이따금 굶주린 우리 보병대가 들판으로 출정하기도 했지만, 높이 쌓인 눈 때문에 분산되어 있는 적의 기병들과 효과적으로 대치하는 데 많은 어려움을 겪었다. 포병대는 높은 보루 위에서 공연한 포성이나 울릴 뿐이었고, 들판에 나가 대포를 끄는 말들은 힘에 부쳐 진흙땅에 처박히거나 꼼짝도 못하는 일이 부지기수였다. 이것이 바로 우리 군의 전투 활동 전부였다! 그리고 이것이 오렌부르크 관리들이 말한 신중함과 현명함이었다!

어느 날 우리 쪽에서 상당수의 적의 밀집 부대를 분산시키고 추격할 기회가 생겼다. 그때 나는 미처 도망치지 못한 카자크인 한 놈에게 덤벼들었다. 내가 터키산 군도로 내리치려 하자, 그가 별안간 모자를 벗고 소리쳤다. "안녕하십니까, 표트르 안드레이치! 그동안 어떻게 지내셨습니까?"

그의 얼굴을 살펴보니, 요새의 하사로 있던 자였다. 나는 이루 말할 수 없이 반가웠다. “잘 있었나? 막시므이치.” 내가 그에게 답했다. “벨로고로드를 떠난 지는 오래되었나?”

“아닙니다, 표트르 안드레이치, 바로 어제 다녀왔습니다. 장교님께 보내는 편지를 가져왔습니다.”

“어디 있나?” 나는 흥분해서 소리쳤다.

“여기 있습니다.” 막시므이치가 한 손을 호주머니에 넣으며 말했다. “어떻게 해서라도 이 편지를 장교님께 꼭 전하겠다고 팔라샤에게 약속했습니다.” 그러고는 차곡차곡 접은 쪽지를 나에게 전한 뒤, 그는 곧 말을 몰아 돌아가 버렸다. 나는 얼른 쪽지를 펴서 다음과 같은 글을 단숨에 읽어 내려갔다.

하느님의 뜻이 무엇인지 모르지만, 불시에 양친을 잃은 저는 이제 이 세상 천지에 아무도 의지할 데 없는 신세가 되었습니다. 그러나 당신은 언제나 저의 행복을 빌어 주셨고, 또 원래 당신은 누구든지 기꺼이 도와주실 분이니 당신께 이렇게 간청합니다. 그리고 이 편지가 당신 손에 꼭 들어가기를 빕니다. 막시므이치가 반드시 전해 주겠다고 약속했답니다. 팔라샤가 막시므이치에게 듣기로는, 출격 때마다 당신을 멀리서 자주 뵙는데, 그때마다 당신은 몸을 전혀 돌보지 않고, 당신을 위해 눈물로 기도하는 사람들은 안중에도 없이 몸을 사리지 않는다고 하더군요. 저는 오랫동안 병석에 누워 있었습니다. 제가 병석에서 겨우 일어나니, 이번엔 돌아가신 아버님을 대신해 이곳 사령관이 된 알렉세이 이바느이치가 푸가초프의 명령이라고 핑계를 대며 게라심 신부님을 위협하여 강제로 나를 끌고 와, 지금은 우리가 살던 집에서 감시를 받고 지내고 있습니다. 알렉세이 이바느이치는 저에게 결혼할 것을 강요하고 있습니다. 그는 자기가 제 생명의 은인이라고 말한답니다. 아쿨리나 팜필로브나가 폭도들에게 저를 조카딸이라고 거짓말을 했을 때, 모르는 척하고 덮어 주었다는 것이지요. 저는 알렉세이 이바느이치의 아내가 되느니 차라리 죽음을 택하겠어요. 그는 저를 아주 잔인하게 대할 뿐만 아니라, 만약 제가 끝까지 마음을 돌리지 않고 그의 제안을 거절한다면, 저를 악당들의 진영으로 끌고 가서 리자베타 하를로바[40]가 당한 것처럼 해주겠다고 위협한답니다. 저는 알렉세이 이바느이치에게 생각할 여유를 달라고 했습니다. 그는 앞으로 사흘간의 여유를 주겠다고 했습니다만, 만일, 사흘 후에도 결혼을 승낙하지 않으면 그때는 절대 용서하지 않겠다고 합니다. 오, 표트르 안드레이치! 믿고 의지할 분은 오직 당신뿐입니다. 가련한 저를 부디 구해 주시기 바랍니다. 장군님과 지휘관들에게 한시바삐 이곳으로 구원병들을 보내 달라고 간청해 주십시오. 그리고 가능한 한 당신이 직접 와 주시기 바랍니다. 당신의 가엾은 고아 마리야 이바노브나가 삼가 올립니다.

편지를 읽고 나니, 나는 거의 정신이 나갈 것 같았다. 나는 애꿎은 말에 사정없이 박차를 가하며 성밖으로 달려갔다. 말을 타고 달리면서도 가엾은 아가씨를 구할 방법을 이리저리 궁리해 보았지만 특별한 묘안이 떠오르지 않았다. 성안으로 돌아온 나는 곧바로 장군에게 달려가 그의 방으로 뛰어 들어갔다.

장군은 파이프를 입에 물고 방 안을 왔다 갔다 하고 있었다. 나를 본 그가 우뚝 멈춰 섰다. 그는 나의 행동에 놀란 것 같았다. 그는 걱정스러운 목소리로 나에게 서둘러 달려온 연유를 물었다. "각하! 저는 각하를 친아버지처럼 생각하고 달려왔습니다. 부디 저의 간청을 거절하지 말아 주십시오. 이것은 저의 일생의 행복을 좌우할 중요한 문제입니다." 내가 그에게 말했다.

"그래, 무슨 일인가?" 노장군이 의아한 표정으로 물었다. "자네를 위해 내가 할 수 있는 일이 뭔지, 어서 말해 보게."

"각하, 저에게 일개 중대와 카자크 병사 오십 명을 내주시고 벨로고로드 요새를 소탕하도록 허락해 주십시오."

장군은 아마 내가 정신이 나간 모양이라고 생각했는지(그렇게 생각하는 것도 무리가 아니지만) 나를 빤히 쳐다보았다.

"그것이 무슨 말인가? 벨로고로드 요새를 소탕하겠다니?" 이윽고 그가 입을 열었다.

"반드시 성공하고 돌아오겠습니다." 나는 의기양양하게 대답했다. "허락만 해주십시오."

"이보게, 그건 안 될 말일세." 그가 고개를 흔들며 말했다. "그렇게 멀리 떨어지게 되면 적들이 자네와 전략 기지인 이곳과의 연락을 쉽게 차단할 수 있네. 따라서 자네 부대는 쉽게 적들에게 소탕당할 수가 있어. 연락이 두절된다는 것은 곧……."

나는 그가 전술론에 대해 열을 올리려 들자, 놀란 나머지 황급히 그의 말을 가로막았다.

"실은 미로노프 대위의 딸이 저에게 편지를 보냈습니다." 내가 그에게 자초지종을 설명했다. "그녀가 도움을 청했습니다. 시바브린이 결혼을 강요하고 있답니다!"

"그게 사실인가? 음, 시바브린이란 놈은 정말 못된 쉘름*이군. 만일, 내 손에 걸려들기만 하면 이십사 시간 안에 처단하라고 명령하겠네. 그리고 보루 위에서 총살시키고 말겠네! 하지만 지금으로서는 인내심을 가져야 하네……."

"인내심이라니요!" 나는 저도 모르게 소리를 버럭 질렀다.

* schelm. 독일어로 '무뢰한'이라는 뜻.

"그사이에 그놈은 마리야 이바노브나와 결혼하고 말 것입니다!"

"음!" 장군이 반박했다. "그것이 무슨 불행한 일이라고 하겠나? 그 아가씨로서는 당분간 시바브린의 아내로 지내는 것이 더 나을지도 모르지. 지금 그 녀석은 아가씨를 보호할 수 있을 테니까. 그러다가 나중에 그놈이 총살되면, 그땐 또 하느님께서 그녀에게 적당한 신랑감을 구해 주시겠지. 귀여운 젊은 과부가 혼자 살 수는 없는 법이니까. 원래 젊은 과부가 숫처녀보다 남편을 더 빨리 찾는 법이거든."

"그녀를 시바브린에게 빼앗기느니 차라리 죽음을 택하겠습니다!" 내가 화를 벌컥 내며 소리쳤다.

"이런 일을 봤나!" 노장군이 말했다. "이제야 알겠네, 자네는 그 아가씨를 사랑하고 있군그래. 음, 그렇다면 문제가 다르지! 이런 가엾은 사람을 봤나! 그렇다고 해도 나는 자네에게 일개 중대와 카자크인 오십 명을 내줄 수는 없네. 그 원정은 무모한 짓이야. 나는 절대 책임질 수 없네."

나는 절망에 휩싸여 고개를 떨어뜨렸다. 그때 갑자기 내 머릿속에 한 가지 묘안이 올랐다. 독자들은 흔히 옛날 소설가들이 말하듯, 그것이 무엇인지 다음 장에서 알게 되리라.

제11장

폭도들의 소굴

천성이 사나운 사자도
그때는 배가 불러, 다정하게 물었다.
"내 동굴에는 무슨 일로 찾아오셨소?"[41]

A. 수마로코프

◆◆

장군과 헤어진 후, 나는 서둘러 숙소로 돌아왔다. 사벨리치가 나를 맞으며 여느 때처럼 잔소리를 늘어놓았다. "도련님은 왜 그따위 주정뱅이 도둑놈들과 쓸데없이 맞서 싸웁니까? 그것이 어디 귀족이 할 일입니까? 언제 무슨 일이 일어날지 어떻게 알겠습니까? 그러다가 목숨이라도 잃으면 어쩌시려고요? 터키인이나 스웨덴인을 상대로라면 또 모를까, 그따위 놈들과 싸운다는 것은 정말 말도 안 되는 일입니다."

나는 그의 말을 가로막으며 지금 갖고 있는 돈이 모두 얼마인지 물었다. "넉넉합니다." 그가 의기양양하게 대답했다. "그때 악당들이 우리 숙소를 구석구석 뒤지긴 했지만, 제가 잘 숨겨두었습죠." 그러고는 호주머니에서 은전이 가득 든, 목을 졸라맨 길쭉한 자루를 꺼냈다. "그럼, 사벨리치. 그중에서 절반은 나에게 주고 나머지는 자네가 보관하고 있게나. 나는 벨로고로드 요새에 좀 다녀와야겠어."

“표트르 안드레이치 도련님!” 착한 영감이 떨리는 목소리로 말했다. “하늘이 무서운 걸 아셔야지요. 악당들이 길이란 길은 모두 막고 있는 지금 같은 상황에서 어디를 간단 말입니까! 자기 몸은 아끼지 않는다 하더라도 부모님 생각은 하셔야지요. 대체 어디를 간단 말입니까? 조금만 참으십시오. 군대가 와서 악당들을 모조리 잡아갈 테니까요. 그때는 어디든 가고 싶은 대로 가시지요.”

그러나 나의 결심은 확고했다. “지금 그걸 따질 때가 아니야.” 나는 영감에게 대답했다. “나는 지금 떠나야 해. 가지 않으면 안 돼. 사벨리치, 슬퍼하지 말게. 하느님은 자비로운 분이시니 우리는 꼭 다시 만나게 될 거야. 그리고 미안하게 생각하거나 인색하게 굴지 말고, 뭐든 사고 싶은 것이 있으면 사도록 하게. 값이 세 배가 되더라도 상관하지 말고. 나머지 돈은 모두 자네가 가지게. 만일 사흘이 지나도 내가 돌아오지 않으면…….”

“아니, 그게 무슨 말씀이십니까, 도련님?” 사벨리치가 내 말을 가로막았다. “제가 도련님을 혼자 가시도록 내버려 둘 줄 아셨습니까요? 꿈에라도 그런 말씀 마십시오. 정 떠나시겠다면 저는 걸어서라도 따라가겠습니다. 제가 어떻게 도련님을 혼자 보내고 이 성안에 우두커니 앉아 있을 수가 있겠습니까. 제가 돌았습니까요? 도련님 뜻대로 하신다면 어쩔 수 없지만,

저는 한시도 도련님과 떨어질 수 없습니다요."

나는 사벨리치와 싸워 보았자 아무 소용이 없다는 것을 알고 있었기 때문에 사벨리치에게 길을 떠날 채비를 차리라고 명했다. 삼십 분 후에 나는 나의 준마에 올라탔고, 사벨리치 역시 그의 말라빠진 절름발이 말에 올라탔다. 그 말은 성안의 어떤 주민이 더 이상 먹일 사료가 없어 사벨리치에게 거저 준 것이었다. 성문 앞에 이르자 보초가 우리를 통과시켜 주었다. 그렇게 우리는 오렌부르크를 떠나게 되었다.

날이 저물기 시작했다. 우리는 푸가초프의 은신처인 '베르다'라는 큰 마을 근처를 지나게 되었다. 곧게 뻗은 도로는 바람에 날아온 눈으로 뒤덮여 있었고, 들판은 날마다 새로 찍히는 말발굽 자국으로 가득했다. 나는 빠르게 말을 달렸다. 사벨리치는 멀리 떨어져서 간신히 내 뒤를 따라오며 연방 고함을 지르곤 했다. "좀 천천히 가세요, 도련님, 제발 천천히 가세요! 말라빠진 절름발이 말이 도련님의 다리 긴 말을 어떻게 따라갑니까요? 그렇게 서두르실 필요가 없지 않습니까? 잔칫집에라도 간다면 또 모를까, 자칫하다간 시퍼런 도끼가 머리 위로 떨어질지 모르는 판인데요……. 표트르 안드레이치! 표트르 안드레이치 도련님! 그러지 마세요! 도련님! 이러다간 정말 귀한 집 도련님 한 분 잡겠어요!"

얼마 후, 베르다 마을의 불빛이 멀리서 보이기 시작했다. 우리는 천연 방벽처럼 마을을 둘러싸고 있는 산 아래 골짜기로 들어섰다. 사벨리치는 연신 볼멘소리를 하며 혹시라도 놓칠까 봐 꼭 달라붙어 따라오고 있었다. 거의 무사히 마을을 통과할 즈음에, 갑자기 몇 미터 앞에서 몽둥이를 든 장정들이 나타났다. 이곳은 말하자면 푸가초프 은신처의 전초기지였다. 그들이 우리에게 소리쳤다. 우리는 암호를 모르고 있었기 때문에 잠자코 지나쳐 가려 했지만, 순식간에 그들이 우리를 에워쌌다. 그중에 한 놈은 내 말의 재갈을 붙잡았다. 나는 군도를 뽑아 그 사내의 머리를 내리쳤다. 모자 덕분에 다행히 그는 살아났지만, 비틀거리며 쥐고 있던 재갈을 놓쳤다. 나머지 놈들은 당황해서 모두 도망쳤다. 나는 그 틈을 이용해 박차를 가하며 쏜살같이 말을 달렸다.

점점 짙어가는 한밤의 어둠이 나를 모든 위험에서 벗어나게 해줄 거라고 안심하고 있을 때, 문득 뒤를 돌아보니 사벨리치가 없었다. 가엾게도 절름발이 말에 탄 영감이 도둑놈들의 소굴에서 미처 빠져나오지 못한 모양이었다. 어떻게 해야 하나? 나는 몇 분을 더 기다리다가 사벨리치가 붙잡힌 것이 분명하다는 것을 깨닫고 말을 돌려 그를 구하러 갔다.

골짜기에 들어서자, 멀리서 떠들썩한 고함 소리와 함께 사벨리치의 목소리가 들려왔다. 나는 바삐 말을 달려서 조금 전에 나를 불러 세웠던 보초들 가운데로 뚫고 들어갔다. 사벨리치가 그들에게 둘러싸여 있었다. 그들이 말라빠진 말에서 노인을 끌어내리고 막 결박하려던 참이었다. 그들은 내가 돌아온 것을 보자 좋아라 했다. 그들은 고함을 지르며 순식간에 나에게 달려들어 말에서 나를 끌어내렸다. 그중에 우두머리로 보이는 놈이 우리를 어전으로 끌고 가겠다고 엄포를 놓았다. "그럼 폐하께서……." 그가 덧붙였다. "당장 네놈들을 매달라고 하시든가, 아니면 날이 밝기까지 기다리라고 하시겠지." 나는 저항하지 않았다. 사벨리치 역시 내가 하는 대로 따라했다. 보초병들은 의기양양하게 우리를 끌고 갔다.

우리는 골짜기를 건너 마을로 들어갔다. 농가마다 불빛이 환하게 빛나고 있었다. 도처에서 떠드는 소리며 고함 소리가 들려왔다. 우리는 한길에서 많은 사람들과 부딪쳤다. 그러나 어두워서 아무도 우리를 알아보지 못했고, 내가 오렌부르크의 장교라는 것도 알아채지 못했다. 우리는 사거리의 한쪽 모퉁이에 있는 농가로 곧장 끌려갔다. 대문 앞에는 술통 몇 개와 대포 두 대가 놓여 있었다.

"여기가 궁전이다." 한 사내가 말했다. "들어가서 너희들을 잡아왔다고 보고하겠다." 그가 농가 안으로 들어갔다. 나는 사벨리치를 돌아보았다. 사벨리치는 성호를 그으며 속으로 기도문을 외우고 있었다. 한참을 기다리고 나서야 사내가 돌아와 나에게 말했다. "들어가. 장교를 들여보내라는 폐하의 분

부이시다."

나는 농가, 아니 사내들이 말한 궁전 안으로 들어갔다. 집 안에는 수지로 만든 양초 두 개가 타고 있었고, 벽에는 금박 종이가 빙 둘러 붙여져 있었다. 방 안에 놓인 의자와 탁자, 굵은 끈으로 매달아 놓은 세숫대야와 못에 걸려 있는 수건, 그리고 구석에 놓인 부젓가락이며 항아리 등속을 올려놓은 페치카 앞쪽 선반 등, 이 모두가 어느 농가에서나 흔히 볼 수 있는 것이었다. 푸가초프가 붉은 카프탄을 입고 기다란 모자를 쓴 채, 두 손을 허리에 대고 짐짓 위엄 있는 자세로 성상 아래 앉아 있었다. 그의 좌우에는 대장들로 보이는 몇 놈이 대장을 떠받드는 듯한 자세를 취하고 서 있었다. 오렌부르크에서 장교가 왔다는 소식에 폭도들은 호기심을 보였고, 아마도 나에게 자기들의 위세를 과시하려고 하는 것 같았다. 푸가초프는 첫눈에 나를 알아보았다. 잔뜩 거드름을 피우고 있던 태도가 금세 바뀌었다. "누군가 했더니 바로 자네였군!" 그가 쾌활한 목소리로 말했다. "그 후 어떻게 지냈나? 이번엔 무슨 일로 또 여기까지 오셨나?" 나는 개인적인 용무로 이곳을 지나가게 되었는데, 그의 수하들이 나를 막았다고 말했다. "개인적인 용무란 것이 무엇일까?" 그가 물었다. 나는 어떻게 대답해야 할지 몰라 망설였다. 푸가초프는 내가 아마 여러 사람들 앞에서 말하기가 곤란하다고 생각했는지 동지들에게 모두 나가 있으라고 지시했다. 모두들 그의 지시에 복종했지만, 그중에서 두 사람은 꼼짝 않고 계속 앉아 있었다. "신경 쓰지 말고 이야기해 보게." 푸가초프가 말했다. "여기 이분들은 나와는 아무 비밀도 없이 지내는 막역한 사이니까 말일세." 나는 참칭 황제의 충신들을 슬쩍 곁눈질해 보았다. 그중 하나는 흰 턱수염에 허리가 꼬부라져 기력이라고는 하나도 없어 보이는 늙은이였는데, 농부들이 즐겨 입는 잿빛 겉옷 위에 어깨 위에서부터 푸른색 리본을 늘어뜨리고 있는 것 외에는 이렇다 할 특징이 없는 사람이었다. 그러나 다른 한 사람은 평생 잊을 수 없는 얼굴의 사내였다. 그는 키가 크고 몸집은 뚱뚱했는데, 어깨가 떡 벌어진 인물로 마흔다섯 살가량 되어 보였다. 붉고 텁수룩한 구레나룻, 번득이는 잿빛 눈, 구멍만 남은 코, 이마와 볼에 난 불그스레한 반점 같은 것이 그의 널따란 곰보 자국 얼굴에 이루 표현할 수 없는 기이한 인상을 주었다. 그는 붉은 셔츠에 통이 넓은 카자크족 바지를 입고, 키르기스족 가운을 걸치고 있었다. 첫 번째 사내는 (물론 나중에 알게 되었지만) 정부군에서 탈주한 하사 벨로보로도프[42]란 자였고, 두 번째 사내는 아파나시 소콜로프[43](별명은 흘로푸샤)라고 불리는 사내로, 시베리아 광산에서 세 번이나 탈주한 유형수였다. 그 당시 나는 극도로 혼란한 감정에 사로잡혀 있었지만, 내가 어쩌다 발을 들여놓게 된 이 무리들은 나의 상상력을 자극하기에 충분했다. 그러나 푸가초프가 질문을 던지는 바람에 나는 정신을 차렸다. "말해 보게, 무슨 용무로 오렌부르크에서 왔나?"

머릿속에 이상한 생각이 떠올랐다. 두 번씩이나 푸가초프가 내 앞에 나타난 것은 내 계획을 실현시켜 주려는 신의 섭리가 아닐까 하는 생각이었다. 이 기회를 이용해야겠다고 결심한 나는 다시 생각해 볼 겨를도 없이 푸가초프의 질문에 답했다.

"학대받고 있는 고아를 구하기 위해 벨로고로드로 가는 중이었소."

푸가초프의 눈이 반짝였다. "우리 편에 고아를 학대하는 자가 있다고?" 그가 고함을 질렀다. "그런 놈은 제아무리 똑똑하다 해도 나의 심판을 벗어나기 힘들지. 어서 말해 보게, 어떤 자인가?"

"시바브린이란 자요." 내가 대답했다. "당신이 신부 집에서 본 그 가엾은 아가씨를 감금해 놓고, 강제로 결혼하려고 하는 중이오."

"내가 시바브린을 혼내 주지!" 푸가초프가 위협적으로 소리쳤다. "내 밑에서 제멋대로 행동을 한다거나 백성들을 괴롭히면 어떻게 되는지 보여 주지. 내 당장 그놈의 목을 매달고 말겠어."

"제가 한 말씀 드리겠습니다." 흘로푸샤가 쉰 목소리를 내며 끼어들었다. "시바브린을 요새의 사령관으로 임명한 것도 경솔한 일이었지만, 지금 그의 목을 매다는 것 역시 경솔한 짓입니다. 폐하께선 귀족을 상관으로 앉혀 카자크인들의 기분을 상하게 했습니다. 그런데 한 번의 잘못으로 그를 처형해서 귀족들에게 공포감을 주는 것도 역시 좋지 않습니다."

"아니오. 귀족들을 동정하거나 비호할 필요는 없소!" 푸른 리본을 단 노인이 말했다. "시바브린을 목매다는 것은 대수로운 일이 아니지만, 이 장교 양반이 무슨 이유로 여기까지 왔는지 정식으로 취조해 보는 것도 필요할 것 같소. 만일 이자가 폐하를 황제로 인정하지 않는다면 간단하게 처치하면 되지만, 만일 인정한다면 왜 지금까지 오렌부르크에서 반역자들과 함께 있었는지 신문해야 하오. 이자를 관청으로 연행하여 사실을 밝히도록 하는 것이 어떨까 하오만. 내 생각에는 아무래도 오렌부르크의 사령부에서 이자를 첩자로 보낸 것 같소."

늙은 악당의 논리는 상당히 그럴듯했다. 그제야 비로소 내가 지금 누구의 수중에 들어와 있는지를 깨달았다. 소름이 오싹 돋았다. 푸가초프는 나의 기색을 눈치채고 말했다. "어떻게 생각하나?" 그가 나에게 눈짓을 하며 물었다. "우리 장군의 말도 일리가 있다고 생각하는데, 자네 생각은 어떤가?"

푸가초프의 조롱에 나는 다시 용기를 얻었다. 나는 태연하게, 지금 내 목숨은 그의 수중에 들어 있으니 뜻대로 하라고 말했다.

“좋아!” 푸가초프가 대답했다. “이제 당신네 성안의 사정이 어떤지 말해 보게.”

“덕분에, 지금 우리 성은 무사태평입니다.” 내가 대답했다.

“무사태평이라?” 푸가초프가 따라 말했다. “그런데도 백성들이 굶어 죽어간단 말이지.”

참칭 황제의 말은 사실이었다. 그러나 나는 서약한 군인의 의무에 따라 그런 이야기는 모두 거짓말이며, 오렌부르크에는 지금 많은 물자가 비축되어 있다고 말했다.

“그것 보시오.” 늙은이가 말을 가로챘다. “이자는 폐하의 면전에서 거짓말을 하고 있소. 탈주병들의 이야기로는 오렌부르크의 주민들이 굶주림에 시달리고, 질병이 만연한 데다 송장도 없어서 못 먹는다고 한결같이 말하는데, 이 녀석은 모든 것이 충분하다고 말하고 있지 않소이까? 시바브린을 교수대에 목매달 생각이라면 이 젊은 녀석도 같이 목을 매달아야 하오. 그래야 공평하다고 생각하오.”

망할 놈의 늙은이의 말에 푸가초프가 약간 동요하는 기색이 보였다. 그러나 다행히 흘로푸샤가 동료의 의견에 반대하고 나섰다. “됐어, 그만해 두게. 나우므이치.” 그가 벨로보로도프에게 말했다. “자네는 덮어놓고 목을 매달아라, 목을 쳐라

하는군. 대단한 호걸 나셨네그려. 겉보기엔 어떻게 살아 있나 싶은데 말이야. 자기가 무덤 속에 한 발을 걸치고 있는 줄은 모르고, 다른 이들을 마구 죽이려 드는군. 자네 양심에는 아직도 피가 모자라나?"

"그런 자네는 그럼 성인군자인가?" 벨로보로도프가 대꾸했다. "대체 그따위 아량은 어디서 주웠나?"

"물론……." 흘로푸샤가 대답했다. "물론, 나도 죄 많은 놈이지. 내 손만 하더라도(그는 울퉁불퉁한 주먹을 불끈 쥐고, 소매를 걷어 올려 털이 많이 난 팔을 내보였다) 기독교도들의 피를 흘리게 했지. 하지만 어디까지나 반역자들을 죽였지, 제 집에 찾아온 손님을 죽이진 않았어. 널찍한 사거리나 어두운 숲에서 사람을 죽인 적은 있지만, 집 안에서 페치카를 쬐며 죽인 일은 없단 말일세. 쇠망치나 도끼로는 죽였지만, 계집애처럼 주둥아리로 죽인 일은 없다는 거지."

그러자 늙은이가 그를 외면하며 "콧구멍도 없는 녀석이!" 하고 중얼거렸다.

"뭐라고 중얼거리는 거야, 이놈의 늙은이가?" 흘로푸샤가 소리쳤다. "네놈의 콧구멍은 무사할 것 같으냐? 두고 봐라. 이제 네 차례가 올 테니! 네놈도 부집게 맛을 볼 때가 올 거야……. 우선 그 수염은 내가 몽땅 뽑아 주지!"

"이보시게, 장군들!" 푸가초프가 거드름을 피우며 말했다.

"싸움은 이제 그만두게. 오렌부르크의 개새끼들이 하나의 들보에 몽땅 매달려 버둥거리는 건 아무렇지도 않지만, 우리 집 수캐들이 서로 물어뜯는 건 두고 볼 수가 없군. 그만 화해하게."

흘로푸샤와 벨로보로도프는 입을 다물고 시무룩해져서 서로 노려보았다. 나는 어쩌면 나에게 불리한 결과를 초래할지도 모르는 지금의 화제를 딴 데로 돌려야겠다고 생각하면서, 푸가초프를 향해 밝은 표정으로 말했다. "아 참, 말과 양가죽 외투를 주셔서 감사하다는 말을 잊을 뻔했습니다. 그때 당신이 친절을 베풀어 주지 않았다면 성에 도착하기도 전에 길에서 얼어 죽었을 것입니다."

나의 계략은 성공했다. 푸가초프의 기분이 좋아졌다. "이 세상은 서로 도우며 살아가게 마련 아닌가." 그가 눈을 찡긋하며 말했다. "그건 그렇고, 시바브린이 학대한다는 그 아가씨와는 어떤 관계인가? 젊은이의 심장을 애태우는 애인이라도 되는 모양이지? 그런가?"

"그 아가씨는 나의 약혼녀입니다." 나는 분위기가 좋아진 것을 감지하고는 굳이 숨길 필요가 없다고 판단해서 푸가초프에게 사실을 말했다.

"약혼녀라!" 푸가초프가 소리를 질렀다. "왜 진작 그런 이야기를 하지 않았나? 그렇다면 내가 결혼식도 올려주고 잔치도 베풀어 줘야겠군." 그러고는 벨로보로도프를 향해서 말했다. "이봐, 장군! 나와 이 사람은 오랜 친구야. 함께 저녁이라도 먹도록 하세. 항상 밤보다는 아침에 더 현명해지는 법이니, 이 사람 문제는 내일 다시 거론하기로 하세."

나로서는 이 영광을 거절하는 것이 더 좋았겠지만, 달리 어쩔 도리가 없었다. 집주인의 딸인 두 카자크 처녀가 식탁 위에 하얀 상보를 씌우고, 빵과 생선국, 그리고 포도주와 맥주 몇 병을 가져왔다. 이렇게 하여 나는 또다시 푸가초프와 험상궂은 그의 수뇌들과 한 식탁에 마주 앉게 되었다.

본의 아니게 내가 참석하게 된 떠들썩한 술자리는 밤이 깊을 때까지 계속되었다. 마침내 좌중이 모두 술에 거나하게 취했다. 푸가초프는 제자리에 그대로 앉아 졸기 시작했다. 그러자 그의 부하들이 서로 눈짓을 하며 자리에서 일어났고, 나에게도 나가자는 눈짓을 했다. 나는 그들과 함께 밖으로 나왔다. 흘로푸샤의 지시에 따라 보초병이 관청으로 쓰는 농가로 나를 데려갔고, 그곳에서 나는 사벨리치를 만나 같이 감금되었다. 노인은 지금까지 일어난 일에 너무 놀란 때문인지, 나에게 한마디도 묻지 못했다. 그는 어둠 속에서 한동안 한숨을 쉬며 끙끙대더니 어느새 코를 골았다. 그러나 나는 밤새도록 꼬리를 물고 떠오르는 상념 때문에 한순간도 잠을 이룰 수가 없었다.

날이 밝자, 푸가초프의 명을 받은 부하가 나를 부르러 왔다. 나는 서둘러 푸가초프에게 갔다. 문 앞에는 세 필의 타타르산 말이 끄는 삼두 포장마차가 서 있었고, 한길에는 많은 사람들이 모여 있었다. 현관에서 푸가초프와 마주쳤다. 그는 털외투에 키르기스족 모자를 쓰고 길 떠날 차림을 하고 있었다. 어젯밤에 만났던 패거리들이 그를 둘러싸고 굽실거렸는데, 어젯밤의 태도와는 사뭇 달랐다. 푸가초프는 밝은 표정으로 나에게 아침 인사를 건네며 자기와 함께 마차에 타라고 했다.

우리는 마차에 올랐다. "벨로고로드 요새로 가자!" 말고삐를 쥐고 서 있는 어깨가 떡 벌어진 타타르인에게 푸가초프가 명령했다. 나는 가슴이 두방망이질 치기 시작했다. 말이 걸음을 옮기자, 방울 소리를 딸랑거리며 삼두마차가 나는 듯이 달리기 시작했다…….

"기다려요, 기다려!" 귀에 익은 목소리가 들려왔다. 뒤를 돌아보니 사벨리치가 이쪽을 향해 달려오고 있었다. 푸가초프가 말을 세웠다. "표트르 안드레이치 도련님!" 영감이 소리쳤다. "아니, 이 늙은이를 이런 못된 악당들 가운데 두고 혼자 가시면 어떡합니까?" "오, 그 영감탱이로군!" 푸가초프가 그를 보고 말했다. "또 만나게 되었군그래. 거기 마부 옆에 타게."

"감사합니다, 나리! 감사합니다, 어르신." 사벨리치가 자리에 앉으며 말했다. "이 늙은이를 살펴 주시고 제 마음을 헤아려 주시니 백 살까지 장수하시기를 하느님께 빌겠습니다. 평생 동안 당신을 위해 기도드리고, 또 토끼가죽 외투는 두 번 다시 언급하지 않겠습니다."

이번에야말로 토끼가죽 외투 이야기를 꺼내 푸가초프의 화를 돋우지는 않을까 걱정이 되었다. 그러나 다행스럽게도 참칭 황제는 이 이야기를 듣지 못했는지, 아니면 적절치 못한 우스갯소리로 넘겨 버렸는지 아무 말도 하지 않았다. 말이 달리기 시작하자, 주민들이 한길에 서서 허리를 깊이 숙여 경의를 표했다. 푸가초프는 양쪽을 번갈아 가며 머리를 끄덕여 보였다. 우리는 금세 마을을 벗어나 평탄한 눈길을 달리기 시작했다.

그 순간 내가 어떤 감정이었는지는 쉽게 짐작할 수 있을 것이다. 몇 시간 후면, 이미 잃어버렸다고 생각했던 여인과 만나게 된다. 나는 또한 나의 운명을 한 손에 쥐고 있는 이 사내, 기이한 사건으로 신기한 인연을 맺게 된 이 사내에 대해서도 생각해 보았다. 나의 여인을 석방시켜 주겠다고 스스로 나선 이 사내의 성급한 잔인성과 피에 굶주린 습성이 문득 떠올랐다! 그런데 푸가초프는 그녀가 미로노프 대위의 딸이라는 것을 모르고 있다……. 화가 난 시바브린이 이 사실을 말해 버릴지도 모른다. 아니면 다른 경로로 푸가초프가 그 사실을 알게 될지도 모르고……. 그러면 마리야 이바노브나는 어떻게 될까? 그것을 생각하니 온몸에 소름이 돋고 머리가 쭈뼛거렸다…….

그때 갑자기 푸가초프가 말을 걸어와 나의 상념은 중단되었다. "장교 나리, 뭘 그리 골똘히 생각하고 있나?" "어떻게 아무 생각이 없겠습니까?" 내가 그에게 대답했다. "나는 장교이자 귀족입니다. 어제만 해도 당신을 대적해 싸웠는데, 오늘은 당신과 나란히 마차를 타고 있지 않습니까? 그뿐 아니라, 내 모든 운명이 당신 손에 달려 있으니."

"그것이 어쨌다는 건가?" 푸가초프가 물었다. "두려운가?"

나는 이왕 그의 은혜를 입은 김에 그의 사면과 도움도 청하고 싶다고 대답했다.

"그대의 말이 옳고말고!" 참칭 황제가 말했다. "자네도 눈치챘겠지만 내 부하 녀석들이 자네를 못마땅하게 생각하고 있으니 말일세. 특히 그 영감이 말이야. 오늘 아침까지도 자네가 첩자임이 분명하니, 고문을 하고 목을 매달아야 한다고 하지 않겠나. 하지만 나는 그의 말을 무시해 버렸네." 이때 그는 사벨리치와 타타르인이 듣지 못하도록 목소리를 낮춰 말했다. "그때 그대가 베푼 한 잔의 술과 토끼가죽 외투를 기억하고 있기 때문일세. 보다시피 내가 그대의 동료들이 말하는 것처럼 그렇게 잔인무도한 사람이 아니라는 것을 이제 알겠지."

나는 벨로고로드 요새가 점령당했을 때의 광경을 떠올리긴 했지만, 공연히 그와 다툴 필요는 없다고 생각하고 한 마디도 대꾸하지 않았다.

"오렌부르크에서는 나에 대해 뭐라고 이야기들 하고 있나?" 푸가초프가 한동안 입을 다물고 있다가 이렇게 물었다.

"대적하기 힘든 상대라고 말합니다. 당신이 제대로 실력을 보여주지 않았습니까?"

참칭 황제가 만족한 표정을 지었다. "그야 그렇지!" 그가 유쾌한 표정으로 말했다. "어디를 가든 나를 당할 자가 있겠나? 오렌부르크에서는 유제예프 전투[44]를 알고 있나? 사십 명의 장군이 전사하고, 네 개의 군단이 포로로 잡히지 않았나? 자넨 어떻게 생각하나? 나를 프로이센왕에 견줄 만하다고 생각하지 않나?"

나는 이 도둑놈의 자화자찬이 너무 우스웠다.

"당신 생각에는 어떻게 될 것 같습니까? 프리드리히 대왕[45]과 싸워도 이길 것 같습니까?" 하고 내가 되물었다.

"표도르 표도로비치 말인가? 못할 것도 없지. 당신들의 장군들이 그와 싸워 이겼고, 당신네들을 내가 굴복시켰으니, 내가 그자를 못 이길 까닭이 있겠나? 지금까지 나는 무운이 좋았네. 내가 모스크바로 진격할 때도 운이 좋을지 좀 두고 보세나."

"모스크바까지 진격할 생각입니까?"

참칭 황제는 잠깐 생각에 잠겼다가 낮은 목소리로 말했다. "그것은 신만이 아는 일이지. 사실, 나도 마음대로 할 수 없는 상황일세. 부하들마다 제각기 잘난 체하고 잔소리가 많은 데다, 원래 그자들은 도적들 아닌가? 그러니 한순간도 방심을 할 수가 없어. 일단 정세가 불리해지기라도 하면 놈들은 당장 자기 목 대신 내 목을 잘라 바칠 테니 말일세."

"바로 그겁니다!" 내가 푸가초프에게 말했다. "그렇게 되기 전에 미리 우리와 손을 잡고 여왕 폐하의 자비를 바라는 것이 어떨까요?"

푸가초프가 쓴웃음을 지었다. "아닐세." 그가 대답했다. "후회해도 이미 늦었네. 내가 용서받을 리가 있겠나. 일단 시작했으니 끝까지 밀고 나갈밖에. 하지만 누가 알겠나? 성공할지도 모르잖나? 그리시카 오트레피예프도 모스크바를 통치하지 않았던가 말일세."

"하지만 그자의 말로가 어찌 되었는지 모릅니까? 들창 밖으로 내던져져 갈기갈기 사지가 찢기고 불태워졌습니다. 그것도 부족해 재마저 대포에 넣어 쏘았으니 풍비박산이 났잖습니까!"

"내 말을 들어 보게." 푸가초프가 한숨을 내쉬며 말했다. "내가 어렸을 때 칼미크족 노파에게 들은 옛날이야기[46]를 하나 해줌세. 하루는 독수리가 까마귀에게 이렇게 물었다네. '까마귀야. 너는 이 세상에서 삼백 년이나 살 수 있는데 어째서 나는 겨우 삼십삼 년밖에 못 살지?' 그러니까 까마귀가 대답하기를 '너는 생피를 빨아 먹고 나는 죽은 고기를 먹으며 살아서 그렇다.'고 말했다네. 그 말을 듣고 독수리가 '음, 그렇다면 우리도 죽은 고기를 좀 먹어 볼까?' 하고 생각했지. 그래서 독수리와 까마귀는 하늘을 날다가 죽어 넘어진 말을 발견하고 날아 내려와 그 위에 앉았다네. 까마귀는 맛있게 쪼아 먹기 시작했지만, 독수리는 한두 번 쪼아 보고는 날개를 치며 까마귀에게 말했다네. '까마귀야, 역시 나는 안 되겠어. 삼백 년간 썩은 고기를 먹느니 단 한 번이라도 생피를 실컷 먹는 것이 낫겠어. 나중에야 어떻게 되든 말이야!' 했다네. 이 칼미크족의 이야기를 어떻게 생각하나?"

"재미있네요." 내가 그에게 대꾸했다. "하지만 제 생각에 살인이나 강도로 살아가는 것은 송장을 쪼아 먹고 사는 것과 똑같다는 생각이 드는군요."

푸가초프는 의외라는 표정으로 나를 쳐다보더니 아무 대꾸도 하지 않았다. 우리 두 사람은 각자 생각에 잠겨 잠자코 입을 꾹 다물고 있었다. 타타르인이 구슬프게 노래를 부르기 시작했고, 사벨리치는 마부석에서 몸을 흔들며 꾸벅꾸벅 졸았다. 마차는 미끄러운 겨울 길을 쏜살같이 달려갔다……. 어느새 야이크강의 험한 기슭 위에 자리한 조그만 마을이 눈에 들어왔다. 통나무와 울타리, 그리고 종루도 멀리 보였다. 십오 분이 지난 뒤, 우리는 벨로고로드 요새로 들어섰다.

제12장

고아

가지도 열매도 없는
우리 집 사과나무처럼,
우리 집 새색시는
부모가 없다오.
혼수를 장만해 줄 이도 없고,
축복해 줄 이 하나 없다오.[47]

혼례가

◆◆

마차가 사령관 관사의 층계 앞에 당도했다. 주민들은 푸가초프의 말방울 소리를 알아듣고 떼를 지어 우리를 뒤따라 몰려왔다. 시바브린이 층계에서 참칭 황제를 맞았다. 그는 카자크족 옷을 걸치고 수염까지 기르고 있었다. 변절자는 푸가초프가 말에서 내리는 것을 도와주며 비굴한 어조로 환영과 충성을 표현했다. 그러다가 나를 발견하고는 잠시 당황한 빛을 보였으나, 이내 정색을 하고 나에게 악수를 청하며 말했다. "자네도 우리 편이 되었나? 진작 그럴 것이지!" 나는 그를 외면하고 아무 말도 하지 않았다.

오랫동안 낯익었던 방으로 들어서자 나의 마음은 찢어지는 듯했다. 그곳에는 지난날의 슬픈 묘비명처럼 고인이 된 사령관의 임명장이 아직도 벽에 걸려 있었다. 푸가초프는 예전에 이반 쿠즈미치가 아내의 지루한 잔소리를 자장가 삼아 졸곤 하던 그 소파에 걸터앉았다. 시바브린이 직접 푸가초프에게 보드카를 가져왔다. 그는 보드카 잔을 들이켜고 나서 나를 가리키며 시바브린에게 말했다. "이 친구에게도 한 잔 따르게." 시바브린이 쟁반을 들고 나를 향해 다가왔다. 그러나 나는 또다시 그를 외면했다. 그는 몹시 당황하는 듯했다. 그는 워낙 눈치가 빠른 자라 푸가초프가 자신을 못마땅하게 여기고 있다는 것을 이미 눈치챈 것 같았다. 그는 푸가초프 앞에 의기소침한 자세로 서서, 의혹의 눈빛으로 흘끔흘끔 나를 쳐다보았다. 푸가초프가 최근 요새의 근황과 적군의 동정에 대해서 어떤 소문이 있는지 이것저것 물어보고 나서 갑자기 물었다. "그런데 자네 말이야, 어떤 처녀를 감금해 두고 있다는데, 나에게 좀 보여 주지 않겠나?"

시바브린의 얼굴이 죽은 사람처럼 새파랗게 변했다. "폐하!" 떨리는 목소리로 그가 말했다.

"감금한 것이 아닙니다……. 지금 몸이 좋지 않아서…… 안방에 누워 있습니다."

"그럼 나를 그곳으로 안내하게." 참칭 황제가 자리에서 일어서며 이렇게 말했다. 시바브린은 거부할 수가 없었다. 시바브린이 푸가초프를 마리야 이바노브나의 방으로 인도했다. 나도 그의 뒤를 따라갔다.

시바브린이 층계 앞에서 멈춰 섰다. "폐하!" 그가 말했다. "폐하는 저에게 무엇이든 요구할 수 있지만, 다른 사람은 제

아내의 침실에 들이고 싶지 않습니다."

나는 몸이 떨렸다. "자네가 결혼이라도 했단 말인가?" 나는 금방이라도 그에게 덤벼들 기세로 소리쳤다.

"조용히 하게!" 푸가초프가 나를 제지했다. "이 일은 내가 알아서 하겠네." 그가 시바브린을 보고 말했다. "자네는 공연히 잘난 체하거나 건방지게 굴지 말게. 그 아가씨가 자네의 아내든 아니든 내가 원하는 사람은 누구든지 데리고 들어가겠네. 자, 그럼 자네는 내 뒤를 따르게."

시바브린이 방문 앞에서 다시 멈춰 서더니 더듬거리며 말했다. "폐하, 미리 말씀드리지만 제 아내는 열이 높아서 벌써 사흘째 계속 헛소리를 하고 있습니다."

"문을 열어!" 푸가초프가 말했다.

시바브린이 호주머니를 뒤지더니, 열쇠를 안 가져왔다고 말했다. 푸가초프가 발로 방문을 걷어차자 자물쇠가 벗겨지며 문이 열렸고, 우리는 안으로 들어갔다.

방 안의 광경을 보고 나는 눈앞이 아찔했다. 방바닥에는 다 해진 농노의 옷을 입고 창백하게 야윈 마리야 이바노브나가 머리를 풀어 헤친 채 앉아 있었다. 그녀 앞에는 물그릇과 천으로 덮어 놓은 빵 조각이 놓여 있었다. 나를 보자, 그녀는 온몸을 부르르 떨며 비명을 질렀다. 그때 내가 어떻게 했었는지는 전혀 기억이 나지 않는다.

푸가초프가 시바브린을 보고 쓴웃음을 지으며 말했다. "자네 집 병실은 정말 그럴듯하군!" 그러고는 마리야 이바노브나에게 다가가서 말했다. "이봐요, 예쁜 아가씨, 무슨 이유로 당신 남편에게 이런 벌을 받고 있소? 무슨 잘못을 했길래?"

"남편이라니!" 그녀가 그의 말을 따라 했다. "저 사람은 남편이 아니에요. 나는 결코 그의 아내가 될 생각이 없어요! 그렇게 되느니 차라리 죽는 편이 나을 거예요. 만일 아무도 나를 구해 주지 않는다면 저는 정말 죽을 거예요."

푸가초프는 시바브린을 노려보았다. "감히 네놈이 내게 거짓말을 해!" 그가 소리쳤다. "이 못된 놈아, 네놈이 어떤 벌을 받을지는 알고 있겠지?"

시바브린이 무릎을 꿇고 방바닥에 엎드렸다……. 그 순간 내 가슴속에서 증오심이나 분노보다는 극심한 모멸감이 느껴졌다. 나는 탈옥수 카자크인의 발밑에 꿇어 엎드린 귀족을 혐오스러운 눈길로 쳐다보았다. "이번만은 내가 용서하겠다." 그가 시바브린에게 말했다. "그러나 이것만은 명심해 둬라. 다시 한번 이런 일이 있으면 그때는 이번 일까지 책임을 물을 것이다."

그러고는 마리야 이바노브나를 향해 상냥하게 말했다. "아가씨, 이젠 가도 좋아요. 당신은 자유요. 내가 바로 황제니까 말이오."

마리야 이바노브나는 그를 한번 흘끗 쳐다보고는, 그가 자기 부모님을 죽인 사람이라는 것을 알아챘다. 그녀는 두 손으로 얼굴을 가리며 힘없이 쓰러졌다. 나는 그녀에게 달려갔다. 그때 낯익은 팔라샤가 용감하게 방 안으로 뛰어 들어와서 주인 아가씨를 간호하기 시작했다. 푸가초프가 방에서 나갔고, 우리 세 사람은 응접실로 내려왔다.

"장교 나리, 이젠 되었는가?" 푸가초프가 웃으면서 물었다. "귀여운 아가씨를 구했군그래! 어떤가? 얼른 신부에게 사람을 보내서 조카딸의 결혼식을 거행했으면 하는데. 내가 신부新婦의 아버지를 대신하고 시바브린이 들러리를 서도록 함세. 실컷 마시고 놀아 보세. 대문을 닫아걸고 진탕이 되도록 말일세!"

내가 줄곧 두려워하던 일이 드디어 터지고 말았다. 푸가초프의 제안을 듣고 이성을 잃은 시바브린이 분통을 터트린 것이다.

"폐하!" 그가 흥분해서 소리쳤다. "제가 잘못했습니다. 제가 거짓말을 했습니다. 하지만 그리뇨프도 거짓말을 했습니다. 이 여자는 이곳 신부의 조카딸이 아니라, 요새를 점령했을 때 사형시켰던 이반 미로노프의 딸입니다."

푸가초프는 불같은 눈을 부라리며 나를 쳐다보았다. "이건 또 무슨 말인가?" 그가 의아해하며 물었다.

"시바브린의 말이 사실입니다." 나는 숨김없이 말했다.

"나에게 그런 말은 하지 않았잖아." 푸가초프가 안색을 바꾸며 나에게 말했다.

"생각해 보십시오." 내가 말했다. "당신의 부하들 앞에서 미로노프의 딸이 아직 살아 있다는 것을 어떻게 밝힐 수 있었겠습니까? 그들이 그냥 내버려 두지 않았을 텐데요. 그녀를 절대 구할 수 없었을 것입니다!"

"듣고 보니 그 말도 일리가 있군." 푸가초프가 웃으면서 말했다. "우리 주정뱅이들이 가엾은 아가씨를 가만 내버려 두었을 리가 없지. 신부 마누라가 거짓말을 한 것은 잘한 일이야."

"제가 한 말씀 드리겠습니다." 그가 기분이 좋아진 것을 보고 내가 말했다. "당신을 뭐라고 불러야 할지 모르겠습니다. 또 알고 싶지도 않고……. 하지만, 하느님께 맹세코 나는 당신이 나에게 베풀어 준 은덕에 보답하기 위해서라면 목숨이라도 기꺼이 바치겠습니다. 하지만 저의 명예와 기독교인의 양심에 위배되는 일을 할 수는 없습니다. 당신은 진정 은인입니다. 이왕 이렇게 도와준 김에 끝까지 선처를 바랍니다. 저와 이 가련한 고아 아가씨를 하느님이 인도하시는 길로 갈 수 있도록 허락해 주십시오. 당신이 어디에 있든지, 또 어떤 일을 하든지 우리는 하느님께 당신의 죄 많은 영혼을 구원해 달라고 매일 기도하겠습니다……."

푸가초프의 강팍한 마음도 내 말에 감동을 받은 것 같았다. "좋아, 자네가 원하는 대로 하게!"

그가 말했다. "나는 원래 죽일 놈은 죽이고 용서할 놈은 용서하자는 주의니까 말일세. 자, 귀여운 아가씨를 데리고 가도록 하게. 어디든지 자네가 원하는 곳으로 말이야. 하느님께서 두 사람에게 사랑과 지혜를 내려 주시길 빌겠네!"

그러고는 시바브린를 향해 그의 지배 아래 있는 모든 검문소와 요새의 통행증을 내주라고 했다. 완전히 기가 죽은 시바브린은 돌기둥처럼 멍하니 서 있었다. 푸가초프는 요새를 순찰하러 갔다. 시바브린도 그의 뒤를 따라나섰고, 나는 길 떠날 채비를 해야 한다는 이유를 대고 남아 있었다.

나는 안방으로 달려갔다. 문이 잠겨 있었다. 내가 문을 두드리자, "누구세요?" 하고 팔라샤가 물었다. 내가 대답하자, 마리야 이바노브나의 사랑스러운 음성이 들려왔다. "표트르 안드레이치! 잠깐만 기다리세요. 옷을 갈아입는 중이에요. 아쿨리나 팜필로브나에게 가 계세요. 저도 곧 그곳으로 가겠어요."

나는 미안하다는 말을 건네고 게라심 신부 집으로 갔다. 신부와 그의 부인이 나를 맞으러 달려 나왔다. 사벨리치가 미리 연락했던 모양이었다. "안녕하셨어요, 표트르 안드레이치." 신부 부인이 말했다. "하느님께서 우리를 이렇게 다시 만나게 해주시는군요. 그동안 어떻게 지내셨어요? 우리는 매일 장교님 이야기를 했답니다. 가엾게도 마리야 이바노브나는 장교님이 없는 동안 갖은 고초를 다 겪었답니다! 그건 그렇고 장교님은 어떻게 푸가초프와 그런 사이가 되셨어요? 어째서 장교님을 죽이지 않았을까요? 아무튼 잘됐어요. 그것만으로도 그 악당에게 감사해야죠." "그만해 둬요." 게라심 신부가 그녀의 말을 막았다. "그렇게 함부로 말을 하면 안 돼요. 말이 많으면 구원을 얻지 못하는 법이오. 표트르 안드레이치, 어서 들어오시오. 정말 오랜만이오."

신부 부인이 집에 있는 것으로 나를 대접했다. 그런 와중에서도 그녀는 쉴 새 없이 수다를 늘어놓았다. 그녀는 시바브린이 마리야 이바노브나를 자기 집에서 데려가려고 온갖 수작을 다 부렸다는 이야기며, 마리야 이바노브나가 얼마나 울었는지, 그리고 그들과 헤어지지 않으려고 얼마나 안간힘을 썼는지 이야기했다. 또한 자기 집에서 떠난 다음에는 팔라샤를 통해(그녀는 하사로 있던 자도 마음대로 조종하는 정말 약삭빠른 아이였다.) 항상 연락을 취하고 있었으며, 나에게 편지를 쓰도록 마리야 이바노브나를 설득했다는 이야기 등을 덧붙였다. 이번에는 내가 그동안 있었던 일들을 간단하게 이야기했다. 신부 부부는 푸가초프가 이미 그들의 거짓말을 모두 알고 있다는 이야기를 듣자, 성호를 그었다. "우리에게 하느님의 가호가 있기를!" 아쿨리나 팜필로브나가 말했다. "하느님, 이제 먹구름은 물러가게 하소서. 그건 그렇고 알렉세이 이바느이치는 정말 나쁜 사람이에요!" 바로 그 순간 방문이 열리고 마리야 이바노브나가 핼쑥한 얼굴에 미소를 지으며 들어왔다. 그녀는 농노 옷을 벗고 예전처럼 소박하고 단정한 옷차림을 하고 있었다.

나는 그녀의 손을 잡고 한동안 한마디 말도 못했다. 우리는 너무나 가슴이 벅차 입을 뗄 수 없었다. 주인 부부는 우리들을 방해하지 않으려고 자리를 비켜 주었다. 우리는 단둘이 남게 되었다. 순식간에 모든 것을 잊어버렸다. 아무리 이야기를 한다고 해도 다 할 수 없을 것 같았다. 마리야 이바노브나는 요새가 점령되었을 때부터 지금까지 일어난 일을 모두 이야기했고, 그녀가 처해 있었던 공포의 순간과 비열한 시바브린에게 당한 고초를 상세하게 이야기했다. 우리는 예전의 행복했던 순간도 떠올렸다……. 우리는 같이 눈물을 흘렸다……. 나는 내가 생각하고 있던 바를 그녀에게 설명하기 시작했다. 푸가초프의 세력 아래 시바브린이 지배하는 요새에 그녀는 더 이상 머물러 있을 수 없었다. 그렇다고 적의 포위 속에서 갖은 고초를 당하고 있는 오렌부르크로 간다는 것도 불가능한 일이었다. 그녀는 이 세상에 단 한 사람의 친척도 없었다. 나는 시골에 있는 우리 부모님께 가 있는 것이 좋겠다고 했다. 그녀는 나의 아버지가 자신에게 별로 호감을 갖고 있지 않다는 사실을 알고 있었기 때문에 처음에는 망설였다. 그러나 나는 그녀를 설득시키고 안심시켰다. 아버지는 조국을 위해 목숨을 바친 공적을 쌓은 군인의 딸을 기쁘게 맞이할 것이며, 또 그것을 당연한 의무로 여기실 것이 분명했기 때문이다. "사랑하는 마리야 이바노브나! 저는 당신을 나의 아내로 생각합니다. 기이한 상황이 우리를 결국 결합시켜 주었습니다. 이제 더 이상 세상의 그 어떤 것도 우리를 갈라놓을 수 없습니다."

마리야 이바노브나는 수줍은 척한다거나 짐짓 사양하는 척하지 않고, 묵묵히 내 말을 듣고 있었다. 그녀 역시 자신의 운명이 나와 결합되어 있다는 것을 느끼고 있었다. 그러나 그녀는 만약, 우리 부모님이 허락하지 않는다면 절대로 결혼할 수 없다고 거듭 말했다. 나는 그녀의 말에 반박하지 않았다. 우리는 마음을 열고 열렬하게 입 맞추었다. 이렇게 우리 사이의 모든 일은 해결되었다.

한 시간 정도 지난 뒤에 하사가 푸가초프의 서투른 글씨로 서명한 통행증을 우리에게 가져왔고, 또 푸가초프가 나를 부른다는 말도 전했다. 그 말을 듣고 푸가초프에게 달려갔더니, 그는 이미 길 떠날 준비를 하고 있었다. 나를 제외한 모든 사람들에게 두려운 폭군이며 악당인 무시무시한 사내와 이별하면서 내가 느낀 감정이 어떠했는지 여기서 상세히 설명할 수는 없다. 그러나 내 진심을 말할 수는 있지 않을까? 나는 그 순간 그에게 강한 동정심을 느꼈다. 때가 늦기 전에 그가 이끌고 있는 폭도들 속에서 그를 구하고, 그의 목숨을 건져 주고 싶었다. 그러나 시바브린과 군중들이 우리를 에워싸고 있어서 내 마음속의 말은 끝내 꺼내지 못했다.

우리는 가까운 친구처럼 다정하게 작별을 고했다. 푸가초프는 무리 중에서 팜필로브나를 발견하자 손가락으로 위협하는 시늉을 하며 의미심장하게 눈을 찡긋했다. 그러고는 마차에 오르며 베르다 마을로 가자고 명령했다. 말들이 걸음을 옮기기 시작하자, 그는 또다시 마차에서 고개를 내밀며 나에게 소리쳤다. "잘 가게! 언젠가 다시 만나세." 그 후 우리는 정말 다시 만나게 되었다. 그러나 그때의 상황이란…….

푸가초프는 떠났다. 나는 그가 탄 마차가 달려가는 눈 덮인 들판을 하염없이 바라보았다. 그곳에 모였던 사람들은 뿔뿔이 흩어졌다. 시바브린도 보이지 않았다. 나는 신부 댁으로 돌아왔다. 우리도 이미 떠날 준비를 마쳤고, 더 이상 머무르고 싶지도 않았다. 우리의 짐은 모두 사령관의 낡은 마차에 실려 있었다. 마부가 재빨리 말을 맸다. 마리야 이바노브나는 성당 뒤에 있는 양친의 묘소에 작별 인사를 하러 갔다. 나도 함께 가려 했으나 그녀는 막무가내로 혼자 가게 해달라고 고집했다. 몇 분 후, 그녀는 눈물범벅이 된 채 말없이 돌아왔다. 마차가 현관 앞에 와 닿았다. 게라심 신부 부부가 현관으로 나왔다. 마리야 이바노브나와 팔라샤, 그리고 나는 포장마차의 뒤에 앉고 사벨리치는 마부석에 앉았다. "잘 가요, 사랑하는 마리야 이바노브나! 부디 잘 가세요. 사랑하는 표트르 안드레이치!" 착한 신부 부인이 말했다. "부디 몸조심하세요! 하느님께서 두 분께 행복을 내려 주시기를!" 우리는 출발했다. 사령관 관사 창문가에 시바브린이 서 있는 것이 보였다. 그의 얼굴은 잔뜩 일그러져 있었다. 나는 이미 패배한 적 앞에서 우쭐댈 생각은 없었기에 눈을 돌리고 말았다. 우리는 드디어 요새의 문을 나섰고, 영원히 벨로고로드 요새와 작별했다.

제13장
체포

"노여워 마시오, 왕이시여,
나의 의무상, 당신을 지금 당장 감옥으로 보내야만 하오."
"좋네, 각오는 되어 있네. 하지만 먼저, 해명할 기회를 주게."[48]

크나즈닌

◆◆

나는 오늘 아침까지만 해도 그토록 안부가 걱정되었던 사랑하는 여인을 이렇듯 뜻밖에 만나게 된 것이 믿어지지 않았고, 이것이 모두 꿈은 아닐까 하는 생각마저 들었다. 마리야 이바노브나도 골똘히 생각에 잠겨 나를 멍하니 바라보기도 하고, 우리가 가는 길을 물끄러미 쳐다보기도 하는 것이, 아직 정신을 수습하지 못한 것 같았다. 우리는 입을 꾹 다물고 있었다. 우리는 완전히 지쳐 있었던 것이다. 두 시간 정도가 지나자, 어느새 푸가초프의 수중에 있는 다음 요새에 다다랐다. 우리는 이곳에서 말을 갈아맸다. 우리를 태우고 온 마부의 허풍 덕분인지, 말을 매 주는 속도로 보거나, 푸가초프로부터 사령관으로 임명된 텁석부리 카자크인이 허둥대며 시중을 드는 모양새로 보아, 우리를 황제의 총애를 받는 측근으로 생각한 듯했다.

우리는 다시 길을 떠났다. 땅거미가 지기 시작했다. 우리는 작은 도시에 점차 가까워지고 있었는데, 텁석부리 사령관의 말에 따르면, 그곳 역시 참칭 황제와 합류하기 위해 이동 중인 대규모 부대가 있다고 했다. 보초병이 우리를 정지시키고 물었다. "누구요?" 보초병이 묻자 마부가 대답했다. "폐하의 대부 되시는 분과 그 부인이시오." 그러자 한 떼의 경기병들이 험악한 욕설을 퍼부으며 순식간에 우리를 둘러쌌다. "냉큼 나와라, 악마의 대부 놈아!" 콧수염을 기른 기병 상사가 말했다. "네놈과 네놈의 마누라에게 따끔한 맛을 보여 주마!"

나는 마차에서 나와 그들의 부대장에게 안내하라고 요구했다. 내가 장교라는 것을 알게 되자 그들은 욕설을 그만두었다. 상사가 나를 소령에게 데려갔다. 사벨리치는 내 옆에 바짝 붙어 서서 혼잣말을 중얼거렸다. "폐하의 대부라니! 불을 피하려다 불구덩이로 들어간 격이네요……. 오오, 하느님! 앞으로 저희들은 어떻게 됩니까요?" 마차가 우리 뒤를 천천히 따라왔다.

오 분 정도 지난 후, 우리는 밝게 불을 밝힌 작은 집으로 들어갔다. 상사는 나를 보초병에게 맡기고 보고를 하러 안으로 들어갔다. 그는 곧 돌아와서 소령님은 지금 만날 시간이 없으니, 나를 감옥에 처넣고 부인만 데려오라 했다고 전했다.

"그게 무슨 말인가?" 나는 흥분해서 소리쳤다. "지금 그 사람이 제정신인가?"

"저는 잘 모릅니다." 상사가 대답했다. "저는 다만, 장교님을 감옥에 넣고 부인은 소령님께 데려오라는 명령을 받았을 뿐입니다."

나는 현관 층계를 뛰어올라갔다. 상사가 나를 제지하지 않았기 때문에 나는 곧장 방으로 뛰어 들어갔다. 그곳에는 대여섯 명의 경기병 장교들이 카드놀이를 하고 있었다. 패를 돌리고 있는 사람은 소령이었다. 나는 그를 보고 깜짝 놀랐다. 그는 바로 언젠가 심비르스크 여관에서 내 돈을 우려낸 이반 이바노비치 주린이었다.

"아니 세상에?" 내가 소리쳤다. "이반 이바노비치가 아니십니까?"

"이런, 자네는 표트르 안드레이치 아닌가! 이런 기막힌 인연이 다 있나! 어디서 오는 길인가? 그래 그동안 잘 지냈나? 어때, 자네도 같이하지 않겠나?"

"고맙습니다만, 그보다도 우선 숙소를 좀 구해 주십시오."

"숙소라니, 여기서 나와 함께 머물면 되지 않겠나?"

"저는 지금 혼자가 아닙니다."

"그럼, 그 친구도 이리 데려오게."

"친구가 아니라…… 숙녀와 함께 있습니다."

"숙녀라니…… 그래, 어디서 낚아왔나? 응, 이 친구야!(이렇게 말하며 주린은 야릇한 표정으로 휘파람을 불어댔다. 그러자 모두들 웃어댔고 나는 당황스러웠다.)"

"뭐, 그렇다면 할 수 없지." 주린이 이어서 말했다. "그럼, 숙소를 마련해 주지. 하지만 아주 섭섭한데……. 예전처럼 술판을 벌였으면 좋으련만……. 어이, 사병! 그런데 푸가초프 대부의 마누라는 왜 안 데려오는 거야? 오지 않겠다고 고집을 부리나? 우리 나리는 아주 점잖은 분이라서 절대 실례되는 일이 없을 테니 겁낼 것 없다고 잘 타일러 목덜미를 끌고 오란 말이야."

"그게 무슨 말씀이십니까?" 내가 주린에게 말했다. "푸가초프 대부의 마누라라니요? 그 여인은 죽은 미로노프 대위의 딸입니다. 포로로 잡힌 것을 제가 구해서 지금 저의 아버지가 계신 시골에 보내려고 데려가는 길입니다."

"뭐라고! 그럼, 방금 보고가 들어온 게 자네 이야기인가? 젠장, 도대체 이게 어떻게 된 거야?"

"나중에 모두 설명해 드리겠습니다. 부탁이니, 우선 가엾은 그 아가씨를 안심시켜 주십시오. 당신의 경기병들이 놀라게 했습니다."

주린이 즉시 필요한 조치를 취했다. 그가 직접 한길로 나와 마리야 이바노브나에게 정중히 사과하고, 상사에게 이곳에서 제일 좋은 숙소로 모시라고 명했다. 나는 주린의 숙소에 묵기로 하고 그와 함께 남았다.

저녁 식사 후, 주린과 단둘이 남게 되자, 나는 그에게 내가 겪은 이야기를 해주었다. 주린은 주의 깊게 이야기를 들었다. 내가 이야기를 마치자 그는 고개를 절레절레 흔들며 말했다. "이보게, 친구! 한 가지만 빼면 모든 일이 잘 해결되었군. 자네는 대체 그런 빌어먹을 결혼을 왜 하려고 하나? 명예로운 장교로서 자네에게 솔직히 말하는데, 내 말을 믿게. 결혼은 어리석은 짓이야. 도대체 무엇 때문에 마누라의 시중을 들고 아이들을 돌보느라 고생을 한단 말인가? 내 말 잘 듣게. 그 대위의 딸과 헤어지게. 심비르스크로 가는 길은 내가 깨끗하게 소탕해 놓았으니 이젠 안전할 걸세. 내일이라도 그 아가씨는 자네의 양친에게 혼자 가도록 조치를 하고, 자네는 우리 부대에 남도록 하게. 오렌부르크로 돌아갈 필요가 없네. 폭도들에게 다시 붙잡히는 날이면, 그들 손에서 쉽게 빠져나오기 힘들 거야. 그리고 그 알량한 사랑이니 뭐니 하는 감정도 사라질 테니, 만사가 다 잘될 걸세."

비록 그의 말에 전적으로 동의하지는 않았지만, 나의 임무가 여왕 폐하의 군대에서 복무하는 일이라는 사실은 분명했다. 나는 주린의 충고에 따라, 마리야 이바노브나를 혼자 보내고 그의 부대에 남기로 했다.

사벨리치가 옷 갈아입는 것을 도우려고 나타났다. 나는 그에게 다음 날 바로 마리야 이바노브나를 모시고 길을 떠나라고 명령했다. 그러나 그는 순순히 말을 들으려고 하지 않았다. "그게 무슨 말씀이십니까? 도련님, 어떻게 도련님을 혼자 버려두고 간단 말입니까? 누가 도련님을 돌보라고요? 도련님의 양친께서는 또 뭐라고 하시겠습니까?"

나는 영감의 고집을 잘 알고 있었기 때문에 부드러운 말로 솔직하게 그를 설득하려 애썼다. "이보게, 자네는 내 은인일세, 아르히프 사벨리치!" 내가 그에게 말했다. "제발 부탁이니 내 말을 들어주었으면 좋겠네. 여기선 내 시중을 들 필요가 없고, 또 마리야 이바노브나를 혼자 보내는 것은 도저히 마음을 놓을 수가 없는 일이네. 아가씨를 돌보는 것은 나를 돌보는 것과 마찬가지야. 모든 여건이 좋아지면 바로 그녀와 결혼할 생각이니 말일세."

그러자 사벨리치가 깜짝 놀란 표정으로 손뼉을 탁 쳤다. "결혼하신다고요?" 그가 다시 말했다. "아직 어린 도련님이 결혼하겠다니요! 아버님은 뭐라 하시고, 또 어머님은 어떻게 생각하시겠습니까요?"

"허락하실 거야, 분명히 허락하실 거야." 내가 대답했다. "마리야 이바노브나를 보시면 말이야. 나는 자네에게 희망을 걸고 있네. 아버지와 어머니는 자네를 믿으니까, 자네가 우리 상황을 잘 설득해 주리라 믿네. 그렇지 않은가?"

노인은 내 말에 감동을 받았다. "오오, 표트르 안드레이치,

우리 도련님!" 그가 말했다. "아직 장가들기엔 이르지만, 마리야 이바노브나 같은 착한 아가씨를 놓치는 것은 잘못이지요. 도련님이 원하시는 대로 하십시오. 저는 천사 같은 아가씨를 모시고 가서 제 힘 닿는 데까지 양친께 잘 말씀드리겠습니다. 이렇게 좋은 아가씨라면 지참금은 필요 없을 거라고 말입니다."

나는 사벨리치에게 고맙다고 말하고 주린과 한방에 누웠다. 나는 몹시 흥분되어 마구 지껄여댔다. 주린은 처음에는 말상대를 해주다가, 점차 말이 줄어드는가 싶더니 동문서답을 하고, 어느새 코를 드르렁 골았다. 나도 그만 입을 다물고 잠을 청했다.

다음 날 아침, 나는 마리야 이바노브나에게 갔다. 그녀에게 내 계획을 이야기했더니, 좋은 생각이라며 나의 의견에 찬성했다. 주린의 부대는 그날 중으로 출동해야 했다. 지체할 여유가 전혀 없었다. 나는 사벨리치에게 마리야 이바노브나를 부탁하고, 그녀에게는 양친에게 보내는 편지를 주고 작별 인사를 했다. 마리야 이바노브나는 울음을 터트렸다. "부디 몸조심하세요, 표트르 안드레이치!" 그녀가 나직한 목소리로 말했다. "우리가 다시 만날 수 있을지는 오직 신만이 아시는 일이지만, 저는 죽을 때까지 당신을 잊지 않겠어요, 무덤에 갈 때까지 오직 당신만이 제 마음속에 살아 있을 거예요." 나는 아무 말도 할 수 없었다. 사람들이 우리를 에워싸고 있어서 사람들 앞에서 내 마음속의 감정을 말하고 싶지 않았다. 마침내 그녀는 떠났다. 나는 우울한 기분으로 말없이 주린이 있는 곳으로 돌아왔다. 그는 나를 위로하려 애썼고, 나 또한 기분 전환을 하기 위해 온종일 떠들썩하게 술을 마시는 바람에 우리는 밤이 되어서야 출동했다.

이때는 2월 말이었다. 군사 행동에 지장이 많던 겨울이 끝나가고, 우리 측 대장들은 협공 작전을 준비하고 있었다. 푸가초프는 여전히 오렌부르크를 포위하고 있었다. 한편, 그들 주위로 정부군이 집결해 공동 작전으로 사방에서 반란군의 거점을 육박해 가는 중이었다. 폭동에 가담했던 마을들은 우리를 보기 무섭게 항복했고 폭도의 무리들은 사방에서 아군에게 쫓겨 갔다. 모든 전세가 전쟁이 곧 순조롭게 끝나리라는 것을 예고하고 있었다.

얼마 후, 골리츠인 공작[49]이 타치세바 요새 부근에서 푸가초프를 격퇴하고 그들의 무리를 분산시켜 오렌부르크의 포위를 풀었다. 이것이 반란군들에게 결정적인 최후의 타격을 준 것 같았다. 주린은 그때 폭동에 가담한 바시키르인들의 일당을 토벌하러 나섰지만, 폭도들은 우리가 나타나기도 전에 흩어져 버리고 없었다. 그러나 봄이 되자 우리는 어느 조그만 타타르 마을에 갇히고 말았다. 강물이 범람하여 통행이 어려워진 것이다. 우리는 비적이나 야만인들을 상대로 한 따분하고 시시한 이 전쟁도 금방 끝나리라고 생각하며 무료함을 달랬다.

그러나 푸가초프는 체포되지 않았다. 그는 시베리아의 공장 지대에 나타나 새로운 폭도들을 규합해 또다시 악행을 저지르기 시작했다. 그가 승리하고 있다는 소문이 다시 나돌았다. 시베리아의 많은 요새가 함락되었다는 사실도 알려졌다. 얼마 후, 참칭 황제가 카잔을 점령하고[50] 모스크바로 진격한다는 소문까지 나돌자, 폭도들을 대수롭지 않게 생각하고 한껏 방심해 있던 사령관들은 깜짝 놀랐다. 주린에게 볼가강을 건너 전진하라는 명령이 떨어졌다.[51]

당시 우리의 출정과 전쟁이 어떻게 종결되었는지는 자세히 묘사할 생각이 없다. 다만 간단하게 이 전쟁의 참상이 이루 말할 수 없었다는 것만 밝혀두겠다. 우리는 폭도들에 의해 파괴된 마을들을 지나며 부득불 주민들이 숨겨 놓은 식량을 징발하지 않을 수 없었다. 가는 곳마다 행정은 마비되어 있었고, 지주들은 숲속으로 도망쳐 버리고 없었다. 비적 떼가 도처에서 출몰해 악행을 일삼았고, 정부의 지휘관들은 지휘관들대로 사람을 멋대로 처형하기도 하고 풀어주기도 하는 등 엉망이었다. 전쟁의 불길이 휩쓸고 지나간 광대한 지역이 차마 눈뜨고 볼 수 없을 지경이 되었다……. 신이시여, 다시는 이처럼 어리석고 무자비한 폭동이 러시아에서 일어나지 않게 하소서!

푸가초프는 이반 이바노비치 미헬손[52]의 추격을 받으며 도주 중이었다. 얼마 후에 우리는 푸가초프의 군대가 모두 토벌되었다는 소식을 접했다. 마침내, 참칭 황제가 체포되었다는 통지와 함께 행동 중지 명령이 주린에게 내려졌다. 전쟁은 끝났다. 이제는 나도 부모님이 계신 곳으로 돌아갈 수 있게 되었다. 양친의 품에 안길 수 있고, 소식이 끊긴 마리야 이바노브나를 다시 만날 수 있으리라고 생각하니 감격스러웠다. 나는 어린애처럼 펄쩍 뛰며 기뻐했다. 주린이 내 어깨를 잡고 웃으며 말했다. "어떻게 되는지 두고 보세. 결혼만 했다 하면, 그날로 이제 자네 인생은 끝나는 거야!"

그러나 한편으로 이상한 느낌이 들면서 기쁜 마음에 어두운 그림자가 드리웠다. 수없이 많은 무고한 희생자들의 피를 흘리게 한 악당들과 그들을 기다리고 있을 형벌을 생각하니 마음이 어지럽기도 했다. '에멜랴, 에멜랴*!' 나는 그가 원망스러웠다. '왜 당신은 가슴에 칼을 맞고 포탄 아래 몸을 던지지 않았소? 차라리 그것이 더 나았을 것을!' 그러나 무슨 말을 한단 말인가? 그를 생각할 때마다, 그의 생애에 최고의 위세

* 푸가초프의 이름 '에멜리얀'의 애칭.

를 떨치고 있던 순간에 나의 목숨을 구해 준 것과 비열한 시바브린에게서 사랑하는 여인을 구해 준 일을 잊을 수는 없었던 것이다.

주린은 나에게 휴가를 주었다. 며칠 후, 나는 다시 가족들과 한자리에 모이게 되고, 사랑하는 마리야 이바노브나와도 다시 만나게 될 것이다……. 그런데 그때 뜻하지 않은 먹구름이 나를 덮쳤다.

출발이 예정된 그날, 내가 막 길을 떠나려는 순간에 근심 어린 표정으로 주린이 서류 한 장을 들고 내 숙소로 들어왔다. 어떤 불길한 예감이 들었다. 나는 이유도 모른 채 가슴이 철렁했다. 그는 당번병을 밖으로 내보내고는, 볼일이 있어 왔다고 말했다. "무슨 일입니까?" 내가 초초한 심정으로 물었다. "좀 골치 아픈 일이 생겼네." 들고 있던 서류를 내게 건네주며 그가 말했다. "읽어 보게, 방금 받았네." 나는 서류를 읽기 시작했다. 그것은 모든 부대장들에게 보낸 기밀문서로 나를 발견하는 즉시 체포하여 푸가초프 사건의 처리를 위해 카잔에 설치된 사문위원회로 호송하라는 내용이 담겨 있었다.

하마터면 나는 서류를 떨어뜨릴 뻔했다. "어쩔 수 없네!" 주린이 말했다. "명령에 복종하는 것이 나의 의무 아니겠나? 자네가 푸가초프와 가까이 지냈다는 소문이 정부에 알려진 모양일세. 무사히 모든 일이 해결되어, 사문위원회에서 자네의 결백을 밝히기를 바라네. 너무 걱정할 필요는 없네. 바로 길을 떠나게." 나는 양심에 비추어 아무런 꺼릴 것이 없었기 때문에 재판에 대한 두려움은 전혀 없었다. 그러나 기대했던 상봉의 순간이 어쩌면 수개월 늦춰질지도 모른다는 생각에 가슴이 아팠다. 나는 주린과 다정하게 작별 인사를 나누었다. 마차는 이미 준비되어 있었다. 나는 군도를 빼어 든 두 경기병의 호위를 받으며 대로를 따라 길을 떠났다.

제14장

심판

세상의 풍문은
바다의 물결.

속담

◆◆

나는 오렌부르크를 무단으로 이탈한 것 외에는 아무 죄가 없다는 것을 확신했다. 말을 타고 개별적으로 출정하는 일은 금지 사항이 아니었을 뿐만 아니라, 적극 장려되었기 때문에 그 일을 해명하는 것이 그리 어려운 일은 아니었다. 지나치게 성급했다는 비난을 받을지는 모르지만 명령을 위반하지는 않았다. 그러나 푸가초프와의 친밀한 관계에 대해서는 수많은 목격자들이 있을지 모르며, 그럴 경우 의심을 받는다 해도 어쩔 수 없는 일이었다. 길을 가는 동안 내내 나는 심문 받을 내용에 대해 많은 생각을 하고, 또 답변에 대해서도 여러 가지 궁리를 했다. 결과적으로, 법정에 서면 모든 사실을 있는 그대로 진술하리라 결심했다. 그것이 가장 간단하고 유리한 해명 방법으로 보였다.

나는 불에 타서 폐허가 된 카잔에 도착했다. 거리에는 건물 대신 잿더미만 쌓여 있었고, 불에 그을린 벽은 지붕이나 창문도 없이 우뚝 서 있었다. 이것이 푸가초프가 남겨 놓은 흔적이었다! 나는 불타 버린 도시 한복판에 요행히 아직 남아 있는 요새로 연행되었다. 경기병들이 나를 위병 장교에게 인계했다. 장교는 큰 소리로 대장장이를 불러오라고 명령했다. 그들은 나의 발에 굵은 차꼬를 채워 꼼짝도 할 수 없게 만들었다. 그다음, 나를 감옥으로 끌고 가 사방이 벽으로 막히고 조그만 철창이 하나 있을 뿐인 좁고 어두운 방에 가두었다.

처음부터 이렇게 시작하는 것은 좋은 징조가 아니었다. 그러나 나는 용기와 희망을 잃지 않았다. 나는 난생처음 순수하지만 상처받은 가슴에서 우러나오는 기도의 감미로움을 맛보며, 고통받는 모든 이들을 생각하며 마음의 위안을 얻어, 앞으로 생길 일에 대해서도 걱정하지 않고, 평안한 마음으로 잠들 수 있었다.

다음 날 아침, 간수가 나를 깨우고는 사문위원회에 출두하라고 통고했다. 두 병사가 안뜰 맞은편에 있는 사령관 관사로 나를 데려갔다. 그들은 그곳의 대기실에 남고 나 혼자 안으로 들여보냈다.

나는 꽤 널찍한 홀로 들어섰다. 서류가 가득 쌓인 책상 앞에 두 사람이 앉아 있었다. 나이가 지긋해 보이는 장군은 엄격하고 냉정해 보였고, 스물여덟 살 정도 되어 보이는 젊은 근위 대위는 호감 가는 용모의 소유자로 민첩하고 활발해 보였다. 창문 옆에 놓여 있는 다른 책상에는 펜대를 귀에 꽂은 서기가 나의 진술을 기록하기 위해 서류 위에 고개를 숙이고 있었다. 심문이 시작되었다. 내 성명과 신분을 묻고 나서, 장군은 혹시 안드레이 페트로비치 그리뇨프의 아들이 아니냐고 물었다. 그렇다고 내가 대답하자, 그는 언짢은 표정을 지으며 냉정한 말투로 말했다. "유감이군, 그런 훌륭한 분에게 이런 한심한 아들이 있다니!" 나는 침착한 어조로 지금 내가 어떤 혐의를 받고 있긴 하지만, 진상을 사실대로 밝히면 혐의가 풀릴 것이라고 말했다. 나의 이런 자신감이 그의 마음에 들지 않은 모양이었다. "자네, 보통 약삭빠른 게 아니군!" 그가 인상을 찌푸리며 말했다. "하지만 우리에겐 통하지 않아!"

이번에는 젊은 쪽이 나에게 질문했다. 언제 또 어떤 경위로 푸가초프 일당에 들어가게 되었으며, 어떤 임무를 수행했는지에 대한 내용이었다.

격분한 나는 장교이자 귀족 신분으로서 푸가초프의 부하가 될 수는 없으며, 나는 그에게서 단 한 번도 어떤 임무를 부여 받은 적이 없다고 설명했다.

"그럼 어떻게……." 심문관이 다시 물었다. "어떻게 장교이자 귀족 신분인 자가 동료들이 모두 학살되는 상황에서 홀로 참칭 황제에게 사면을 받았나? 그리고 어떻게 장교이자 귀족 신분인 자가 폭도들과 함께 술자리를 벌이고 적장에게 양가죽 외투와 말, 그리고 반 루블의 돈을 선물 받았나? 변절했거나 추악하고 비겁한 짓을 하지 않았다면, 이런 이상한 우정이 도대체 어떻게 가능한가?"

나는 근위 장교의 질문에 심한 모욕감을 느끼고, 흥분한 어조로 해명하기 시작했다. 나는 눈보라 치는 들판에서 푸가초프와 만나게 된 경위와, 벨로고로드 요새 점령 때에 그가 나를 알아보고 사면해 준 일을 이야기했다. 또한 참칭 황제로부터 양가죽 외투와 말을 선물로 받은 것도 양심의 가책을 받을 아무 잘못이 없으며, 폭도들에 대항하여 벨로고로드 요새를 끝까지 사수했다고 말했다. 끝으로 비참한 오렌부르크 포위 당시, 나의 충성을 증언할 수 있는 인물로 나의 직속상관이었던 장군의 이름을 밝혔다.

그러자 엄격한 노인은 책상 위에 놓여 있던 개봉된 편지를 집어 들고 큰 소리로 읽기 시작했다.

"군기를 위반하고 군인의 의무에 대한 선서를 망각함으로써, 이번 반란에 가담, 폭도들의 괴수와 친분 관계를 맺은 죄목의 혐의자 그리뇨프 소위보에 대한 각하의 조회 내용에 대해 다음과 같이 답신함. 상기 그리뇨프 소위보는 지난 1773년 10월 초순부터 금년 2월 24일까지 오렌부르크에서 복무하다가 2월 24일에 근무지를 이탈한 후, 본관의 지휘를 떠난 자임.

한편, 투항자들의 진술에 따르면 그는 푸가초프의 소굴로 가서 그들의 괴수와 더불어 전에 근무하던 벨로고로드 요새로 향했다고 하며 본관은 그의 행동에 대해 단지…….” 여기서 그는 편지의 낭독을 멈추고, 준엄한 어조로 말했다. “어때, 이래도 변명할 텐가?”

나는 이미 언급한 사건의 진상에 대해 계속 해명하기 위해, 마리야 이바노브나와의 관계에 대해 솔직하게 밝히려고 했다. 그러나 갑자기 견딜 수 없는 혐오감을 느꼈다. 만약, 이 자리에서 그녀의 이름을 들먹인다면 사문위원회는 틀림없이 그녀를 증인으로 출두시키리라는 생각이 들었다. 그렇게 되면, 악당들의 추악한 고발장에 그녀의 이름이 오르내리게 될 뿐만 아니라, 그들과의 싸움에 그녀를 불러들이게 될 것이라고 생각하자, 나는 그만 말문이 막히고 혼란스러워졌다.

심문관들은 나의 답변을 상당히 호의적으로 듣기 시작했지만, 내가 우물쭈물하자, 나를 다시 의심하기 시작했다. 근위 장교는 나와 밀고자의 대질 신문을 요청했다. 장군은 ‘어제의 반역자’를 불러오라고 명령했다. 나는 얼른 문 쪽으로 고개를 돌리고 나를 밀고한 자가 나타나기를 기다렸다. 잠시 후, 철쇄 소리가 들리고 문이 열리더니 시바브린이 들어왔다. 그의 변한 모습을 보고 나는 깜짝 놀랐다. 그는 많이 야위고 창백한 모습이었다. 얼마 전까지만 해도 까맣게 윤이 나던 그의 머리는 하얘졌고, 길게 자란 턱수염은 마구 헝클어져 있었다. 그는 힘이 없어 보이긴 했지만 아무 거리낌 없이 나에 대한 고발 내용을 반복해서 말했다. 그의 말에 따르면, 나는 푸가초프로부터 첩자의 임무를 받고 오렌부르크로 파견되었다는 것이다. 매일처럼 내가 출정했던 것도 모든 상황을 전하는 밀서를 전달하기 위한 것이었으며, 나중에는 공공연하게 참칭 황제 편으로 넘어가 괴수와 함께 각처의 요새를 돌아다니며 온갖 술책을 써서 동료 변절자들을 없애려고 모함했다는 것이다. 그 이유는 그들을 모두 없애 버리고 참칭 황제가 나누어 주는 포상을 독차지하기 위해서라고 주장했다. 나는 아무 말 없이 그의 이야기를 듣고 있었다. 다행스러운 것은 그의 입에서 끝까지 마리야 이바노브나에 대한 이야기가 나오지 않았다는 점이었다. 그것은 아마 그를 경멸하며 끝까지 그의 제안을 거부한 그녀의 이름을 입 밖에 내는 것이 자존심에 상처가 되거나, 아니면 그의 마음속에서 나의 입을 다물게 한 것과 똑같은 감정의 불꽃이 숨어 있었는지도 모를 일이었다. 어쨌든 벨로고로드 요새 사령관 딸의 이름은 사문위원회의 사건 심의에서 아무런 언급 없이 지나갔다. 나는 마음을 더욱 굳게 하고 심문관들이 시바브린의 진술을 반박할 진술 내용이 있느냐고 말했을 때, 이미 해명한 사실 외에 다른 내용은 없다고 말했다. 장군은 우리를 데려가라고 명령했다. 우리는 함께 밖으로 나왔다. 나는 태연한 표정으로 그를 바라보았으나 한마디 말도 하지 않았다. 그는 적의가 담긴 웃음을 입가에 띠우며 발에 딸린 차꼬를 집어 들고 나를 앞서 서둘러 돌아갔다. 나는 다시 감방으로 끌려갔고, 그 후로 더 이상 심문에 호출당하는 일은 없었다.

독자에게 전해야 할 아직 남은 이야기가 있는데, 그 이야기는 내가 직접 목격한 사실은 아니지만, 이야기를 아주 여러 번 들어서 마치 내가 몰래 그 현장을 목격이라도 한 것처럼 머릿속에 아로새겨져 자세하게 기억하고 있다.

우리 부모님은 옛날 사람 특유의 인정을 지닌 분들이어서 마리야 이바노브나를 따뜻하게 맞아들였다. 부모님은 가엾은 고아 처녀를 받아들여 돌보아 줄 기회를 갖게 된 것을 하느님의 은혜라고 생각하셨다. 그 후 오래지 않아, 부모님은 진심으로 그녀를 사랑하게 되었다. 누구라도 그녀의 본모습을 알게 된다면 사랑하지 않을 수 없으리라. 아버지는 나의 사랑이 단순한 풋사랑이 아니라고 여기게 되었고, 어머니도 사랑하는 아들 페트루샤가 귀여운 대위의 딸과 결혼하기를 간절히 바라게 되었다.

내가 체포되었다는 소식은 온 집안 식구들에게 커다란 충격을 주었다. 어쩔 수 없이 마리야 이바노브나는 부모님께 나와 푸가초프와의 기이한 사연을 이야기하게 되었고, 그녀의 이야기가 조금도 의심할 여지가 없었기 때문에 두 분은 불안한 마음을 애써 떨쳐 버리고, 오히려 배를 움켜쥐고 몇 번씩 웃음을 터트릴 정도였다고 했다. 아버지는 내가 왕위를 전복하고 귀족을 전멸할 목적을 가진 추악한 폭동에 가담했으리라고는 처음부터 전혀 믿지 않았다. 아버지는 사벨리치를 엄중히 심문했으나, 내가 에멜리얀 푸가초프의 손님으로 갔었다는 것과 악당이 나에게 호의를 베푼 것은 사실이지만, 내가 변절했다는 말은 전혀 들은 바 없노라고 맹세했다. 그래서 늙으신 부모님은 안심하고 좋은 소식이 오기만을 손꼽아 기다렸다. 마리야 이바노브나는 심히 불안했지만, 워낙 천성이 조신하고 조심스러웠던 탓에 밖으로 표현하지는 않았다.

몇 주가 지났다……. 어느 날 아버지는 페테르부르크에 있는 친척 B. 공작에게서 편지 한 통을 받았다. 공작의 편지에는 내 이야기가 쓰여 있었다. 그는 편지에 의례적인 안부를 묻고 나서, 불행하게도 내가 폭도들의 음모에 가담했다는 혐의가 너무 확실해서 본보기로 당연히 사형을 받아야 하지만, 여왕 폐하께서 부친의 공적과 연세를 참작해 죄를 지은 아들에게 감형을 내려 수치스러운 사형 대신 시베리아 벽지로 종신 유형에 처하는 명령을 내렸다고 적었다.

아버지는 충격으로 놀라서 하마터면 돌아가실 뻔했다. 아버지는 평소의 강한 모습과는 달리, 비통한(평소에 입 밖에 내지 않던) 심정을 토로하곤 했다. "어떻게 이런 일이 있을 수가 있나!" 그는 넋이 나간 사람처럼 자주 이렇게 되뇌곤 했다. "내 아들이 푸가초프의 반란에 가담했다니! 오, 하느님, 제가 이런 꼴을 보려고 지금까지 살았단 말입니까! 여왕 폐하가 너그러이 사형을 면하게 해주셨다니! 그러면 내 마음이 더 편할 줄 알았나? 사형이 두려운 것이 아니야. 우리 조상 중에는 끝까지 고귀한 양심을 지키기 위해 형장의 이슬로 사라진 분도 계셔. 그리고 우리 선친은 볼린스키나 흐루쇼프[53] 같은 분들과 고난을 함께하셨지. 그런데 귀족의 충성 서약을 깨고 살인강도 떼와 탈주한 노예들과 공모를 했다니! 어떻게 우리 가문에 이런 불명예와 수치를 안겨준단 말이냐!" 크게 낙담하신 아버지의 모습에 놀란 어머니는 아버지 앞에서 눈물을 거두고, 풍문은 절대 믿을 것이 못 되며, 사람들의 말도 믿을 것이 못 된다고 아버지를 애써 위로했다. 그러나 아버지의 슬픔은 전혀 위로가 되지 않았다.

누구보다 고통스러웠던 사람은 마리야 이바노브나였다. 내가 마음만 먹었다면 얼마든지 결백을 입증할 수 있었을 거라는 사실을 알고 있었던 그녀는 사건 심의의 진상을 짐작했고, 자신 때문에 내가 불행을 당했다고 생각했다. 그녀는 눈물을 보이거나 슬픔을 내색하기보다는 어떻게 나를 구할 수 있을

지 궁리했다.

어느 날 저녁, 아버지는 궁중연감을 뒤적이며 소파에 앉아 계셨다. 하지만 아버지는 딴생각을 하느라, 평소처럼 독서에 집중할 수가 없었다. 아버지는 휘파람으로 옛날 행진곡을 불고 있었다. 어머니는 말없이 스웨터를 짜고 있었고, 이따금 그 위로 눈물이 떨어지곤 했다. 그때, 바느질을 하고 있던 마리야 이바노브나가 갑자기 페테르부르크에 다녀와야겠다며, 채비를 해달라고 청했다. 어머니는 그 말을 듣고 몹시 슬퍼했다. "페테르부르크에는 왜 가겠다는 말이냐?" 그녀가 말했다. "마리야 이바노브나! 우리를 떠날 생각은 아니겠지?" 마리야 이바노브나는 이번 여행에 앞으로의 모든 운명이 달려 있으며, 나라를 위해 목숨을 바친 군인의 딸로서 고위 인사들에게 후원과 도움을 청하러 가겠다고 했다.

아버지는 고개를 떨어뜨렸다. 아들의 억울한 혐의를 상기시키는 모든 말이 그에게는 고통 그 자체였고 상처가 되었기 때문이다. "그럼 다녀오너라!" 그는 한숨을 쉬며 말했다. "우린 너의 행복을 방해하고 싶지는 않다. 누명을 쓴 역적 대신 좋은 신랑감이 너에게 나타나기만 바랄 뿐이다." 아버지는 일어나 방을 나갔다.

어머니와 단둘이 남게 된 마리야 이바노브나는 자기 계획의 일부를 털어놓았다. 어머니는 눈물을 흘리며 그녀를 포옹하고, 계획한 일이 좋은 결과를 얻도록 하느님께 기도하겠다고 말했다. 식구들은 마리야 이바노브나의 여행 준비를 도왔다. 며칠 후, 그녀는 충직한 팔라샤와 사벨리치를 데리고 길을 떠났다. 어쩔 수 없이 나와 떨어져 지내던 사벨리치는 나 대신 나의 약혼녀의 시중을 들 수 있다는 것에 위안을 받았다.

마리야 이바노브나는 무사히 소피아[54]에 도착하였다. 그때, 역관에서 왕실 가족이 차르스코예 셀로 영지에 와 있다는 말을 듣고 그녀는 그곳에 머무르기로 했다. 그녀는 칸막이로 된 구석방으로 안내되었다. 그녀는 역관지기의 아내와 이야기를 나누었다. 역관지기의 아내는 자신이 궁중의 페치카에 불을 때는 하녀의 조카딸로 다른 사람이 모르는 궁중 생활의 세세한 내막을 자세히 알고 있다며, 여러 가지 이야기를 들려주었다. 주로 여왕이 몇 시에 일어나 산책을 하고, 커피를 마시는지, 또 어떤 귀족들이 여왕의 측근에 있으며, 어제 식사 때는 무슨 이야기를 했고, 저녁에는 누구를 접견했는지에 대한 이야기들이었다. 역관지기의 아내인 안나 블라시예브나의 이야기는 역사의 몇 페이지를 기록할 수 있을 만한 내용으로, 후세에 귀중한 자료가 되기에 충분했다. 마리야 이바노브나는 그녀의 이야기를 주의 깊게 들었다. 그런 다음, 그들은 궁중 정원으로 나들이를 갔다. 안나 블라시예브나는 정원의 오솔길이라든가, 여기저기 놓여 있는 다리를 지날 때마다 그곳에

얽힌 이야기를 자세하게 전해 주었다. 산책에 지친 두 사람은 흡족한 기분으로 숙소에 돌아왔다.

다음 날 아침 마리야 이바노브나는 잠에서 깨자, 조용히 일어나 옷을 입고 몰래 정원으로 나갔다. 상쾌한 아침이었다. 태양은 싸늘한 가을의 입김에 벌써 노랗게 물든 보리수나무 꼭대기에 걸려 있었다. 넓은 호수는 잔잔하게 빛나고 있었다. 잠에서 깬 백조들이 호숫가의 그늘진 관목 덤불 아래서 우아한 자태를 뽐내며 미끄러져 나왔다. 마리야 이바노브나는 최근에 표트르 알렉산드로비치 루만체프[55]의 전승 기념비가 세워진 아름다운 잔디밭을 걷고 있었다. 그때 갑자기 영국 종의 흰 개가 그녀를 보고 짖으며 달려왔다. 마리야 이바노브나는 깜짝 놀라 그 자리에 멈춰 섰다. "무서워할 것 없어요, 그 개는 물지 않아요." 마리야 이바노브나는 기념비 맞은편 벤치에 어떤 귀부인이 앉아 있는 것을 발견했다. 마리야 이바노브나도 그쪽으로 다가가 벤치 끝부분에 앉았다. 귀부인이 마리야 이바노브나를 유심히 살펴보자, 마리야 이바노브나도 몇 번 곁눈질로 그 귀부인을 머리끝에서 발끝까지 살폈다. 귀부인은 하얀색 복장에 실내용 모자를 쓰고 두꺼운 외투를 입고 있었다. 나이는 마흔 살가량 되어 보였고, 불그레하고 통통한 얼굴에는 위엄과 기품이 서려 있었다. 그녀의 푸른 눈과 가벼운 미소는 아주 매력적이었다. 귀부인이 먼저 말을 걸었다.

"아가씨는 이 고장 사람이 아닌 것 같은데요?" 그녀가 말했다.

"네. 저는 어제 시골에서 이곳으로 왔답니다."

"부모님과 함께 왔나요?"

"아니에요, 혼자 왔어요."

"혼자서? 하지만 아직 어려 보이는데요."

"저는 아버지도 어머니도 안 계세요."

"그럼, 여기는 무슨 일로 왔죠?"

"저는 여왕 폐하께 진정서를 내려고 왔답니다."

"고아인 것 같은데, 모욕을 당했거나 억울한 일을 당해 호소하려고 온 모양이죠?"

"아니요, 그런 것이 아닙니다. 저는 여왕 폐하의 자비를 구하러 왔지, 심판을 해달라고 온 게 아닙니다."

"실례지만, 아가씨는 누구죠?"

"저는 미로노프 대위의 딸입니다."

"미로노프 대위라니! 오렌부르크 요새 중 한 요새의 사령관이었던 분 말인가요?"

"네, 바로 그렇습니다."

귀부인은 그녀의 말에 감동을 받은 것 같았다. "남의 일에 실례가 안 된다면," 귀부인이 전보다 더 다정한 목소리로 말했다. "나는 궁중에 자주 드나드는 사람이니 전달하고 싶은 이야기가 있으면 말해 줘요. 혹시 도움이 될지도 모르니까요."

마리야 이바노브나는 일어서서 공손하게 감사의 인사를 했다. 처음 만난 이 귀부인에게 마음이 끌리고 신뢰감이 생겼다. 마리야 이바노브나는 호주머니에서 차곡차곡 접은 종이를 꺼내어 미지의 조력자에게 건네주었다. 귀부인은 말없이 읽기 시작했다.

처음에는 인자한 표정으로 주의 깊게 글을 읽어 내려가던 귀부인의 안색이 갑자기 바뀌었다. 부인의 모습을 지켜보던 마리야 이바노브나는 조금 전까지만 해도 그토록 상냥하고 다정하던 얼굴이 갑자기 엄격하게 굳어지는 것을 보고 깜짝 놀랐다.

"아가씨는 지금 그리뇨프 사건을 호소하는 건가요?" 귀부인이 쌀쌀하게 물었다. "하지만 여왕께서도 그런 자는 용서하지 않을 겁니다. 그자는 무지하거나 경솔해서 반역자의 편에 가담한 것이 아니라, 수치심이라고는 전혀 없는 간악한 인간이기 때문이죠."

"아닙니다, 그건 잘못 아신 거예요!" 마리야 이바노브나가 소리쳤다.

"아니라니요!" 귀부인이 흥분한 목소리로 되물었다.

"아닙니다, 정말 잘못 아신 거예요! 제가 모든 것을 알고 있어요. 모두 말씀드리겠어요. 그분이 지금 그렇게 된 것은 모두

저 때문입니다. 그분이 재판을 받을 때 결백을 주장하지 않았다면, 그것은 저를 사건에 끌어들이지 않기 위해서였을 겁니다." 그녀는 이미 우리의 독자들이 알고 있는 모든 일을 자세히 설명했다.

귀부인은 귀를 기울여 그녀의 이야기를 들었다. "지금 어디에 머무르고 있죠?" 그녀가 물었다. 그녀는 안나 블라시예브나의 집에 묵고 있다는 대답을 듣고는 웃음을 띠며 이렇게 덧붙였다. "알았어요! 그럼 잘 가세요. 하지만 아무에게도 우리가 오늘 만난 사실을 말하지 마세요. 아가씨의 진정서에 대한 회답은 곧 있을 거예요."

이렇게 말하고 귀부인은 일어나서 나뭇잎으로 뒤덮인 호젓한 오솔길로 사라졌다. 마리야 이바노브나도 가슴 벅찬 기대를 안고 안나 블라시예브나의 집으로 돌아왔다.

여주인은 그녀를 나무랐다. 쌀쌀한 가을날 이른 아침에 산책하는 것은 처녀의 건강에 해롭다고 했다. 그녀가 사모바르를 가져왔다. 차를 한잔 마시며, 그녀가 예의 그 끝없는 궁중 비화를 막 늘어놓으려던 그때, 황실 마차가 나타나 집 앞에 멈춰 섰다. 시종이 들어오더니 여왕 폐하께서 미로노바 양을 찾는다고 전했다.

안나 블라시예브나는 깜짝 놀라 수선을 떨기 시작했다. "이걸 어쩌면 좋아?" 그녀가 소리쳤다. "여왕께서 아가씨를 부르신답니다. 어떻게 여왕 폐하께서 아가씨를 알고 있을까요? 그러나저러나, 이런 차림으로 궁중에 나가실 수나 있겠어요? 궁중에서 걷는 방법도 모르잖아요……. 내가 같이 가면 어떨까요? 그래도 내가 곁에 있으면, 이런저런 귀띔이라도 해줄 수 있을 텐데. 이런 여행복 차림으로 어떻게 가겠어요? 산파 할멈한테서 노란색 나들이 옷이라도 가져오게 할까요?" 시종은 여왕 폐하께서 마리야 이바노브나가 지금 입고 있는 그대로 혼자서 들어오게 하셨다고 전했다. 그렇다면 주저할 필요가 없었다. 마리야 이바노브나는 마차에 올라타, 안나 블라시예브나의 충고와 축복을 받으며 궁중으로 향했다.

이제 두 사람의 운명이 결정되었을 거라고 생각하니 마리야 이바노브나는 가슴이 뛰어 금방이라도 숨이 넘어갈 것 같았다. 몇 분 후에 마차가 궁정 앞에 닿았다. 마리야 이바노브나는 두근거리는 마음을 애써 진정시키며 층계를 올라갔다. 눈앞에서 커다란 문이 양쪽으로 열렸다. 그녀는 시종의 안내를 받으며, 웅장하고 텅 빈 몇 개의 방을 지났다. 드디어 닫혀 있는 문 앞에 다다르자, 시종은 잠시 여왕 폐하께 아뢰고 오겠다며, 그녀를 혼자 남겨 두고 안으로 들어갔다.

마리야 이바노브나는 곧 여왕을 직접 보게 된다고 생각하니 두려워 다리가 후들거렸다. 잠시 후에 문이 열렸다. 그녀는 여왕의 분장실로 들어갔다.

여왕은 거울 앞에 앉아 있었다. 몇몇 시종들이 멀리서 여왕을 둘러싸고 있다가 마리야 이바노브나에게 공손히 길을 열어 주었다. 여왕은 다정한 얼굴로 그녀를 돌아보았다. 마리야 이바노브나는 여왕이 바로 얼마 전에 모든 사실을 털어놓았던 그 귀부인이라는 사실을 알게 되었다. 여왕은 그녀를 가까이 불러 미소를 지으며 말했다. "내가 약속한 대로 아가씨의 소원을 풀어줄 수 있게 되어 매우 기쁘게 생각해요. 이제 아가씨의 문제는 모두 해결되었어요. 나는 아가씨의 약혼자가 결백하다는 것을 믿어요. 여기 이 편지는 아가씨의 시아버지 되실 분께 전해 주세요."

마리야 이바노브나는 떨리는 손으로 편지를 받아 들고 울음을 터뜨리며 여왕의 발아래 꿇어 엎드렸다. 여왕은 그녀를 일으켜 세우고 입을 맞추었다. 그리고 여왕과 그녀는 많은 이야기를 나누었다. "나는 아가씨의 형편이 어렵다는 것을 알고 있어요. 미로노프 대위에게 내가 진 빚이 있으니, 앞으로의 일은 염려하지 말아요. 필요한 것은 내가 다 알아서 마련해 주겠어요."

여왕은 가련한 고아에게 위로의 말을 건넨 다음, 물러가도 좋다고 명했다. 마리야 이바노브나는 들어갈 때 타고 갔던 마차를 타고 다시 역관으로 돌아왔다. 그녀가 돌아오기를 초조하게 기다리던 안나 블라시예브나는 그녀를 보자마자 질문을 퍼부었지만, 그녀는 건성으로 대꾸했다. 안나 블라시예브나는 기억력이 부족하다며 못마땅해했지만, 어수룩한 시골 아가씨가 얼떨떨해서라고 생각하고 너그럽게 이해해 주었다. 마리야 이바노브나는 페테르부르크를 구경할 겨를도 없이 곧바로 다시 시골로 떠났다…….

여기서 표트르 안드레이치 그리뇨프의 수기는 끝난다. 집안에 내려오는 이야기에 따르면, 그는 특별 사면으로 1774년에 풀려났고, 푸가초프를 처형하는 현장에도 참석했다고 한다. 푸가초프가 군중 속에서 그를 알아보고 조금 후에는, 숨이 끊어져 피투성이가 된 채, 사람들 앞에 전시될 머리를 끄덕해 보였다고 한다. 그 후 표트르 안드레이치는 마리야 이바노브나와 결혼했고, 그의 자손들은 지금도 심비르스크에서 행복하게 살고 있다. ○○○에서 약 삼십 베르스타 떨어진 곳에 열 사람의 지주가 소유하고 있는 마을이 있다. 그곳 지주들의 저택 중 외따로 떨어진 어느 한 집에는 예카테리나 2세의 친필로 쓴 편지가 유리 액자에 담긴 채 걸려 있다고 한다. 그것은 표트르 안드레이치의 부친에게 보낸 것으로 편지에는 그 아들의 결백과 미로노프 대위의 딸의 총명함과 고운 마음

씨를 칭찬하는 글이 적혀 있다고 한다. 그리고 안드레이 그리뇨프의 수기는 그의 손자들 중 한 사람이 우리가 그의 조부의 수기에 나오는 시대에 대한 저술을 계획하고 있다는 것을 알고 제공해 주었다. 우리는 그의 일가친척들의 양해를 얻어 각 장의 첫머리에 적당한 제목을 넣고 고유 명사들은 약간 수정하여 단행본으로 출간하기로 결정했다.

발행인

1836년 10월 19일

역자노트

1. 독자의 풍부한 감상을 돕기 위한 역자의 해설을 본문 순서에 맞추어 달아 두었습니다.
2. 푸시킨의 삶과 작품 세계를 다룬 비평론을 '아, 푸시킨'이라는 제목으로 실었습니다.
3. 『대위의 딸』 최종본에서는 삭제되었으나, 푸시킨이 손수 쓴 원고에 남아 있는 '생략된 장'을 참고로 수록하였습니다.

주석

1

"그는 내일 당장, 근위 대위를 해도 될 텐데."

"그럴 필요 없네. 일반 부대에 근무하게 그냥 내버려 둬."

"그게 좋겠네! 고생 좀 하게 내버려 두지 뭐……."

. . . .

"그건 그렇고 그의 부친이 누구지?"

—

야코프 크냐즈닌(1742~1791)의 희극 「허풍쟁이」 3막 6장에서 인용했다. 예카테리나 여제 시기의 시인이자 주요한 극작가였던 크냐즈닌의 작품 속에 나타난 정치적인 자유사상과 혁명 정신은 푸시킨에게 큰 영향을 주었다.

2

안드레이 페트로비치 그리뇨프

—

러시아에서 호칭은 일반적으로 '이름–부칭(父稱, 아버지의 이름에서 따온 이름)–성씨'의 순서로 쓴다. 가까운 사이에는 이름이나 애칭으로 부르고, 격식을 갖추어야 할 때는 이름과 부칭을 부르며, 삼인칭에서 성씨로만 지칭하기도 한다. 그리고 공식적인 서류를 작성하거나 신분을 확인할 때 이름, 부칭, 성씨를 모두 쓴다. 러시아에서는 다양한 호칭을 통해 상대방에 대한 감정을 섬세하게 표현해 낸다. 애칭의 발달도 그런 언어적 습관의 반영이다.

3

미니흐 백작

흐리스토프 폰 미니흐(1683~1767)는 오렌부르크 공국 출신의 독일인으로 러시아의 위정자이자 원수元帥였다. 표트르 대제(1682~1725 재위)가 러시아의 발전을 위해 외국에서 초빙한 많은 기술자와 군인, 행정가들 중의 한 사람으로, 1721년에 러시아로 들어와 표트르 대제 시기에 라도가 운하 건설을 관장하기도 했고, 이후 안나 여제 시기(1730~1740 재위)에는 러시아의 군대를 이끄는 총사령관이 되어 1736년에 터키와의 전쟁에서 크림 한국의 수도 바흐치사라이를 정복하는 공을 세우기도 했다. 그러나 궁정 권력 다툼으로 표트르 1세의 딸 옐리자베타 여제 통치 시기(1741~1762 재위)에 권력에서 밀려났다.

4

17○○년

『대위의 딸』 초고에 1762년으로 표기되어 있는데, 이해는 예카테리나 2세(1762~1796 재위)가 쿠데타가 일으켜 남편이었던 표트르 3세(1762 1월~7월 재위)를 권좌에서 몰아내고 등극한 해였다. 아마도 아버지 그리뇨프는 새로운 군주인 예카테리나 2세를 인정할 수 없어 퇴역한 것으로 보인다.

5

세묘노프스키 부대

표트르 대제 시기에 모스크바 근교에서 시작된 황제 직속의 근위 연대로, 모스크바에 설립된 프레오브라젠스키 연대와 더불어 가장 강력한

러시아의 근위대이다.

6
어머니 뱃속에서부터, 세묘노프스키 부대의 중사로 등록되어 있었다.
—
표트르 대제의 칙령에 따라 근위대 소속 장교의 자제는 최하위 계급부터 군 복무를 하게 되어 있었는데, 옐리자베타 여제 시대부터는 어린아이 때부터 미리 군적에 올려 두고 휴가로 처리한 다음, 성인이 되면 곧바로 장교가 되는 관습이 있었다.

7
'가정교사가 되려고'
—
원문에 'pour être outchitel'로 쓰인 구문에서 앞 두 단어는 프랑스어이며, 세 번째 단어는 러시아어 '교사'를 프랑스어로 음차한 것이다. 당시 러시아 귀족들은 러시아어 대신 프랑스어를 자주 사용하고는 했다.

8
궁중연감
—
1745년부터 매년 정기적으로 러시아 정부가 발행한 캘린더 형식의 책자로, 주로 귀족의 인명록이나 러시아 훈장 수훈자, 혹은 러시아 주재 대사나 해외 파견 러시아 대사, 각 행정부서 관료 등의 인명부가 수록되어 있다.

9
러시아 최고 훈장
—
1689년 표트르 대제가 제정한 성 안드레이 훈장과 1725년에 예카테리나 1세(1725~1727 재위)가 제정한 알렉산드르 넵스키 훈장을 말한다.

10

이교도 놈

표트르 대제 시기부터 러시아인을 교화할 목적으로 서유럽에서 많은 인재들을 불러왔고, 특히 귀족들 사이에서는 러시아어보다 프랑스어를 사용하는 것이 권장되어 프랑스인을 가정교사로 초빙하는 경우가 많았다. 그러나 러시아인들은 슬라브 정교를 신봉했기 때문에, 정교가 아닌 서구의 기독교는 이교도로 치부했다. 또한 중앙아시아 이민족들의 이슬람교도 이교도로 여기며 배척하기도 했다.

11

나 살던 고향땅
낯설기만 하여라!
내 발로 온 것도 아니요
준마가 데려온 것도 아니네.
젊고 착한 나를 이곳으로 데려온 건
청춘의 혈기와 기백 그리고
무모한 취기라네.

18세기의 러시아 문인 미하일 출코프(1743~1792)의 『러시아 노래집』(1770)에 실린 징병가요에서 인용한 노래이다.

12

야이크 카자크

일반적으로 카자크는 흑해와 카스피해 북쪽에 거주하는 주민들을 가리키는 말인데, 야이크 카자크는 그중에서도 우랄강변에 사는 카자크

족을 말한다. 카자크라는 명칭은 15세기 드네프르 지역에 형성된 반독립적인 타타르족을 일컫는 데서 유래했다. 17세기 중반에 러시아로 부터 군사적 의무를 이행하는 조건으로 자치권을 획득했지만, 러시아의 카자크에 대한 지배권이 강화되면서 갈등이 끊이지 않았다. 17세기부터 이 지역에서 자유를 잃은 농민들이 수차례 반란을 일으켰고, 18세기 이후 자치권을 상실해 러시아군에 편입된 카자크인들이 1772년 겨울에 다시 폭동을 일으켰지만 진압되었다. 이 작품의 배경이 되는 푸가초프의 반란은 이러한 일련의 카자크 농민 반란들 중 최후의 반란이다. 푸가초프의 반란이 진압되면서 카자크 지역은 러시아 중앙 정부가 파견한 수장의 지배를 받았고, 이후 소비에트 정권이 들어서면서 카자크 전통의 자유와 평등, 공동체 정신이 사라지면서 공동체들은 행정단위로서의 기능을 상실하게 되었다.

13

안나 이오아노브나

—

안나 이바노브나(원문에서는 '안나 이오아노브나'로 표기되어 있어 그대로 옮겼다.)는 표트르 대제의 질녀로 1730년에 즉위하여 1740년까지 러시아 제위에 있었다. 안나 이바노브나의 재위 기간에 실권자였던 비론은 독일계 인사들을 요직에 등용하고 통치권을 행사했기 때문에, 이 시기에 많은 독일 출신의 군인들이 활동하였다.

14

참 구식 양반들이었지요.

—

18세기 말 러시아 희극의 가장 뛰어난 작가로 평가받는 데니스 폰비진(1745~1792)의 유명한 희극 「미성년」 3막 5장에 나오는 대화의 일부에서 인용했다. 이 작품에서 작가는 러시아 농노제 사회의 지주들의 탐욕과 악행을 신랄하게 풍자함으로써 러시아의 사실주의적 풍자극의 기초를 마련했다. 말년에 폰비진은 황실까지 공격하는 자유주의 사상을 주장했다.

15

키스트린 요새

—

1758년 러시아군에 함락된 프로이센의 요새이다.

16

오차코프 요새

—

러시아는 1735년부터 39년까지 크림인들의 러시아 국경 침입을 막기 위해 터키와 전쟁을 벌였는데, 흑해 연안에 위치한 오차코프 요새는 1737년에 미니흐 장군이 이끄는 군대에 의해 함락되었다.

17

"어머나, 세상에 그렇게 많은 농노를 갖고 있다니요!"

—

이 당시 러시아에서는 조국을 위한 전쟁에 나가 공을 세운 군인들에게 공적에 따라 지방의 영지와 거기에 딸린 농민-농노들을 함께 하사하는 전례가 있었다. 보통 농노의 수에 따라 부의 척도를 가늠하곤 했는데, 아버지 그리뇨프 역시 군인 출신으로, 그의 공에 따라 하사받은 영지와 거기에 딸린 농노의 수가 당시 귀족들의 평균 농노 수인 100여 명과 비교해 상당한 재산을 가진 지주였다는 것을 보여준다.

18

바시키르족

—

현재 우랄 남부에 위치한 바시코르토스탄 공화국의 민족으로 중앙아시아를 중심으로 한 여러 이민족들 중의 하나이다. 소비에트 연방 시대에는 자치구인 바시키르 공화국이었다가 1990년 러시아로부터 독립하였고, 1993년에 바시코르토스탄으로 국명을 변경했다.

19

명명일

—

러시아 정교회에서는 아이의 출생 후 8일이 되면, 정교회 달력 중 해당 날짜에 가까운 성인聖人의 기념일에서 이름을 따와 아이에게 붙여 주는 관습이 있다. 이날을 명명일命名日이라 부르며 기념하기도 한다.

20

좋아, 원한다면, 칼을 들고 나서라.
그리고 똑똑히 보아라, 네 몸이 어떻게 요절나는지를.

—

크냐즈닌의 희극 「괴짜들」(1793) 4막 12장에서 인용하고 있다.

21

알렉산드르 페트로비치 수마로코프

—

수마로코프(1718~1777)는 러시아 고전주의를 대표하는 시인이자 극작가이다. 또한 페테르부르크에 처음으로 세워진 국립 러시아 극장의 초대 지배인으로서 민족연극의 진흥에 힘썼으며, 문학의 다양한 장르를 확립하여 러시아 문장어 발달에 크게 기여한 점 등이 문학사적으로 높은 평가를 받고 있다.

22

사모의 마음 떨쳐 버리고,
아름다운 그대를 잊으려 애쓰네,

아아, 마샤 그대를 멀리하여,
사랑의 굴레에서 벗어나고 싶어라!

그러나 나를 사로잡은 그 눈동자,
언제나 내 앞에서 빛나니,
내 마음 흔들려,
괴롭기만 하여라.

나의 고통 안다면,
그대 마샤여, 나를 바라봐 주오.
이 험한 변방에서,
그대의 포로 된 나를 가련히 여겨 주오.

출코프의 『러시아 노래집』을 시인 니콜라이 노비코프(1744~1818)가 1780년에 새로 간행한, 『새로운 러시아 노래 전집』에 실린 로망스를 일부 개작했다.

23

바실리 키릴로비치 트레디아콥스키

트레디아콥스키(1703~1769)는 러시아 고전주의 시대를 대표하는 시인이자 이론가로 평가받고 있다. 그의 『시와 운문의 기원에 대한 견해』(1752)는 러시아에서는 고전적 모방이론 최초의 저술이었다. 그러나 그의 시는 주로 장엄한 송시와 축시 분야의 작품들로, 대부분 시적 장점들이 결여되어 높이 평가받지 못했다.

24

'대위의 딸이여,
야심한 시각에 산책일랑 하지 마오.'

—

이반 프라치의 『러시아 노래 선집』(1790)에 실린 노래의 한 소절을 인용하고 있다.

25
아가씨, 아가씨, 아름다운 아가씨!
어린 나이에 시집일랑 가지 마오,
부모에게 묻고 물어,
일가친척 묻고 물어,
지혜와 분별을 배워 두소,
그것이 살림 밑천이라오.

—

미하일 출코프의 『러시아 노래집』에 나오는 노래 「아, 볼가강이여, 어머니 볼가강이여」의 일부이다.

26
예쁜 아가씨를 만나거든 저를 잊으시고,
못난 아가씨를 만나거든 저를 기억해 주세요.

—

미하일 출코프의 『러시아 노래집』 실린 노래 「속삭여요, 내 마음 속삭여요」의 일부이다.

27
이보게, 젊은이들 내 얘기 들어보오,
늙은이가 옛이야기 해줄 테니.

—

미하일 출코프의 『러시아 노래집』에 실린 「카잔 함락의 노래」를 일부 인용했다.

28

에멜리얀 푸가초프

푸가초프(1740~1774)는 우랄강 유역 돈 카자크의 소지주의 아들로 태어나 7년전쟁(1756~1763)과 제1차 러시아-터키전쟁(1768~1774)에 카자크군으로 출전했으며, 진중에서 우수한 코사크로 두각을 나타내 소위로 임명되기도 했다. 탈영죄로 체포된 뒤 몇 번의 탈주와 체포 후, 1773년에 정교회에 입신하여 독실한 신자가 되었다. 당시 표트르 1세 때부터 강화되기 시작한 농노제가 예카테리나 2세 때도 귀족들의 지지를 얻기 위해 계속 유지되면서 농민 반란이 빈발했는데, 1762년부터 1769년까지 불과 7~8년 사이에 50회 이상의 농민폭동이 일어났다. 푸가초프는 농노제 폐지를 주장하면서 정부 관료들과 황제군의 지휘관까지 포섭하며 세력을 확장했다. 푸가초프 자신은 비록 문맹이었지만 대학과 첩보기관까지 운영했다. 유능한 군 지휘관을 모은 그는 가명을 쓰고 활동하며 사라바트 유라에프 등 바시키르인과 추바시인 등 소수민족과 공장 근로자, 탄광 갱부 등까지 포섭하여 푸가초프군에 합세시켰다. 또한 황제에 의해 교회의 통제가 심해진 농촌에서 종말론적 분위기를 조성하여 사제와 이슬람의 종교지도자까지 끌어들여 자신을 구세주라고 전파하기도 했다. 1773년 9월에 푸가초프는 반란을 일으켜 오렌부르크를 포위하고 사마라를 제압했다. 1774년 4월에 푸가초프 반란군은 오렌부르크의 포위를 풀기 위해 진군한 정부군에 대패했다. 그러나 푸가초프는 다시 세를 규합해 볼가강과 우랄산맥의 거의 대부분을 장악했다. 그러나 급속하게 전투 지역이 확산되어 전력이 분산되는 결과를 낳았다. 1774년 7월에 카잔 전투에서 푸가초프의 25,000명에 달하는 반란군은 첫 전투에서 황제군을 격파하여 카잔을 점령했지만, 미헬손 장군의 증원부대가 합세하여 황제군은 다시 체제를 정비한 후 반란군을 패주시켰다. 푸가초프는 겨우 500명만을 거느리고 도주했다. 이후 차리친 전투에서 반란군이 패하며 푸가초프의 난은 종식되었다. 우랄산맥으로 도망친 푸가초프는 야이크 카자크의 배신으로 9월

14일에 체포되어 알렉산드르 수보로프 장군에 의해 쇠로 만든 함거에 실려 모스크바로 압송되었다. 푸가초프와 부하들은 1775년 1월 21일, 모스크바에서 공개 처형되었는데, 목이 잘리고 사지가 찢기는 형벌을 받았다.

29

표트르 3세 황제

—

표트르 3세(1728~1762)는 표트르 대제의 손자로 1762년 1월에서 7월까지 제위에 있었으나, 그의 아내 예카테리나 2세를 지지하는 신하들에 의해 축출되고 살해되었다. 예카테리나 여제가 등극한 이후, 그의 이름을 사칭한 반란이 여러 번 일어났다.

30

칼미크족

—

러시아 연방 카스피해 북서쪽과 볼가강 하류 서쪽에 위치한 칼미크 공화국에 거주하는 몽골계 민족으로, 유럽에서 동양 문화의 전통을 유지하며 불교를 믿는 유일한 민족이다. 볼가강 하류 서쪽을 중심으로 터전을 잡고 살았으며, 일부 부족이 시베리아 남부를 횡단해 17세기 초 우랄 남부 및 볼가강 하류로 이동하며 각지를 방황하다가 18세기 초에 오렌부르크 초원으로 이주했다. 러시아 제국의 시베리아 영토 확장이 이루어지면서 1771년에 러시아 제국에 통합되기까지 러시아 제국과 자치권 문제로 갈등을 빚었으며, 이 지역에서 일어난 여러 차례의 이민족 반란에 참여했다.

31

1741년에 처벌된 폭도

—

1735년부터 1740년에 걸쳐 바시키르에서 발생한 폭동의 가담자들은 잔인한 형벌을 받았다. 주모자들은 사형당하거나 코와 귀가 잘린 채 추방되었고 약 700여 마을이 불태워졌다.

32

머리통아, 머리통아,
죽도록 일만 한 내 머리통아!
꼬박 삼십삼 년을
지지리 고생했건만,
이 내 머리통은
돈도 행복도 맛본 적 없고,
명예나 권력도 누려 본 적 없다네,
내 머리통이 차지한 건
허공에 솟아오른 말뚝 두 개와
가로지른 단풍나무 들보에
비단실 올가미라네.

출코프의 『러시아 노래집』에서 인용하고 있다.

33

주민들이 집에서 손에 빵과 소금을 들고 나왔다.

손님을 맞이하는 러시아 전통 관습으로, 이곳 주민들이 난을 일으킨 푸가초프 일당을 환영한다는 의미를 보여 준다.

34

프로이센의 총검도 터키의 총탄도 당신을 건드리지 못했건만,

이 문장으로 미루어 보아 미로노프 대위는 표트르 대제 이후 러시아

대외정책의 일환으로 1735년에 일어난 터키와의 전쟁, 그리고 1756년에 시작된 프로이센과의 7년전쟁에 참전한 것으로 보인다. 러시아는 터키와의 전쟁에서 36년에 아조프해를 점령하고 37년에 아차코프 요새를 점령했으며, 39년에 호친 요새를 점령하는 전적을 세웠다. 프로이센과의 전쟁에서는 1757년에 동프로이센에 침입하여 메멜, 틸지트 등의 도시를 점령하였고, 1758년 소른도르프 마을에서 프리드리히 2세가 지휘하는 프로이센 군대를 후퇴시켰고, 1760년에는 베를린에 입성했다. 7년전쟁을 통해서 러시아는 프로이센의 영토 확장의 야욕을 분쇄하고 러시아가 국제적인 위상을 획득할 수 있게 해주었다. 이런 일련의 전쟁에 참가한 것을 두고 러시아 군인으로서 명예와 자부심으로 여기고 있음을 알 수 있다.

35

추마코프

—

푸가초프의 포병대장 표도르 페도토비치 추마코프. 푸가초프의 반란이 시작된 1773년에 그는 45세였고, 푸가초프는 그를 오를로프 백작이라고 불렀다. 나중에 푸가초프를 배신하여 러시아 정부군에 푸가초프를 넘겨준 심복 중의 한 명으로, 그는 푸가초프를 밀고한 대가로 모든 죄를 사면받았다.

36

술렁대지 마라, 어머니 같은 푸른 참나무 숲이여,
방해하지 마라, 사내대장부의 상념을,
내일이면 나는 재판을 받으러 간다네,
무서운 재판관 황제 앞으로,
황제가 문초하길,
농노의 자식아, 어서 고해라, 고해,
도둑질 강도짓은 누구랑 했느냐,

네 일당이 몇이더냐?
우리의 희망이신 황제 폐하,
숨김없이 고하리다.
일당은 모두 넷이니,
첫째는 검은 밤,
둘째는 강철 단도,
셋째는 준마요,
넷째는 탄탄한 활
이 몸의 첩자는 강철 화살이옵니다.
황제는 말하리.
장하다 농노의 자식아,
네놈은 도둑질도 잘하고 말대답도 잘하는구나!
그 보답으로 네놈에게 상을 베푸나니
들판에 높이 세운 나무 집에
들보가 가로지른 통기둥 두 개로다.

러시아에서 널리 불리던 노래로 출코프의 『러시아 노래집』에서 인용했다.

37
그리시카 오트레피예프

1604년에서 1613년까지는 러시아 역사의 동란 시대로 불리는 혼란기였다. 이 시기에 실권을 장악한 보리스 고두노프에 의해 어린 나이에 살해당했다고 의심되는, 이반 뇌제(1530~1584)의 아들 드미트리 왕자(1582~1591)를 사칭한 가짜 드미트리가 셋이나 나타나 러시아인들을 현혹시키고 반란을 일으켰다. 그중 1604년에 폴란드에서 카자크와 폴란드 귀족의 지지를 받아 군사를 일으킨 가짜 드미트리는 보리스가 죽은 뒤 모스크바에 입성하여 1605년 7월에 성공적으로 제위에 올랐다.

이 가짜 드미트리 1세의 정체는 수도원에서 도망친 수도승으로 본명은 그리고리(그리시카) 오트레피예프였다. 그는 제위에 오른 지 불과 11개월 만인 1606년 5월에 민중들과 러시아 귀족들의 불만으로 처형당했다.

38

아름다운 그대여,
그대를 만날 때는 달콤했는데
이별하는 이 순간
영혼이 찢기운 듯 슬프고도 슬프구나.

—

러시아의 시인이자 극작가인 미하일 헤라스코프(1733~1807)의 시 「이별」에서 인용했다. 헤라스코프는 경건주의자였고 프리메이슨 회원이었으며, 당시의 가장 계몽적이고 존경받은 인물로 민족 서사시를 향한 새로운 시도를 하기도 했다. 가장 유명한 작품으로 「로시아다」(1779)와 「부활한 블라디미르」(1785)가 있다.

39

…산과 들판을 점령하고,
정상에 서서 독수리처럼 성안을 노려보았다.
그리고 진지 뒤에 포좌를 만들어
대포를 숨겨 두었다가 한밤중 도시에 퍼부으라 명했다.

—

헤라스코프가 이반 뇌제의 카잔 함락을 소재로 쓴 애국적 서사시 「로시아다」(1779)에서 인용했다.

40

리자베타 하를로바

—

니즈네오제르니 요새 사령관 하를로프의 아내. 푸가초프가 요새를 점령한 이후 온 가족이 몰살되었으며, 그녀는 푸가초프의 정부가 되었다가 나중에 푸가초프의 일당들에게 살해당했다.

41

천성이 사나운 사자도
그때는 배가 불러, 다정하게 물었다.
"내 동굴에는 무슨 일로 찾아오셨소?"

—

알렉산드르 수마로코프의 우화를 이용해 푸시킨이 창작했다.

42

벨로보로도프

—

이반 나우모비치 벨로보로도프(?~1774)는 농노의 아들로 태어나 징집되어 수년간 군대에서 부역하다가 1773년에 시작된 푸가초프의 농민반란에 참여했다. 1774년, 예카테린부르크 공업지대에서 일어난 카자크 반란군에서 활동했고, 우랄 중부에서의 반란을 지휘했다. 1774년 8월, 카잔 탈환 때 활약했고, 같은 해 9월에 체포되어 모스크바 볼로트나야 광장에서 사형당했다.

43

아파나시 소콜로프

—

소콜로프(1714~1774)는 농사를 짓다 누명을 쓰고 모스크바에서 감옥살이를 하다가 탈옥하여 의적이 되었다. 1768년에 타타르인 가옥을 털다가 잡혀 코가 잘리는 처벌을 받고 유형을 당했으며, 그곳에서 다시 두 차례나 탈옥했다. 푸가초프군에 전령으로 파견되었다가 반란군에 가담해 측근이 되었다. 1774년 반란이 진압되어 체포된 후 처형되었다.

44

유제예프 전투

—

오렌부르크 동서쪽의 유제예프라는 마을에서 일어난 전투. 이 전투에서 푸가초프와 흘로푸샤를 위시한 반란군은 카르를 대장으로 한 정부군을 대파했다.

45

프리드리히 대왕

—

프로이센의 군주 프리드리히 2세(1712~1786). 그는 1740년부터 1786년까지 재위하는 동안 뛰어난 전술가로서 오스트리아 계승전쟁과 7년전쟁을 승리로 이끌며 많은 치적을 쌓았다.

46

칼미크족 노파에게 들은 옛날이야기

—

민담집에서는 찾을 수 없는 이야기로 푸시킨이 창작한 것으로 보인다.

47

가지도 열매도 없는

우리 집 사과나무처럼,

우리 집 새색시는

부모가 없다오.

혼수를 장만해 줄 이도 없고,

축복해 줄 이 하나 없다오.

—

푸시킨이 미하일롭스키에서 메모해 둔 혼례가를 일부 수정한 것이다.

48

"노여워 마시오, 왕이시여,
나의 의무상, 당신을 지금 당장 감옥으로 보내야만 하오."
"좋네, 각오는 되어 있네. 하지만 먼저, 해명할 기회를 주게."

푸시킨은 크냐즈닌의 글에서 인용한 것처럼 쓰고 있으나, 크냐즈닌의 희극 양식을 모방해 푸시킨 자신이 쓴 글이다. 3, 4행은 크냐즈닌의 「허풍선이」 4막 6장에 나오는 대사와 약간 유사하다.

49

골리츠인 공작

표트르 미하일로비치 골리츠인(1738~1775). 푸가초프의 난을 진압하는 데 참가한 지휘관 중 한 명. 여기에 묘사된 전투는 1773년 3월 22일에 벌어진 전투를 말한다.

50

참칭 황제가 카잔을 점령하고

푸가초프는 25,000명에 달하는 반란군을 이끌고 1774년 7월, 카잔 전투에서 황제군을 격파하여 카잔을 점령했다.

51

주린에게 볼가강을 건너 전진하라는 명령이 떨어졌다.

이 부분은 『대위의 딸』 최종본에서 삭제된 '생략된 장'과 연결된다. '생략된 장'은 이 책에서 부록으로 따로 정리해 두었다.

52

이반 이바노비치 미헬손

—

미헬손(1740~1807)은 푸가초프에 결정적인 타격을 입힌 독일 출신의 러시아 장군이다.

53

볼린스키나 흐루쇼프

—

당시는 안나 여제의 재위 시기(1730~1740)로, 안나는 시종보였던 비론을 총애하여 그가 궁정을 장악하게 했다. 그는 능력이 없는 데다 비윤리적이었으며, 유력한 행정직을 독일인으로 교체하려고 했다. 그에 반대한 두 궁신 볼린스키와 흐루쇼프가 1740년에 안나 여제 대신 표트르 대제의 딸 옐리자베타를 제위에 올리고자 모의했으나 실패해서 처형당했다.

54

소피아

—

현재 푸시킨 시로 개명된 차르스코예 셀로의 역참이 있던 곳으로, 예카테리나 여제의 명으로 이곳에 콘스탄티노플의 성 소피아 성당을 모방한 성당이 세워져 있다. 이 성당의 이름에서 유래한 도시이다.

55

표트르 알렉산드로비치 루만체프

—

루만체프(1725~1793)는 제1차 러시아-터키전쟁 중 1770년의 승리로 예카테리나 여제로부터 육군 원수에 임명되었다. 그의 공훈을 기념하기 위한 기념비가 차르스코예 셀로와 페테르부르크에 세워졌다.

56-생략된 장

추바시인

모스크바 동쪽에 위치하며 서쪽으로 볼가강을 두고 있는 추바시 공화국의 민족. 추바시는 1551년에 러시아 제국의 세력권에 들어갔으며 1925년에 자치공화국으로 승격되었다. 1990년에 주권 선언을 하고 1992년에 추바시 공화국으로 국명을 변경했다.

57-생략된 장

성聖 일리야 축일

슬라브 정교의 성인이자 예언자 일리야를 기념하는 축일로 서양에서는 2월 16일이지만, 러시아에서는 구력으로 7월 20일이다. 슬라브 정교에서 가장 큰 축일 중 하나다.

아, 푸시킨

러시아 문학사와 문화사 전체에서 알렉산드르 푸시킨이 차지하는 명예와 위업은 어떤 말로도 표현할 수 없을 정도로 압도적이다. 한 사람의 문인으로서 어떤 민족 공동체와 문화 공동체에 그처럼 강렬한 영향을 준 인물을 찾기란 쉽지 않을 것이다. 그는 시로는 러시아 시문학의 황금시대를 열었고, 산문으로는 19세기 후반 고골, 도스토옙스키, 톨스토이 등으로 이어지는 불멸의 러시아 작가들의 가장 영예로운 선조가 되었다. 그리고 시간이 흐를수록, 그에 대한 열광은 더 광범위해지고 강렬해진다. 지극히 러시아적이었던 그의 문학은 점차 러시아와 러시아인뿐만 아니라 세계 독자들에게도 그 울림이 커져가고 있다.

그의 시비詩碑 앞에는 꽃이 시들지 않는다. 어떤 척도와 기준으로도 그 깊이와 넓이를 재단할 수 없는 그의 문학 세계는 결코 마르지 않을 깊은 수원水原처럼 시간과 공간, 장르를 달리하면서 오늘날의 러시아와 세계에서 여전히 재발견되고 재탄생하는 중이다.

사람들은 이것을 '푸시킨 현상'이라고 이름 붙인다. 하지만 그 현상의 비밀은 쉽게 설명되지 않는다. 러시아 시인 추체프(1803~1873)가 "이성으로 이해할 수 없고, 일반적 척도로 잴 수 없는, 러시아는 독특한 나라, 러시아는 오직 믿음으로만" 이해해야 한다고 했듯이, 우리가 푸시킨 현상을 믿음으로만 설명한다면 지나친 열광이라고 치부해야 할까?

푸시킨의 시—러시아 시의 황금시대

푸시킨 현상의 비밀은 그의 시 속에 구현되어 있다.

푸시킨 스스로 그의 시가 러시아 시의 황금시대를 열 것을 예견했던 것일까? 1837년 1월, 아내의 명예를 지키기 위해 벌어진 결투에서 비극적인 죽음을 맞았던 시인은 사망하기 6개월 전, 「나는 손으로 만들지 않은 나의 기념비를 세웠노라」라는 시 속에 스스로 쓴 묘비명을 남겼다.

나는 손으로 만들지 않은 나의 기념비를 세웠노라,
그곳으로 향하는 민중의 발길은 끝없이 이어지고,
머리를 꼿꼿이 세운 나의 기념비는
알렉산드르의 기념비보다 더 높이 솟아오르리라.

그리하여, 내 모든 것은 죽지 않으리— 신성한 리라를 간직한
나의 영혼으로
나의 육신은 되살아나고 썩지 않으리—
나는 칭송 받으리, 달빛 아래 세상에
단 한 명의 시인이라도 살아 있다면.

나의 소문은 위대한 러시아의 곳곳에 퍼져 나가리,
그리고 모든 러시아의 진실한 말들이 나의 이름을 부르리,
당당한 슬라브의 자손도, 핀족도, 지금은 거칠기 짝이 없는
퉁구스도, 그리고 초원의 친구 칼미크도.

나 오래도록 민중의 사랑을 받으리,
리라로 선한 감정을 일깨우고,
잔혹한 시대에 자유를 찬미하며
쓰러진 이들에게 자비를 베풀기를 호소했기에.

오, 뮤즈여, 신의 부름에 귀 기울이라,
모욕을 두려워 말고 왕관을 바라지 말라,
칭찬과 중상에 초연하며
어리석은 자들과는 언쟁을 삼가라. (1836)

이 한 편의 시에는 푸시킨 시의 모든 운명이 묘사되어 있다. 시인은 이 시를 통해 총체적으로 자신의 삶과 문학을 관조하며 자신이 시인으로서 암울한 시절에 죽음을 무릅쓰고 자유를 노래했고, 러시아에서 자신의 시가 이루어야 할 모든 천명을 완수했음을 선언한다. 그리고 미래에 다가올 자기 시의 영광을 예언한다.

나는 손으로 만들지 않은 나의 기념비를 세웠노라,
그곳으로 향하는 민중의 발길은 끝없이 이어지고,
머리를 꼿꼿이 세운 나의 기념비는
알렉산드르의 기념비보다 더 높이 솟아오르리라.

푸시킨은 자신이 세운 "손으로 만들지 않은 기념비"를 '알렉산드르의 기념비'와 비교한다. 알렉산드르의 기념비는 1812년 프랑스와 벌어진 러시아의 대大조국 전쟁에서 나폴레옹을 물리친 제14대 황제 알렉산드르 1세(1801~1825)의 승리를 기념하여 페테르부르크 광장에 높이 세운 첨탑이다. 이 기념비는 러시아를 개혁하여 유럽의 강국으로 끌어올린 표트르 대제(1682~1725) 이후 러시아가 세계의 무대에 우뚝 세운 깃발과도 같은 상징물이었다. 푸시킨은 자신의 기념비가 높이 솟은 이 알렉산드르의 기념비보다 더 높이 솟아오르리라고 예언함으로써 스스로 자신의 위상을 드높인다. 그리고 그의 예언은 주문呪文처럼 오늘날 실현되었다.

"손으로 만들지 않은" 푸시킨의 기념비는 알렉산드르의 기념비처럼 유형의 기념비가 아니라 언어로 만들어진 무형의 기념비, 물질이 아닌 정신으로 이루어진 기념비다. 푸시킨은 러시아의 민족문학을 창시하고 러시아 문학이 세계적인 문학으로 성장할 원동력을 제공함으로써 이 불멸의 기념비를 세웠다. 푸시킨에 대한 도스토옙스키의 특이한 열광 속에서 그 사실은 증명된다.

"푸시킨은 국민적 시인이며, 전 인류적 시인이다. 미지의 러시아를 처음으로 서구에 보여준 교량 역할을 한 사람이다. ……그는 서구의 동시대 작가들을 능가하여 세계문학의 리얼리즘 발달에 큰 기여를 하였다. 그러므로 그는 세계적인 의의를 지닌 시인이다."

그리하여, 내 모든 것은 죽지 않으리— 신성한 리라를 간직한 나의 영혼으로
나의 육신은 되살아나고 썩지 않으리—
나는 칭송 받으리, 달빛 아래 세상에
단 한 명의 시인이라도 살아 있다면.

푸시킨의 벗이자 시인인 델빅(1798~1831)은 일찍이 그를 두고 이렇게 노래했다.

"숲속에서조차 몸을 숨길 수 없네 / 리라가 커다란 노래로 그의 존재를 드러내며, 필멸의 인간들과는 다른 이 불멸의 위인을 / 아폴론은 웅장한 올림포스 산으로 이끌어 가리."

푸시킨은 자신이 무엇보다도 시인이기에, '신성한 리라'로 러시아의 가장 깊고 내밀한 영혼을 불러냈고, 하늘의 태양처럼 러시아의 모든 것을 비추는 불멸의 존재라고 말한다. 여기에 푸시킨이 자기 안에 투영시킨 시인의 형상이 나타난다. 시인은 신으로부터(기독교적 신을 의미하는 것은 아니다) 미를 창조하는 고귀한 사명을 부여받은 성직자와 같은 존재라는 낭만적 관념이 스며 나온다. 푸시킨의 시에서 종종 나타나는 '하늘의 아들', '예언자' 등은 시인과 동일시되는 개념이다.

푸시킨의 시 「예언자」에는 죄 많고 나약하고 평범한 인간이 '여섯 날개의 천사'에 의해 영감에 찬 예언자로 변모하는 신비한 과정이 그려진다.

"일어나라, 예언자여, 그리고 보고 들으라, / 네 안에 나의 의지를 품고 / 땅과 바다, 강들을 지나며 / 인간의 마음을 언어로 불태우라." (1826)

미지의 권력자로부터 영감을 받은 시인은 진리와 선과 아름다움을 전하는 신성한 사명을 부여받은 신의 대리인이자, 신의 의지를 예언하는 존재다. 푸시킨은 '신성한 리라'로 '신의 의지'를 구현했다고 스스로, 그러나 정당하게 평가한다.

그의 후예들과 비평가들의 칭송도 그의 기대대로 멈추지 않는다. I. 일린은 푸시킨이 시를 통해 "러시아적인 것을 가장 신비롭고 완전하고 성공적으로 꽃피웠고, 러시아인의 영혼을 가장 깊은 곳에서, 모든 측면에서 내면화하고, 그것을 최고의 수준으로 형상화했으며, 동시에 러시아를 훌륭하게 형상화해 냈다."고 평가했다. 시인 추체프도 "러시아는 너를 첫사랑처럼 잊지 못하리."라고 그에 대한 사랑을 고백한다. 심지어는 역사적 변혁과 격동으로 러시아 전통 문화와 문학에 대한 급격하고도 대대적인 단절이 행해졌던 소비에트 시대에서조차 푸시킨에 대한 평가는 부정되지 않았다. 1962년에 시인 트바르돕스키(1910~1971)도 "우리는 푸시킨의 문학을 점점 더 우리 민족 전체의 불멸의 자산으로 인정한다. 우리 소비에트의 작가들은 푸시킨을 위대한 스승이라고 생각한다. 우리는 그를 작가로서의 가치를 재는 척도로, 미적인 신조의 주춧돌로, 탐구와 노력의 믿음직한 지주로 간주한다."고 언급했을 정도로 푸시킨의 '신성한 리라'는 여전히 찬란하게 빛나고 있다.

나의 소문은 위대한 러시아의 곳곳에 퍼져 나가리,
그리고 모든 러시아의 진실한 말들이 나의 이름을 부르리,

당당한 슬라브의 자손도, 핀족도, 지금은 거칠기 짝이 없는
퉁구스도, 그리고 초원의 친구 칼미크도.

그렇다. 푸시킨의 이름은 러시아의 곳곳을 비춘다. 그리고 그것은 여전히 러시아의 모든 지역과 세계 곳곳으로 퍼져 나가고 있다. 우리나라 독자들에게도 푸시킨의 문학은 오래전부터 그리 낯설지 않다.

"삶이 그대를 속일지라도 / 슬퍼하거나 노여워하지 말라! / 슬픔의 날을 참고 견디면 / 기쁨의 날이 오리니. // 마음은 언제나 미래에 살고 / 오늘은 언제나 슬픈 것 / 모든 것은 순간에 지나고 / 지나간 것은 그리워지나니." (1825)

우리에게 너무도 익숙한 이 한 편의 시는 푸시킨의 시적 감수성이 갖는 보편성을 증명해 준다. 이는 푸시킨의 시 정신과 그의 문학적 성취가 러시아적 일면성과 특수성으로부터 벗어나 보편적인 인간의 감정에 호소하고, 억압받는 이들의 아픔과 고통을 함께하고 있기 때문이리라.

나 오래도록 민중의 사랑을 받으리,
리라로 선한 감정을 일깨우고,
잔혹한 시대에 자유를 찬미하며
쓰러진 이들에게 자비를 베풀기를 호소했기에.

푸시킨에 대한 민중의 사랑 역시 그의 노래 속에 담긴 인간 존재의 보편적 가치 때문이라고 말할 수 있다. 그가 리라로 불러일으킨 선한 감정, 자유의 찬미, 인류에게 보내는 보편적 휴머니즘은 러시아를 벗어나 범세계적 일반성을 획득한다.

푸시킨이 불러일으키는 선한 감정의 핵심, 그의 천재성과 영원성의 비밀은 '사랑'에 있다. 시인이 우리에게 발산하는 사랑의 감정은 우리를 고양시킨다. 우리는 그에게서 사랑을 배우고 감탄한다. 그 사랑은 남녀 간의 사랑에만 머물지 않는다. 그가 노래하는 사랑은 민중과 인류와 인간의 모든 역사에 대한 사랑으로 넘쳐난다. 개인적인 사랑을 넘어 공동체적 삶을 기반으로 한 가족과 사회 안의 사랑이라는 보편적 가치로서의 사랑을 노래하는 것이다.

또한 푸시킨의 시는 자신의 억압받은 삶으로부터 외치는 자유에 대한 호소와 예찬으로 넘쳐난다. 푸시킨에게 있어 자유 개념은 보다 구체적이다. 그의 자유는 인간 존재의 본질적 요구에 의한 것이다. 그의 문학과 개인적 삶을 통해 시인이 추구하고자 했던 자유의 이미지는 정치적이기도 하고, 정신적 측면이기도 하며, 개인적인 모든 속박과 억압, 혹은 일정한 공간으로부터의 자유 이미지 등으로 나타난다.

정치적 자유의 이미지는 푸시킨 시의 태동기인 1820년대의 역사적 환경과 맞닿아 있다. 당시는 전제정치와 농노제도가 위세를 떨치는 한편에, 서구 자유주의 사상을 접한 귀족 청년 장교들의 진보적 활동이 데카브리스트 혁명(1825)으로 다가가던 첨예한 대립의 시기였다. 푸시킨의 자유 애호 시들은 이 진보적 청년들의 정치적 자유 애호 사상의 시적 구현이었다. 푸시킨이 데카브리스트 당원들의 비밀 단체에 회원으로 가입하거나 직접적으로 활동하지는 않았지만, 청년들은 그의 노래를 부르며 혁명으로 뛰어들었다.

"오라, 나에게 화환을 벗겨 버려라, / 지나치게 부드러운 하프도 부숴 버려라…… / 왕위에 있는 악을 경악시킬 자유의 노래 / 온 세계에 울려 퍼지게 하고 싶다." (1818)

그의 자유의 시들은 어떤 정치적 이념이나 구호보다 혁명 정신을 강하게 고취시키고 데카브리스트 운동의 가장 감동적인 지지를 끌어냈다.

그러나 푸시킨의 자유의 노래가 드높아질수록 그의 현실 삶은 그를 구속과 억압으로 짓눌렀다. 정치적 자유를 노래하기 위해 개인의 자유는 희생된 것이다. 1820년, 갓 스물을 넘긴 푸시킨은 알렉산드르 황제의 분노를 사 러시아의 변방으로 추방되어, 4년 동안 캅카스와 크림반도, 베사라비아, 오데사 등을 떠돌며 방황해야 했고, 1824년에는 가족의 영지가 있는 미하일롭스코예에 유폐되었다. 1826년, 그가 모스크바로 돌아온 이후 38세로 짧은 생을 마감할 때까지 그는 평생 자유를 누려 보지 못했다. 그의 현실 삶에서의 정치적 부자유는 문학의 부자유로 이어졌다. 그의 모든 작품들은 니콜라이 1세(1796~1855)의 검열을 받고서야 출판할 수 있었고, 직업적인 작가로 남고자 했던 그의 꿈이 무너지면서 경제적인 예속으로 이어졌다. 그에게 있어 자유는 숨 쉬는 대기처럼 절대적인 것이었지만, 한 번도 개인으로서든 시인으로서든 자유로운 대기를 마음껏 호흡할 수 없었다. 그러나 그럴수록 그에게 자유는 꿈으로 빛나는 인간 최고의 가치였고 그의 자유의 노래는 아프게 울렸다.

그가 시에 구현하고자 했던 또 하나의 중요한 가치는 보편적 휴머니즘이었다. 쓰러진 자들에게 베푸는 자비는 그가 자신의 시에서 구현하고자 하는 휴머니즘의 본질적인 모습이다. 그것은 특히 잔혹한 시대에서 권력에 억압받고 고통당하는 수많은 '작은 인간들'을 그린 작품들에서 더 생생하게 울려 나온다. 가난하고 비참한 신분으로 굴욕과 희생을 당할 수밖에 없는 인간에 대한 사랑과 연민의 휴머니즘은 이후 러시아 문학, 특히 고골과 도스토옙스키에게 계승되어 러시아 문학의 특징적인 흐름으로 이어진다.

오, 뮤즈여, 신의 부름에 귀 기울이라,
모욕을 두려워 말고 왕관을 바라지 말라,
칭찬과 중상에 초연하며

어리석은 자들과는 언쟁을 삼가라.

여기에는 다시 푸시킨의 시인으로서의 자기 규정과 이미지가 형상화되어 있다. 푸시킨처럼 시의 본질과 시인이란 무엇인가에 대한 자기 성찰, 작품과 현실 삶에서 시인이 어떻게 존재해야하는가 하는 문제를 줄기차게 고민한 시인을 찾기도 쉽지 않을 것이다. 푸시킨에게 시인 뮤즈는 오직 신의 부름에 따라, 뮤즈의 영감을 통해 예술을 창작하는 존재이다. 여기에 푸시킨의 순수 문학, 순수 예술에 대한 관념이 드러난다.

푸시킨이 시인으로 첫발을 내디디던 1820년대의 데카브리스트들이 시와 문학을 독자적 가치가 아닌 정치적 도구 이상으로 여기지 않았던 때에도, 당시의 귀족들이 문학을 단순한 취미나 여가를 위한 수준 높은 유희로만 이해했던 분위기에서도, 푸시킨은 문학을 수단이 아닌 목적으로, 그 자체로서의 절대적 대상으로 생각했다. "들어라, 시인은 나의 천직이다."라고 외치는 그에게 정치도 시였고, 우정이나 낭만도 시였으며, 모든 자기 삶의 목적도 시로 귀결되었다. 그는 스스로 홀로 순수한 시인으로, 순수한 문학가로 남았고 그래서 어떤 것보다도 시와 문학을 가장 숭고한 것으로 드높였다. 예술은 미적 가치의 최고의 구현이기에, 신의 의지이기에, 모든 것이 사라지더라도 그 존재 자체로 남을 것이라는 순수 예술의 개념이 형성되고 있는 것이다. 그래서 예술가인 시인은 현실 삶에서도 전문적인 직업 시인과 직업 작가라는 위상을 드러내야 했다. 그것이 푸시킨이 그려낸 시의 형상이다. 그리고 그것은 미래의 예술가, 시인에게 보내는 헌사이다.

푸시킨의 산문시대— 러시아 리얼리즘의 태동기

나의 가슴속에 새로운 마성이라도 깃들였나
태양신의 위협도 아랑곳 않고,
나는 소박한 산문으로 몸을 낮추네.
그러면 오랜 작풍으로 쓰인 소설이
즐거운 나의 삶의 마지막을 장식하리. (『예브게니 오네긴』 3장 13절)

1820년대 역사의 격동기를 낭만적 시 세계로 완성시킨 푸시킨은 시 외에도 서사시, 희곡, 그리고 러시아 산문 중 유일한 운문소설 『예브게니 오네긴』 등 놀라울 정도로 다양한 장르를 실험했고, 다양한 테마의 문제를 자신의 문학 세계 속에 그려냈다. 그리고 30년대에 들어서면서 점차 산문으로 관심을 돌렸다. 「벨킨 이야기」를 필두로, 단편 「스페이드의 여왕」, 본격적인 역사소설 『대위의 딸』 등 세 편의 소설이 완성되었고, 사후에 출판된 수많은 단장短章들도 이 시기에 쓰였다. 그리고 미완의 작품이지만 완성되었다면 러시아 최고의 걸작이 되었을 소설 『두브로프스키』의 작업도 진행되었다.

이 시기 작품들의 기본 분위기는 역사주의와 민중성 그리고 휴머니즘이라고 말할 수 있다.

푸시킨은 데카브리스트 운동의 실패를 목격하면서 낭만적인 정치적 이상을 가진 귀족 젊은이들의 필연적인 한계가 그들이 민중의 삶과 괴리되어 있다는 것임을 인식하게 되었다. 이후로 푸시킨은 러시아 미래의 희망을 민중에게서 찾고자 했다. 민중에 대한 관심은 이미 미하일롭스코예 유폐 시기부터 나타났는데, 이때부터 민중의 노래와 민담, 생활 관습과 축제가 작품 속에 활용되기 시작했다. 가장 중요한 사실은 푸시킨이 민중의 언어 습관을 관찰함으로써 그들이 실제로 사용하는 말을 문학어로 도입하였으며, 무엇보다도 민중을 직접 작품 속에 끌어왔다는 점이다. 이와 같은 특징이 잘 구현된 작품이 바로 「벨킨 이야기」다.

1830년 가을, 볼지노에서 쓰인 「벨킨 이야기」는 다섯 편의 일화들로 구성된 단편 작품으로, 푸시킨 산문 특징의 객관성과 절제미의 특징을 다른 어느 작품보다 잘 보여준다. 특히 작가 대신 선택된 화자인 소박한 지주의 목소리가 순수하고 때 묻지 않은 러시아 민중의 목소리와 삶을 생생하게 보여줌으로써 작가의 휴머니즘을 드러낸 인상 깊은 작품이다. 물론 간결성과 명쾌함을 산문의 고유한 특질이라고 생각했던 푸시킨의 의식적인 노력으로 인해 이 작품은 인간적이고 심리적인 묘사보다는 단편적이고 개괄적인 사건 전개로 구성되어 생기를 결여하고 있다는 아쉬움을 자아내기는 하지만, 「스페이드의 여왕」(1834)을 제외하면 푸시킨 산문의 가장 탁월한 작품으로 평가하는 것에 아무도 이의를 제기하지 않는다.

「스페이드 여왕」은 푸시킨의 창작뿐만 아니라 러시아 산문의 역사에서 최고 걸작의 하나이면서 그 자체로 독특한 개성을 지니고 있다. 푸시킨의 다른 작품들과 달리 탁월한 심리 묘사와 상상력 그리고 기지가 어우러진 잘 짜인 한 편의 드라마로 만들어진 이 작품은 푸시킨 산문 중 최고의 완성도를 보여준다. 「스페이드 여왕」이 이루어낸 문학적 성과는 분명 도스토옙스키의 작품에 드러나는 인간 심리의 드라마틱한 묘사로 이어지며 러시아 산문 발전에 의미심장한 전기를 제공했다.

이 두 작품과 더불어 푸시킨의 완결된 유일한 장편소설인 『대위의 딸』은 푸시킨의 역사주의적 관점이 대표적으로 나타나는 작품이다. 물론 이 작품이 갖는 의의는 여러 가지 측면에서 찾을 수 있다. 러시아 문학이 시의 시대에서 산문의 시대로 넘어가는 신호탄이 되었고, 러시아 낭만주의가 위대한 러시아 사실주의로 나아가는 데 결정적인 촉매 역할을 함으로써 역시 장편이지만 운문으로 쓰인 『예브게니 오네긴』과 더불어 러시아 문학 중 다음 세대에 가장 영향을 많이 준 작품으로 평가되기도 한다. 푸시킨이 본래 타고난 시인이자, 러시아 시 문학에서 '최고의 귀감이고 판관'이었다면, 이런 일련의 산문 작가로서의 푸시킨은 의식적인 노력과 의지로 스스로 제기한 산문의 과제를 충실히 수행해 낸 미래 러시아 산문의 개척자와 같았다.

그는 소설에 자신이 의도한 규칙들을 적극적으로 적용시켜 정확하고 선명한 메시지를 전달하는 데 집중했다. 이성적이고 분석적인 주장을 작품 속에 종종 드러냄으로써 소설의 자연스러움과 경쾌함의 결여를 보여주기도 했지만, 그럼에도 불구하고 푸시킨 작품들의 개성과 독창적인 특질은 그를 러시아 리얼리즘 발전 과정에서 불후의 소설을 쓴 최초의 러시아 작가이며, 실제로 러시아 최초의 독창적인 소설가임을 부정할 수 없게 한다.

『대위의 딸』 역시 푸시킨의 러시아 역사와 민중의 삶에 대한 진지한 관심과 연구가저작의 기본 토대가 되었고 일련의 역사주의 산문의 흐름을 이끌어낸 시기에 쓰였다. 그러나 이전까지 그의 역사주의 작품의 구상과 실현은 이동의 자유가 제한되고 필요한 자료를 열람할 수 없었던 탓에 매우 제한적이었다. 때문에 러시아 역사의 가장 중요한 부분을 차지하는 표트르 대제에 관한 역사를 집필하려던 계획도 이루어질 수 없었다. 대신 그의 역사소설 중 최초의 시도로, 흑인이면서 표트르 대제의 총애를 받았던 자신의 외증조부 아브람 페트로비치 간니발(1696~1781)에 대한 이야기를 그린 『표트르 대제의 흑인 총신』(1828, 미완성)을 쓰기 시작했지만, 역시 완성되지 못한 채 두 개의 단장만이 생전에 발표되었을 뿐이다.

구체적인 역사주의의 결실은 1830년대부터 이루어졌다. 반反농노주의적인 파토스가 강하게 나타나는 『고류히노 마을의 역사』(1830), 대大조국 전쟁(1812)을 배경으로 러시아 처녀와 포로로 잡힌 프랑스 장교의 사랑을 그린 『로슬라블레프』(1831), 당시 부패한 귀족 생활을 비판하고 민중 봉기의 양상을 파노라마적으로 보여주는 『두브로프스키』(1833, 미완성)와 반란의 사회적 원인이 어디에 있는지를 잘 보여준 『푸가초프 반란사』(1834) 그리고 『대위의 딸』(1836) 등이 그 결과이다. 역사를 소재로 한 일련의 이야기들에는 조국과 민중을 향한 사랑, 억압받는 민족을 향한 연민과 동정이 주조를 이룬다. 이 작품들에 나타난 역사주의는 대체로 18세기적인 배경과 분위기, 지나친 고전주의적 태도로 인해 역사를 민중 운동이나 계급투쟁의 관점에서 다루지 못했다는 한계를 보여주기도 한다. 그러나 역사와 민중에 대한 푸시킨의 진지한 탐색과 역사의 진실에 도달하고자 했던 노력은 조국 러시아의 역사에 대한 객관적이고 과학적인 인식의 문제를 향후 러시아 작가들에게 과제로 제시했다는 점에서 의미가 있다.

'역사'와 '개인'의 화해를 시도한 『대위의 딸』

내밀한 악의 고통을
어두운 빛깔로 묘사하는 대신,
어떤 러시아 가족의 운명을,
매혹적인 사랑의 꿈들을,
우리 조상들의 관습들을
여러분께 자세히 들려드리리. (『예브게니 오네긴』 3장 13절)

푸시킨은 러시아의 정치적 격동기를 거치며 역사라는 거대한 힘이 개인의 운명에 미치는 위력이 얼마나 강력한지 그리고 그 '역사 권력' 앞에서 개인의 운명이 얼마나 무기력한 것인지를 목격하고 스스로 체험했다. 그 과정에서 푸시킨은 역사에 대한 깊은 관심과 진지한 통찰을 통해 참된 역사의 진실에 다가가기를 원했고, 절대적인 역사의 위력 앞에 놓인 개개인의 삶과 불행을 해결할 수 있는 방법을 모색했다.

이러한 일련의 연구와 모색이 푸시킨의 역사주의 작품들에 나타나는 공통점이다. 1833년에 쓰인 역사적 서사시 「청동의 기사」에서 푸시킨은 역사와 개인의 갈등을 극도로 첨예하게 드러내면서, 표트르 대제의 위대한 업적과 힘없고 소박한 한 인간의 행복 사이에 존재하는 극복할 수 없는 비극적 모순을 보여

주었다. 그러나 「청동의 기사」보다 먼저 완성된 『예브게니 오네긴』(1830)에서는 역사와 개인의 화해가 어느 정도 이루어지기도 했다. 이 작품에서 역사 권력은 개인적인 삶을 억제하고 억압하는 러시아 사회와 제도, 혹은 공동체적 질서라는 거대한 힘이다. 작품 속에서 대립하는 역사 권력과 개인이라는 두 세계는 여주인공 타티아나가 기존 질서를 적극적으로 수용한다는 조건 아래서 조우하게 된다. 타티아나는 절대 권력인 공동체의 질서에 순응하고 그것을 스스로 내면화하는 과정을 통해 대립과 갈등을 풀어간다. 그런 능력은 자연적으로 주어지는 것이 아니라, 경험과 성장을 통해 대립하는 모순들을 융합시키는 능력이다. 성장과 성숙, 그리고 순종과 융화를 통해서 기존 질서와 화해하는 타티아나의 갈등 해결은 『대위의 딸』에서 그려내는 갈등과 화해의 과정보다는 더 현실적이다.

『대위의 딸』은 역사 권력과 개인 간의 불화와 갈등의 해결을 이상적으로 보여주는 작품이다. 동시에 푸시킨의 역사적 사유를 총체적으로 구현시킨 역사소설의 완결 작품이자 유일한 작품이며, 푸시킨의 사상이 놀라울 정도로 응축된 작품이다. 분량이 그리 길지 않고 인물들과 사건이 간략하게 묘사되고 있지만, 이 소설은 푸시킨이 당대 러시아 문학의 지도자로서 미래 러시아 역사와 역사적 진보의 방향까지 보여주는 의미 있는 작품이다.

푸시킨은 『대위의 딸』에서 역사와 개인의 화해라는 테제를 실현시키기 위해 먼저 역사에 대한 기존 시각을 해체하고 새로운 해석을 제기한다. 푸시킨에게 기존의 역사는 절대적 권력과 위력을 가진 권력자들의 역사, 즉 '역사 권력'이면서, 동시에 그것을 통한 제도나 체제까지도 포함하는 개념이다. 역사 권력은 개인의 외면적 삶의 배경을 규정하고 개인 인간의 운명에 절대적 영향력을 행사한다. 이때 개인은 미약하고 의미 없는 존재이다. 그러나 푸시킨은 이러한 '역사 권력'의 역사 관념 대신 진정한 역사는 민중에 의한 것이라는 인식의 전환을 꾀하고 있다. 즉, 역사는 민중의 총체적 기억이자, 민중의 의식과 삶 속에서 끊임없이 이어지는 과정이며, 그러한 과정이 만들어내는 전체 공동체의 삶과 문화적 축적을 역사로 이해한다.

이 지점에서 푸시킨의 역사주의 개념이 형성된다. 이제 역사는 절대자로부터 민중의 것으로 전환되고, 살아 있는 개개인이 역사의 주인공으로 전환된다. 외부적 요인들, 예를 들어, 국가가 지정하는 귀족의 작위나 명예, 신분 등의 절대 권력이 아니라, 인간 개개인의 고유한 인격, 인간 존재의 풍부한 정신세계, 그리고 개개인의 삶과 연결된 민중이 역사를 형성하는 것이다.

『대위의 딸』에서 역관지기의 아내에 대한 푸시킨의 묘사는 그런 인식을 분명하게 증명한다. 푸시킨은 철저한 신분 사회였던 당시 러시아 사회에서, 아무런 힘도 의미도 없는 최하층 역관지기의 아내를 역사를 기록하고 담당하는 위상의 인물로 격상시킨다.("역관지기의 아내는 자신이 궁중의 페치카에 불을 때는 하녀의 조카딸로 다른 사람이 모르는 궁중 생활의 세세한 내막을 자세히 알고 있다며, 여러 가지 이야기를 들려주었다. 주로 여왕이 몇 시에 일어나 산책을 하고, 커피를 마시는지, 또 어떤 귀족들이 여왕의 측근에 있으며, 어제 식사 때는 무슨 이야기를 했고, 저녁에는 누구를 접견했는지에 대한 이야기들이었다. 역관지기의 아내인 안나 블라시예브나의 이야기는 역사의 몇 페이지를 기록할 수 있을 만한 내용으로, 후세에 귀중한 자료가 되기에 충분했다." pp.226) 역관지기 아내의 이야기가 역사를 조명하고, 역사의 한 페이지를 장식할 만큼의 가치가 있다는 인식은 역사를 주관하는 대상의 변화를 보여준다.

그러나 개개인이 역사 권력을 극복하고 스스로의 역사를 만들어내기 위해서는 개인이 자신의 고유한 가치와 독립성을 획득하고, 예지와 풍부한 감정과 선명한 개성을 지닌 인간으로 성숙해야 한다는 것을 전제조건으로 한다.

푸시킨이 『대위의 딸』에서 주인공인 마샤와 그리뇨프를 자연적으로 형성된, 혹은 일정한 틀에 고정된 인격을 가진 인물이 아니라, 주어진 환경과 경험을 통해서 지속적으로 성장하고 성숙해 나가는 인물로 묘사한 것은 그런 이유이다.

그리뇨프는 소설 첫머리에서 귀족 가문이라고는 하지만 교육 시스템이 부재한 당시의 가정에서 제대로 된 교육을 받아본

적이 없는 평범한 소년이었고, 집을 벗어나 페테르부르크의 화려한 삶을 접하고 싶다는 단순한 몽상에 사로잡혀 있었다. 아버지의 명령으로 변방으로 가게 되자 절망하고 불평하며, 부임지로 가는 도중에는 속아서 돈을 잃기도 하고, 잘못된 고집으로 눈보라 속에 파묻히기도 하며, 첫눈에 마샤에 대해 선입견을 갖는 등 한마디로 보잘 것 없고 바보 같은 인물로 묘사된다. 그러나 마샤를 사랑하게 되는 계기를 통해 전혀 다른 사람으로 변화한다. 물론 그것이 가능한 것은 그의 내부에 감춰져 있던 고귀한 성품 때문이다. 그는 마샤의 명예를 지키기 위해 자신의 목숨을 걸고 결투를 하고 치명상을 입기도 하며, 푸가초프와의 전투를 눈앞에 두고 용감한 전사로 변화하기도 한다.("나는 갑자기 어젯밤에 그녀의 손에서 건네받은 군도를 상기하며 사랑하는 여인을 꼭 지키겠다는 듯, 나도 모르게 칼자루를 꽉 움켜잡았다. 나의 가슴은 불타올랐다. 나는 그녀의 수호기사가 된 나의 모습을 머릿속에 그렸다. 그녀에게 내가 신뢰할 만한 남자라는 것을 보여 주고 싶다는 생각이 들자, 초조한 심정으로 어서 빨리 결정적인 기회가 오기를 바랐다." pp.114) 푸가초프와 악당 시바브린의 지배 아래 고통을 받게 된 사랑하는 마샤를 구하기 위해, 어떤 위험이라도 무릅쓰고 용감하게 돌진하는 인물로, 카잔의 사문위원회에서는 사형이나 유형을 무릅쓰고 마샤를 보호하기 위해 그녀를 사건의 증인으로 불러들이지 않는 배려심 깊은 인물로 점차 성숙해 간다. 이러한 일련의 과정을 통해서 그리뇨프는 성장한다. 무기력한 개인으로서 역사 권력 앞에 매몰되지 않는 힘을 축적하는 것은 바로 이런 개인의 의식의 성장과 성숙을 기반으로 가능하다.

동시에 마샤의 성장과 성숙 과정도 그리뇨프와 동일한 궤적을 보인다.

마샤 역시, 소녀 시절에는 유약하고("마샤는 아주 겁쟁이예요. 지금도 총소리만 들리면 얼마나 부들부들 떠는지 모른다오." p.57-58) 평범한 소녀에 지나지 않았다. 하지만 나중에 그리뇨프의 눈을 통해 보여지듯이 그녀는 시간이 지날수록 "분별력과 감수성이 풍부한 아가씨"로, 성숙하며 점차 발전한다. 특히 그녀의 개성과 분별력은 시바브린을 판단하는 부분에서 증명된다.("알렉세이 이바느이치는 물론 머리도 좋고 집안도 좋은 데다 재산도 있어요. 하지만 그 사람이 결혼식 날 많은 사람들 앞에서 저에게 입을 맞출 거라고 생각하면…… 아, 절대 안 돼요! 아무리 조건이 좋다 해도 저는 싫어요!" pp.74) 그녀는 시바브린이 좋은 결혼 조건을 갖고 있고, 그녀의 처지는 미천하지만, 자신에 대한 자부심과 긍지를 져버리지 않는다. 그러한 성품의 고결함은 사벨리치의 말을 통해서도 증명된다.("마리야 이바노브나 같은 착한 아가씨를 놓치는 것은 잘못이지요. …… 저는 천사 같은 아가씨를 모시고 …… 이렇게 좋은 아가씨라면 지참금은 필요 없을 거라고 말입니다" p.208) 또한 그녀는 아무리 사랑한다 해도 그리뇨프의 부모님의 축복 없이는 결혼하지 않겠다고 선언함으로써 여성으로서의 고결함과 도덕성을 성취해 간다. 그것이 "누구라도 그녀의 본모습을 알게 된다면 사랑하지 않을 수 없게" 만들며, "단순한 풋사랑이 아니라고" "어머니도 사랑하는 아들 페트루샤가 귀여운 대위의 딸과 결혼하기를 간절히 바라게" 하는 덕성의 성취이다.

나아가 마샤가 점차 획득해 가는 개성과 독립성, 그리고 자신의 운명을 적극적으로 개척해 나가려는 진취적 성품이 가족의 미래의 운명을 구하기 위해서 페테르부르크로 여왕을 만나러 가는 중요한 역사적 순간을 가능하게 한다.

두 주인공의 운명은 역사 앞에서 스스로 성숙과 성장의 과정을 겪고 얻어낸 진정한 승리이며, 그들의 진지한 사유 능력과 자립성의 획득이 역사와 제도에 종속된 인간이 아닌, 당당하게 역사에 참여하는 인간으로 변화될 수 있게 한다.

그러나 푸시킨에게 역사적 주체는 개별적이고 독립적인 개개인이 아니라, 개인들의 총합을 의미한다. 푸시킨은 역사를 특정 시대나 사건이 아니라, 시간의 연속을 통해 지속적으로 존재하는 흐름으로 인식하고, 독립된 개인이나 단절된 개인은 역사의 흐름에서 낙오될 수밖에 없으며, 그들을 묶어주고 연결시켜 주는 '집'이나 '고향', '둥지' 혹은 '울타리'를 토대로 연결될 때에만 역사의 흐름에 동참하게 된다고 본다. 그래서 '집'이나 '가정'

이라는 물리적 정신적 공간은 인간 개개인의 자아의 성소이며, 한 개인으로서 사랑을 구현하고 노동하며 역사와 만나는 장소이자, 역사와 개인을 만나게 하는 연결고리로 형상화된다.

『대위의 딸』에서 푸시킨이 '가정'과 '집'의 이미지를 중요한 소설의 모티브로 설정하는 것은 그런 사실과 무관치 않다. 그리뇨프와 마샤의 사랑이 궁극적으로 결혼을 향해 달려가고 있는 것은 두 사람의 결혼이 '집' 혹은 '가정'을 담보하며, 이 '집'을 통해 두 사람의 운명이 역사의 흐름에 동참할 수 있기 때문이다.

문학자이자 기호학자인 로트만(1922~1993)은 푸시킨의 '집'이나 '가정', 혹은 '가문'이 사람과 사람을 연결시키는 직접적인 연결체이고, 계층이나 신분을 떠나 한 민족의 문화와 사유를 간직한 기본 요소로서 할아버지, 아버지, 아들, 손자 등으로 계속 이어지는 끈, 그리고 '집'이라는 일정한 공간을 기본으로 살아가고, 성장하며, 죽고, 죽은 후에는 같은 묘지에 묻혀 마지막 평안을 찾는 사람들의 연결이라고 본다.

이러한 역사적 관념은 고향에 대한 작가의 사랑과 조상들의 묘지에 대한 애착을 묘사한, 1830년에 쓴 시에서도 명료하게 드러난다.

"두 가지 감정은 원시적으로 우리에게 가깝다. / 그 안에서 심장은 영양을 공급 받는데, 그것은 / 고향을 향한 사랑이요, / 조상의 무덤을 향한 사랑이네."

『대위의 딸』에서도 집과 가정은 개인들의 삶의 요람이자, 개인들의 가치를 실현시켜주는 역사적 연결고리 역할을 한다.

먼저, 마샤가 성장한 가정의 이미지는 이 소설의 중심 배경으로, 요새의 사령관 관사라고는 하지만, 일반 러시아 민중의 평범한 가정과 다를 것이 없는 소박하고 전통적인 가정이다. 그 가정을 이루고 있는 가족들이 역사의 연결고리의 역할을 하고 있다. 마샤의 아버지인 미로노프 사령관은 당시 러시아 역사에서 일어났던 많은 전쟁에 참여하여 전공을 세운 전형적인 군인이자, 국가에 대한 충성심을 간직한 인물이다. 그의 충성심은 훗날 마샤가 예카테리나의 여제의 비호를 받을 수 있는 담보가 된다. '집'이란 이렇게 그 구성원들의 정신적 연결을 통해 하나의 운명체로 묶어주는 공간이다. 그들 가족 간의 사랑과 믿음과 신뢰는 푸시킨이 추구하는 가정의 이상향으로서 그 가정에서 자라난 마샤의 미래와 마샤가 이룰 가정의 기반이 된다. 또한 부부간의 사랑은 미래의 마샤에게 실현될 행복의 근거가 된다.("혹시 좋은 청년을 만나게 되면 하느님께서 너희에게 사랑과 지혜를 허락하시기를 기도한다. 너희들도 우리처럼 행복하게 살기를 바란다." p.117) 이렇게 '집'은 구성원들의 정신적 전통을 만들고 유전시킴으로써 역사의 흐름에 동참할 수 있게 한다.

특히 마샤의 어머니가 갖는 긍정적 여성성은 자신을 사령관 부인으로, 단순한 아내의 역할로 축소하지 않고, 용감하고 가정의 절대적 권한을 행사하며 능동적으로 주변 세계를 이끌어 가게 만든다.("바실리사 예고로브나는 군대 일을 마치 집안일처럼 생각하고 요새 전체를 자기 집처럼 관리했다. p.60) 그리고 남편에게 보여주는 지조와 신뢰는 러시아 여성의 높은 도덕성의 구현으로 나타난다.("살아도 같이 살고 죽어도 같이 죽어야죠." p.109) 그녀의 이미지는 푸시킨이 러시아 여성에게 기대한 적극적이고 능동적이며 자신의 운명을 개척하는 여성성의 특징을 모두 간직하고 있다. 이러한 여성의 형상은 『예브게니 오네긴』의 타티아나의 형상에서 구체적으로 드러나며, 이후 러시아 문학에 나타나는 전형적인 구원의 형상으로서의 여성성의 단초를 보여준다. 마샤 역시 '가정'이라는 역사적 연결고리를 통해 어머니에게서 그런 특성을 고스란히 물려받았고, 그것은 나중에 마샤가 '역사 권력'을 극복하고 자신을 독립적이고 능동적인 삶을 살아가는 '개인'으로 자립할 수 있게 해준다.

그리뇨프의 가정 역시 간략하게 묘사되긴 하지만, 그리뇨프를 규정짓는 특질을 형성시킨 역사적 연결고리로서의 역할을 보여준다. 아버지 그리뇨프는 러시아를 지키기 위한 전쟁에서 용감하게 싸운 퇴역 군인으로, 국가의 정치적 혼란 시기에는 정의의 편에 서서 가문의 명예를 지킨 인물로서, 러시아 전통 귀족 정신을 구현한 전형적인 인물이다.(그러나 그가 퇴역하고 페테르부르크를 떠나 조용한 시골 영지에서 가난한 귀족의 딸과 결혼해 살고 있다는 설정은 푸시킨의 주인공들이 수도의 떠들썩하고 화려하고 권력 지향적인 귀족이 아니라, 민중과 동화되어 가는 과정을 암시해 준다.) 자식에게 엄격하고 불의에 단호하며, 정의의 편에 서며, 국가에 대한 의무감을 신조로 삼으며, 자긍심과 자부심을 간직한 인물의 특성은 주인공 그리뇨프가 성장할 미래의 모습과 자연스럽게 오버랩된다. 그리뇨프는 전투에 임할 때는 군인의 명예를 지키며, 자신의 사랑하는 여인을 보호하고 수호해야 할 때는 위험을 감수하며 귀족의 자제로서의 명예와 정신을 보여줌으로써, 아버지에게서 아들로 이어지는 정신 문화의 역사적 고리를 만들어 낸다. 특히 마샤를 배우자로 선택하는 과정에서, 그리뇨프 부자는 진정으로 가치 있는 것이 무엇인지를 인식할 수 있는 능력을 공유하고 있다.("아버지는 조국을 위해 목숨을 바친 공적을 쌓은 군인의 딸을 기쁘게 맞이할 것이며, 또 그것을 당연한 의무로 여기실 것이 분명했기 때문이다." p.197)

한편 그리뇨프가 선량한 젊은이로서 인도주의적인 영혼을 가지고 있다면, 그것은 상냥하고 선량하며 자식에 대한 깊은 사랑과 가정을 지혜롭게 잘 꾸려가는 능력을 갖춘 그의 어머니로부터 물려받은 것이다.

이렇게 개인들이 갖는 정신적 문화적 특질들은 가정과 집을 통해서 이어져 내려온 것이며, 또 후손들에게 전해지고 발전해 나간다. 그것을 푸시킨은 진정한 역사적 연결고리로 보고 있으며, 오직 이것을 통해서 개개인의 운명을 역사 권력으로부터 지켜내고 독립적으로 자아를 실현하며 살아가게 하는 근본 토대라고 본다.

그러므로 『대위의 딸』의 주인공들이 궁극적으로 향하는 곳이 '집'과 '가정'이라는 성소이며, 성소를 찾아가는 과정이 곧 자기 삶의 실현이며 완성의 과정이다. 사랑을 통해 온갖 어려움을 극복하고 결혼하여 가정을 꾸린다는 테마는 전통적인 로맨스 소설과 유사해 보이지만, 이 작품이 갖는 다른 특성은 결혼을 방해하는 장애물이 푸가초프나 예카테리나라는 역사 권력의 상징들이라는 점이다. 푸시킨은 러시아 역사에서 가장 유명한 한 장면, 예카테리나 여제로 대표되는 국가 권력과 그 대척점에서 민중 봉기를 통해 민중의 황제로 또 다른 권력이 된 푸가초프가 첨예하게 대립하던 시기를 작품의 배경으로 선택했다. 그럼으로써 양 극단의 역사 권력과(푸가초프와 예카테리나는 표면상으로는 서로 대립하는 위치에 놓여 있지만, 내적으로는 개인에게 위력을 가하는 역사 권력의 상징이라는 점에서는 동일체이다. 실제로 푸가초프가 참칭한 표트르 3세는 바로 예카테리나의 살해된 남편이다.) 개인의 갈등을 첨예하게 대치시키고 있다. 그러나 여기서 역사 권력은 국가적 역사적 중대한 사건임에도 의도적으로 단순한 에피소드로 격하된다.("오렌부르크의 포위에 대해서는 여기서 자세히 설명하지 않겠다. 그것은 역사에 속하는 것으로 개인의 가족

문제에 대한 기록과는 다르기 때문이다." p.158) 그들의 결혼을 막는 방해물인 푸가초프나 예카테리나 여제는 소설의 두 주인공의 성숙함과 용기로 극복되며, 이후 한 가문에 있었던 단순한 일화의 주인공으로 축소된다.("여기서 표트르 안드레이치 그리뇨프의 수기는 끝난다. 집안에 내려오는 이야기에 따르면…… p.233)

이렇게 푸시킨의 '집'은 한 세대에만 머물지 않는다. '집'이나 '가정'은 연속되는 역사의 연결고리이다. 그 속에 참여하는 구성원들은 시간에 따라 달라지지만, 세대를 이어서 그 구성원들의 정신과 의미는 사라지지 않는다. 그것이 진정한 역사이고 개인이 역사 권력을 극복하고 진정한 화해로 다가가는 지점이다.

『대위의 딸』에서 궁극적으로 푸시킨이 보여주고자 했던 것은 역사 권력이 만들어 내는 역사적 격동과 미약한 개인들의 비극적 충돌을 어떻게 극복하고 화해할 것인가 하는 문제였다. 그것을 해결하고 극복해 나가는 과정이 역사의 진보라고 본다. 진보는 역사의 인간화, 강제와 권력의 난폭한 물질주의에 대한 문화적 정신적 근원의 승리를 의미한다. 그것을 가능하게 하는 것이 인도주의라고 푸시킨은 본다.

『대위의 딸』에서 주인공들이 갈등을 풀어내는 열쇠는 거창한 사상이나 이론이나 역사적 위대한 사건이 아닌, 인간 본성의 선한 의지이자 인도주의 정신의 작은 실천인 '토끼가죽 외투'이다.

그리뇨프가 눈보라 속에서 길을 잃었을 때 길을 안내해 준, 당시에는 정체가 알려지지 않았던 푸가초프에게 보답으로 건네 준 토끼가죽 외투가 이후 그리뇨프의 운명을 결정짓는 중요한 요소인 것이다.("방랑자에게 선물한 작은 가죽 외투 하나가 교수대의 올가미에서 나를 구했고……" p.131, "그때 그대가 베푼 한 잔의 술과 토끼가죽 외투를 기억하고 있기 때문일세." p.181) 푸시킨은 인간의 운명은 거창한 위업이나 위대한 투쟁, 대단한 권력을 통해서 좌지우지 되는 것이 아니라, 가장 사소한 인간의 선의, 선량한 영혼으로 결정된다고 믿고 있다. 그래서 작품 속에 나오는 토끼가죽 외투는 모든 개인들의 운명과 이후의 역사를 풀어내는 열쇠의 역할을 하고 있다.

다른 측면에서 마샤가 예카테리나와 화해하는 계기는 마샤의 아버지 미로노프 대위의 애국심과 충정이며, 가엾은 고아에 대한 동정심이라는 가장 보편적인 인간 감정에 기인하고 있다. 작가는 우리를 구원하는 것은 이렇게 인간의 본성 속에 존재하는 사소하고 가장 근본적인 선의에 있다고 말한다.

푸시킨은 그래서 인도주의 정신을 역사 진보의 척도로 내세운다. 모든 역사의 움직임이 가치를 갖는 것은 아니다. 작가는 인간성, 인도주의, 도덕심에 기반한 것만을 받아들인다. 어떤 가치도 그 속에 인간적 따뜻함이 없다면 무의미한 것이다.

그것이 한 가정의 전통을 만들고 러시아 민중 역사의 문화를 구성하는 최고의 가치로 부각된다. 그리뇨프의 부모님의 결혼 허락 역시 인간적 온기, 휴머니즘에 기반하고 있다.("우리 부모님은 옛날 사람 특유의 인정을 지닌 분들이어서 마리야 이바노브나를 따뜻하게 맞아들였다. 부모님은 가엾은 고아 처녀를 받아들여 돌보아 줄 기회를 갖게 된 것을 하느님의 은혜라고 생각하셨다. 그 후 오래지 않아, 부모님은 진심으로 그녀를 사랑하게 되었다." p.222)

그리뇨프가 독자를 향해 당시의 고문에 대해 절규하는 장면은 아무리 좋은 의지나 최선의 비책도 인도주의적 정신을 배제한다면 그것은 무가치하고 그저 폭력에 불과하다는 푸시킨의 믿음을 드러낸다.("오늘날에도 이런 야만적인 관습의 폐지를 유감스럽게 생각하는 늙은 법관들이 있다는 이야기를 듣곤 한다." p.104, "가장 확고한 최선의 개혁은 온갖 강제된 변혁을 통해서가 아니라 자연스러운 풍속의 개선에서 온다는 사실을." pp.106) 그런 측면에서 심각한 폭력을 동반한 표트르 대제의 개혁 정책도 바람직하지 않으며, 푸가초프가 선의에 대해 감사할 줄 알고 위험한 순간에 도움을 주었으며 선한 사람들에게는 아량도 베푸는 인물이지만, 그의 폭동이 수많은 사람의 희생을 불러오고 러시아의 대지를 파괴했다는 점에서 용서할 수 없는 강도이자 폭도인 것이다. 마찬가지로 푸가초프의 반대편에 서 있는 예카테리나 여제 역시 가련한 고아인 마샤의 보호자가 되어주고 그리뇨프를 너그러이 용서하는 존재이지만, 국가를 전복하려 했던 폭도들과 변절자들에게 무서운 형벌을 내린 공포의 대상이라는 점에서는 푸가초프와 마찬가지인 것이다. 이것이 푸시킨이 생각하는 인도주의 사상이다. 따뜻함이 담겨지지 않은 모든 사상과 가치는 모두 무의미한 것이고, 아무리 가치 있는 행동이라도 폭력과 강제성을 갖는다면, 역시 무의미한 것이다. 푸시킨이 데카브리스트 운동에 절대적인 영향을 준 자유시들을 수없이 쓰면서도 실제로 혁명 운동에 참여하지 않았던 사실에 그런 이유가 숨어 있는지도 모른다. 그의 인도주의는 선량함, 선한 의지, 도덕성, 비폭력을 통해서 가능한 것이다.

긴 이야기였지만, 한마디로 푸시킨은 말한다.
선한 감정으로 모든 각자의 불의를 극복하라고.

책이 나오기까지 시간과 노력으로 애써 준 새움출판사 편집부 손성원님과 김화영님, 출판을 선뜻 허락해 주신 이대식 대표님께 마지막으로 감사드리고 싶다.

생략된 장*

우리들은 볼가강 기슭으로 접근하고 있었다. 우리 연대는 ○○마을에 들어섰고, 그곳에서 야영을 하기로 했다. 촌장의 보고에 따르면, 다른 마을에서는 모두 푸가초프 일당이 폭동을 일으켜 여기저기 설치며 돌아다닌다고 했다. 이 같은 사실을 듣고 나는 몹시 마음이 심란했다. 우리는 다음 날 강을 건너기로 했다. 나는 몹시 초조했다. 아버지의 영지가 있는 마을이 바로 강 건너 삼십 베르스타 떨어진 곳에 있었던 것이다. 나는 나룻배로 강을 건너 줄 사공을 찾았다. 이 지역의 농부들은 대부분 고기잡이도 같이 하고 있어서 작은 배는 얼마든지 구할 수 있었다. 나는 그리뇨프에게 내 계획을 이야기했다. "조심해야 하네." 그가 나에게 말했다. "혼자 가는 것은 위험해. 아침까지 기다리게. 첫배로 강을 건너기로 하고, 만일의 경우를 대비해서 경기병 오십여 명을 부모님 댁으로 데리고 가세."

* 『대위의 딸』 최종본에는 포함되어 있지 않고, 푸시킨이 손수 쓴 원고에만 남아 있다. 여기서는 경기병대 소령 주린이 그리뇨프로, 주인공 그리뇨프가 블라닌으로 표기되어 있다.

그러나 나는 계속 고집을 피웠다. 나룻배를 준비시켰다. 나는 두 사람의 뱃사공과 함께 배에 올랐다. 그들이 닻줄을 걷어 올리고 노를 젓기 시작했다.

하늘은 한없이 맑고 달은 청명하게 빛나고 있었다. 날씨도 포근했다. 볼가강의 물결도 잔잔하고 고요히 흐르고 있었다. 배는 가볍게 흔들리며 어두운 강물 위를 빠르게 미끄러져 나갔다. 나는 이런저런 상념에 잠겼다. 삼십여 분이 지났다. 우리가 강 가운데에 이르렀을 때였다. 갑자기 사공들이 수군거리기 시작했다. "왜들 그러나?" 나는 서둘러 정신을 차리고 물었다. "도무지 저게 뭔지 모르겠습니다." 사공들이 한쪽을 가리키며 대답했다. 나도 그쪽으로 눈을 돌렸다. 어둠 속에서 볼가강을 따라 아래쪽으로 무엇인가 떠내려오고 있었다. 알 수 없는 어떤 물체가 점차 가까이 다가왔다. 나는 사공들에게 배를 멈추고 그것이 가까이 올 때까지 기다리라고 명했다. 달이 구름 속으로 숨어 버렸다. 둥둥 떠내려오던 물체가 희미해졌다. 그 물체가 아주 가까이 왔을 때까지 도무지 그것이 무엇인지 짐작할 수가 없었다. "저게 뭘까?" 사공들이 수군댔다. "돛인 것 같기도 하고 아닌 것 같기도 하고, 돛대인 것 같기도 하고 아닌 것 같기도 하고……." 그때 불현듯 달이 구름 속에서 모습을 드러내자, 무시무시한 광경이 드러났다. 우리를 향해 떠내려 온 것은 뗏목 위에 단단히 고정된 교수대였다. 교수대에는 세 구의 시체가 매달려 있었다. 병적인 호기심이 나를 사로잡았다. 나는 들보에 매달린 사람들의 얼굴을 확인하고 싶었다.

내 지시에 따라 사공들이 갈고리를 뗏목에 걸어 끌어당기자, 우리 배가 둥둥 떠 있던 교수대에 부딪혔다. 나는 뗏목으로 건너가 무시무시한 교수대 기둥 사이에 섰다. 밝은 달빛이 변을 당한 이들의 흉측한 얼굴을 비추고 있었다. 그중 한 사람은 늙은 추바시인[56]이었고, 다른 한 사람은 몸집이 아주 단단한 스무 살가량의 젊은 러시아 농부였다. 마지막으로 세 번째 사람을 보았을 때 나는 경악을 금할 수 없었다. 그는 바니카였다. 가엾은 바니카는 멍청한 탓에 푸가초프 일당에 가담했던 것이다. 그들의 머리 위에 박혀 있는 검은 판자에는 하얀 글자로 '도적과 폭도'라고 씌어 있었다. 사공들은 눈 하나 깜짝 않고 그 광경을 바라보며 갈고리를 뗏목에 건 채 나를 기다리고 있었다. 나는 다시 나룻배로 옮겨 탔다. 그러자 뗏목은 다시 강 아래로 떠내려갔다. 교수대는 한동안 어둠 속에서 거무스름하게 보였다. 이윽고 교수대가 눈에서 사라졌을 때, 우리 배는 높고 가파른 강변에 닿았다…….

나는 사공들에게 뱃삯을 넉넉하게 지불했다. 그중 한 사람이 나를 나루터 근처에 있는 마을 촌장 집으로 안내해 주었다. 나는 그와 함께 농가 안으로 들어갔다. 촌장은 내가 말을 구한다는 이야기를 듣고 처음에는 무뚝뚝한 태도를 보였지만, 나를 인도한 사공이 그의 귀에 대고 몇 마디 소곤대자 무례한 태도를 갑자기 바꾸어 나의 요구를 들어주었다. 순식간에 포장마차가 준비되었다. 나는 마차에 올라 나의 고향 마을로 가자고 명령했다.

우리는 잠들어 있는 마을을 지나 대로를 달렸다. 한 가지 걱정이 있었다면, 길을 가는 도중에 혹시나 검문을 당하지는 않을까 하는 것이었다. 폭도들이 곳곳에 아직 잔존해 있었고, 정부군은 정부군대로 강력한 반격을 하고 있는 것을 그날 밤 볼가강에서 목격했기 때문이다. 나는 만일의 경우에 대비해 푸가초프가 준 통행 허가서를 주머니에 넣고, 한편으로는 그리뇨프 소령이 준 명령서도 꼭 간직하고 있었다. 그러나 밤새워 길을 가는 도중에 아무도 마주치지 않았고, 날이 샐 무렵에는 드디어 고향 마을 앞을 흐르는 개울물과 전나무 숲이 멀리 눈에 들어왔다. 마부가 채찍을 휘둘렀다. 그리하여 십오 분여가 지난 후, 드디어 ○○마을로 들어서게 되었다.

지주의 저택은 마을의 한쪽 끝에 자리하고 있었다. 말은 전속력으로 달려갔다. 갑자기 길 한가운데서 마부가 말고삐를 당기기 시작했다. "무슨 일인가?" 내가 초조해하며 물었다. "검문소입니다, 나리." 마부가 날뛰는 말을 간신히 멈춰 세우며 대답했다. 실제로 그곳에는 통나무로 길을 막아 놓고 기다란 장대를 손에 든 보초가 서 있었다. 보초를 서던 농부가 나에게 다가

오더니 모자를 벗으며, 신분증을 보여 달라고 말했다. "왜 이러고 있지?" 내가 그에게 물었다. "왜 이곳을 막아 두었어? 누구를 지키는 것이냐?" "예, 실은 우리가 폭동을 일으켰습니다." 그가 머리를 긁적이며 대답했다.

"그럼, 자네 주인은 어디 계신가?" 나는 가슴이 철렁해서 물었다.

"우리 주인님이 어디 계시냐고요?" 사내가 되물었다. "우리 주인님은 곡물 창고에 들어가 계시지요."

"아니, 곡물 창고에는 왜?"

"새로 마을 서기가 된 안드류하*가 그곳에 가둬 두었습니다. 그뿐만 아니라 발에 차꼬까지 채우고 폐하께 데려간다고 하더군요."

"세상에 이럴 수가! 저리 비켜, 이 멍청한 놈아. 왜 그렇게 우물쭈물하고 있는 거야?"

보초가 안절부절못했다. 나는 마차에서 뛰어내려 그의 따귀를 한방 갈기고는(미안하긴 하지만) 막아 놓은 통나무를 직접 치웠다. 그 사내는 어리둥절해서 나를 멍하니 쳐다보고 있었다. 나는 다시 마차에 올라타고 지주 어른 댁으로 마차를 달리라고 명령했다. 곡물 창고는 뜰 안에 있었다. 닫힌 창고 문 앞에도

* '안드류시카', '안드류하' 모두 '안드레이'의 애칭이다.

두 사내가 장대를 들고 서 있었다. 마차가 그들의 바로 앞에 멈췄다. 나는 쏜살같이 마차에서 뛰어내려 그들에게 달려들었다. "어서 문을 열어!" 내가 그들을 향해 소리쳤다. 나의 호통에 겁이 났는지 두 사내는 장대를 내던지고 도망쳐 버렸다. 나는 자물쇠를 쳐내고 문짝을 부숴 보려고 했다. 그러나 문은 튼튼한 참나무로 만들어져 있어 끄덕도 하지 않았고, 자물쇠도 부서지지 않았다. 이때 머슴이 살던 행랑채에서 몸집이 좋은 젊은 사내가 나오더니 아주 거만한 태도로 왜 이리 소란스러우냐고 나에게 물었다. "마을 서기 안드류시카란 놈은 어디 있나?" 내가 그에게 소리쳤다. "당장 그놈을 이리 불러와."

"내가 바로 안드레이 아파나시예비치이오만, 이제는 안드류시카로 부르면 좀 곤란하지." 그가 거만하게 허리에 손을 대고 말했다. "그런데 왜 나를 찾지?"

대답 대신 나는 그의 목덜미를 잡아끌며 창고로 데려가 문을 열라고 명령했다. 이 서기란 놈은 처음에는 내 명령을 거부했지만, '지주식'의 주먹다짐이 그에게도 효과가 있었다. 그가 열쇠를 꺼내 창고 문을 열었다. 나는 문턱을 넘어 곧바로 창고 안으로 들어갔다. 나는 한쪽 구석에 있는 아버지와 어머니를 발견했다. 그들은 조그맣게 뚫린 지붕 구멍으로 흘러드는 빛에 어슴푸레하게 보였다. 모두 손이 묶이고, 발에는 차꼬까지 채워져 있었다. 나는 달려가 어머니와 아버지를 끌어안았다. 차마

입이 떨어지지 않았다. 양친은 깜짝 놀라 나를 바라볼 뿐 멍하니 있었다. 그도 그럴 것이 삼 년 동안의 군대 생활을 통해 부모님조차 알아보지 못할 정도로 나는 변해 있었던 것이다. 어머니가 놀라서 눈물을 터트렸다.

이때 귀에 익은 다정한 목소리가 들렸다. "표트르 안드레이치! 당신이군요!" 나는 놀라 몸이 굳어졌다……. 눈을 들어 다른 쪽 구석을 보니, 그곳에 마리야 이바노브나가 손발이 묶인 채 앉아 있었다.

아버지는 믿기지 않는다는 듯 아무 말도 못하고 나를 쳐다보았다. 그의 얼굴에 점차 기쁨의 빛이 나타났다. 나는 서둘러 단도를 꺼내 손발의 끈을 잘랐다.

"우리 페트루샤가 아니냐! 그동안 잘 있었느냐." 아버지가 나를 끌어안으며 말했다. "다행히 살아서 너를 만나게 되다니……."

"우리 페트루샤구나!" 어머니가 말했다. "하느님이 너를 보내 주셨구나! 그래, 몸은 건강하니?"

나는 얼른 세 사람을 밖으로 데리고 나가려고 문 쪽으로 다가갔다. 그러나 문은 굳게 잠겨 있었다. "안드류시카," 내가 소리쳤다. "어서 문을 열어!" "그렇게는 안 될걸." 문밖에서 서기가 대답했다. "너도 거기 들어가 있어. 공연히 날뛰거나 폐하의 신하들의 목덜미를 끌고 다니다가는 어떻게 되는지 가르쳐 주마!"

나는 빠져나갈 방법을 찾아보려고 창고의 이곳저곳을 살펴보기 시작했다.

"그렇게 애쓸 것 없다." 아버지가 말했다. "나는 도둑놈처럼 구멍으로 자기 창고를 들락날락하는 그런 주인이 아니다."

나의 출현에 대한 기쁨도 잠시, 이제는 나까지 집안 식구들과 함께 변을 당하게 되었다며 어머니는 몹시 애통해했다. 그러나 나는 부모님과 마리야 이바노브나를 만나자, 침착성을 되찾았다. 나는 군도와 권총 두 자루를 갖고 있었다. 얼마 동안은 포위 상태를 견딜 수 있을 것 같았다. 저녁이 되면 그리뇨프가 와서 우리를 구출해 주리라는 것을 알고 있었다. 이러한 나의 생각을 부모님께 말씀드리며 나는 어머니를 안심시켰다. 그들은 재회의 기쁨에 한껏 들떠 있었다.

"그런데, 표트르!" 아버지가 말했다. "그동안 네가 못된 짓을 많이 해서 나도 아주 화가 났었다. 그러나 이제 더 이상 지난 일을 이야기할 필요는 없을 것 같구나. 이제는 너도 정신을 차리고 성실한 인간이 될 것으로 기대한다. 네가 명예로운 장교로서 훌륭하게 근무했다는 것도 알고 있단다. 정말 고맙구나. 너는 이 늙은이에게 커다란 위안을 주었다. 만일, 네가 우리를 구출해 준다면 내 여생은 몇 배나 즐거울 게다."

나는 눈물을 흘리며 아버지의 손에 입을 맞추고 마리야 이바노브나를 바라보았다. 그녀는 나와 함께 있는 것을 아주 기뻐하며 행복해했고 마음의 안정을 찾은 듯했다.

정오가 되었을 때, 밖에서 소란한 소음과 고함 소리가 들렸다. "무슨 일이지?" 아버지가 말했다. "네가 말하던 소령이 온 게냐?" "그럴 리가 없어요." 내가 대답했다. "그는 저녁때가 되기 전에는 올 수 없을 겁니다." 밖은 더욱 소란해졌다. 경종도 울렸다. 말을 탄 사람들이 뜰로 들어왔다. 그때 벽의 틈새로 사벨리치의 흰머리가 보였다. 가엾은 늙은이가 비통한 목소리로 말했다. "안드레이 페트로비치, 아브도치야 바실리예브나, 표트르 안드레이치 도련님, 마리야 이바노브나 아가씨! 큰일났습니다요. 악당들이 마을로 들어왔어요! 표트르 안드레이치! 그런데 그놈들을 누가 데리고 왔는지 아십니까? 바로 시바브린이에요. 그 알렉세이 이바느이치 말입니다. 귀신은 왜 그놈을 안 데려가는지!" 마리야 이바노브나는 저주스러운 이름을 듣자 두 손을 마주 잡고 꼼짝도 못하고 굳어졌다.

"이보게." 내가 사벨리치에게 말했다. "누구든 말을 태워 빨리 ○나루터로 보내게. 기병대를 빨리 데려오란 말이야. 우리가 위급하다는 사실을 빨리 알려야 해."

"하지만 도련님, 누구를 보낸단 말입니까? 청년들은 모두 폭동에 가담했고 말이란 말은 모두 빼앗겼는데요. 어어, 놈들이 벌써 뜰 안으로 들어오고 있어요. 창고 쪽으로 옵니다요!"

이때 문밖에서 몇 사람의 목소리가 들렸다. 나는 어머니와 마리야 이바노브나에게 구석에 가 있으라고 손짓을 하고는 군도를 빼 들고 문 옆에 붙어 섰다. 아버지도 공이치기를 올리고 양손에 권총을 한 자루씩 잡고 내 옆에 섰다. 자물쇠 소리가 나는가 싶더니 이윽고 문이 열리고 서기의 머리가 나타났다. 내가 칼을 내리쳤다. 그는 문턱을 가로질러 나자빠졌다. 이때 아버지가 문밖으로 권총을 쏘아댔다. 우리를 포위하고 있던 무리들이 욕지거리를 퍼부으며 흩어져 달아났다. 나는 부상자를 문밖으로 밀어내고, 안으로 문을 걸어 잠갔다. 뜰 안은 갑자기 무장한 사람들로 가득했다. 그 속에 시바브린의 얼굴도 보였다.

"무서워할 것 없어요." 나는 어머니와 마리야 이바노브나에게 말했다. "아직 희망이 있어요. 그리고 아버지, 더 이상 총은 쏘지 마세요. 총알을 아껴야 되니까요."

어머니는 말없이 기도를 드렸다. 마리야 이바노브나는 천사 같은 평온한 표정으로 자신의 미래의 운명이 결정되기를 기다리며 어머니 옆에 서 있었다. 문밖에서 욕설과 악담이 들려왔다. 나는 문 옆에 서서 제일 먼저 덤벼드는 놈을 내리칠 태세로 기다리고 있었다. 갑자기 악당들이 잠잠해졌다. 시바브린이 내 이름을 부르는 소리가 들렸다.

"여기 있다. 무슨 용건이냐?"

"항복해라, 블라닌! 저항해도 소용없다. 노인네들을 생각해야지. 고집을 부려도 소용없다. 따끔한 맛을 보여주마!"

"어디 해볼 테면 해봐라, 이 대역 죄인아!"

"나는 어리석게 머리를 함부로 들이밀지 않아. 그리고 내 부하들의 목숨도 아낄 줄 알지. 창고에 불을 놓겠다. 그러면 벨로고로드 돈키호테인 네놈이 어떻게 하는지 구경하기로 하지. 하지만 지금은 점심시간이니 그동안 거기 앉아서 잘 생각해 보도록 해라. 그럼, 안녕히 계시오, 마리야 이바노브나. 당신에겐 미안한 생각이 전혀 들지 않는구려. 어두운 창고에서 기사와 함께 있으면 적적하지 않을 테니 말이오."

시바브린은 창고에 감시병을 붙여 놓고 가 버렸다. 우리는 각자 자기 생각에 빠져들었다. 사실 자신의 생각을 누구에게 말할 엄두가 나지 않았던 것이다. 나는 원한에 불타는 시바브린이 취할 수 있는 모든 행동을 생각해 보았다. 나 자신에 대해서는 전혀 염려하지 않았다. 솔직히 말하면, 부모님의 운명보다 마리야 이바노브나의 앞으로의 운명이 더 공포스러웠다. 어머니는 농부들이나 하인들에게 존경을 받고 있으며, 아버지도 엄격하기는 했지만 공정하고 그에게 속한 마을 사람들의 어려운 형편을 잘 보살펴 주었기 때문에 존경받고 있었다. 그들의 폭동은 그릇된 판단에 의한 일시적인 것으로, 결코 그들의 분노의 표현은 아니었다. 그 때문에 아버지와 어머니는 목숨을 구할 수도 있지만, 음탕하고 파렴치한 시바브린은 마리야 이바노브나를 어떻게 할지 알 수 없었다. 나는 이러한 두려움에 견딜 수 없었다. 그녀가 다시 적의 수중에 들어가느니 차라리 눈을 감고, 오오 하느님, 용서하소서. 그녀를 내 손으로 죽이리라고 마음먹었다.

한 시간 정도가 지났다. 마을에서는 술꾼들의 노랫소리가 들려왔다. 우리를 감시하던 자들은 그들이 부러웠는지, 우리를 향해 괜스레 욕지거리를 퍼붓고, 고문을 하겠다느니, 죽여 버리겠다느니 하며 으르렁거렸다. 우리는 시바브린의 마지막 공세를 기다리고 있었다. 잠시 후 문밖이 소란해지는가 싶더니 시바브린의 목소리가 들렸다.

"이젠 결심이 섰겠지? 자진해서 내 앞에 항복하지 않겠나?"

아무도 그의 말에 대답하지 않았다. 잠시 기다리고 있던 시바브린이 짚을 가져오라고 명령했다. 몇 분이 지나자, 불길이 치솟으며 창고 안이 환해졌다. 연기가 문틈으로 새어 들기 시작했다. 그러자 마리야 이바노브나가 내 곁으로 다가와 손을 잡고 조용히 말했다.

"이젠 됐어요, 표트르 안드레이치! 저 때문에 당신과 부모님을 돌아가시게 할 수는 없어요. 저를 내보내 주세요. 시바브린도 제 말이라면 들어줄 거예요."

"그건 절대 안 되오." 불끈 화를 내며 내가 말했다. "당신을 기다리고 있는 것이 무엇인지 알기나 하오?"

"모욕을 당하고 있진 않을 거예요." 그녀가 침착하게 말했다.

"그러나 저는 제 생명의 은인인 당신과 불행한 고아를 친절하게 돌봐준 부모님을 구할 수는 있을 거예요. 안녕히 계세요, 안드레이 페트로비치, 안녕히 계세요, 아브도치야 바실리예브나, 두 분은 저에게 은인 이상인 분들이세요. 저를 축복해 주세요. 그리고 표트르 안드레이치, 부디 저를 용서하세요! 저는…… 저는……." 그리고 그녀는 울음을 터트리며 손으로 얼굴을 감쌌다……. 나는 정신이 나갈 지경이었다. 어머니도 울음을 터트렸다.

"됐다. 그런 쓸데없는 소리 말아라, 마리야 이바노브나." 아버지가 말했다. "저런 악당에게 너를 어떻게 혼자 보낸단 말이냐. 여기 조용히 앉아 있어. 죽으려면 모두 함께 죽어야지. 잘 들어 봐라, 밖에서 뭐라고 또 지껄이는구나."

"이젠 항복하겠나?" 시바브린이 소리쳤다. "불이 보이지? 오 분 후엔 모두 새까만 숯덩이가 될 거다."

"이 악당 놈아, 절대로 항복하지 않겠다!" 아버지가 확신에 찬 어조로 소리쳤다.

그의 주름진 얼굴이 놀라우리만치 생기를 띠고 있었고, 그의 두 눈은 하얀 눈썹 밑에서 번득이고 있었다. 아버지가 나를 돌아보며 말했다.

"자, 지금이다!"

아버지가 문을 열었다. 불길이 삽시간에 들어오면서 마른 이

끼로 틈새를 막아 놓은 통나무 벽을 핥고 훨훨 타올랐다. 아버지가 권총을 발사하고 문턱을 넘으며 외쳤다. "모두 내 뒤를 따라라!" 나는 어머니와 마리야 이바노브나의 손을 잡고 재빨리 문밖으로 뛰어나왔다. 창고 앞에는 시바브린이 쓰러져 있었다. 아버지의 야윈 손으로 쏜 탄환이 명중한 것이다. 우리가 불시에 공격하자 놀라 도망치던 폭도들이 다시 전세를 가다듬고 우리를 포위하기 시작했다. 나는 몇 놈을 칼로 내리쳤으나, 놈들이 던진 벽돌이 내 가슴을 명중시켰다. 나는 쓰러진 채 한동안 의식을 잃었다. 정신을 차려 보니 피로 흥건한 풀 위에 시바브린이 앉아 있었고, 그 옆에는 우리 가족들이 끌려와 있었다. 나는 양손이 묶여 있었다. 농부들과 카자크인들, 그리고 바시키르인들이 우리를 에워싸고 있었다. 시바브린의 얼굴은 무서울 정도로 창백했다. 그는 한 손으로 겨드랑이 밑에 난 상처를 움켜쥐고 있었다. 그의 얼굴은 고통과 증오로 잔뜩 일그러져 있었다. 그는 천천히 얼굴을 들어 나를 힐끔 쳐다보고는, 힘이 빠져 가까스로 말했다.

"이놈의 목을…… 그리고 저 여자만 빼고 모두…… 매달아라……."

그러자 악당들이 고함을 치며 일시에 우리들을 향해 달려들어 끌어내더니 대문 쪽으로 데려갔다. 그러다 갑자기 악당들이 우리를 내팽개치고 앞을 다투어 도망쳤다. 그리뇨프가 군도를 든 기병대를 이끌고 대문 안으로 들어서고 있었다.

폭도들은 사방으로 흩어져 도망쳤다. 기병들이 그들을 쫓아가 칼로 베기도 하고 사로잡기도 했다. 그리뇨프가 말에서 뛰어내려 아버지와 어머니에게 인사를 드린 후, 나의 손을 꽉 잡았다. "내가 때맞춰 잘 왔군." 그가 우리에게 말했다. "아, 자네 약혼녀도 여기 있었군!" 마리야 이바노브나는 귀까지 빨갛게 물들이며 얼굴을 붉혔다. 아버지가 그에게 다가가 감격한 어조로 침착하게 감사의 말을 건넸다. 어머니도 그를 구원의 천사라고 부르며 포옹했다. "자, 어서 안으로 들어오십시오." 아버지가 이렇게 말하며 그를 집 안으로 안내했다.

그리뇨프가 시바브린의 옆을 지나다 멈춰 섰다. "그런데 이자는 누구죠?" 상처를 입은 그를 보고 물었다. "이놈이 바로 반역자이자 폭도들의 두목입니다." 아버지가 늙은 군인 특유의 의기양양한 어조로 말했다. "하느님께서 가련한 이 늙은이의 손에 힘을 주셔서 젊은 악당 놈에게 벌을 주고, 아들이 흘린 피를 복수할 수 있게 해주신 겁니다."

"이자가 바로 시바브린입니다." 내가 그리뇨프에게 말했다.

"시바브린이라고! 정말 잘됐군. 이봐, 경기병! 이자를 데려가라! 군의관에게 상처를 싸매고 잘 치료받게 해. 시바브린은 카잔의 사문위원회에 반드시 출두시켜야 한다. 이놈은 우두머리에 속하는 자다. 따라서 이자의 진술은 아주 중요해."

시바브린이 멍한 채로 눈을 떴다. 그의 얼굴에는 상처로 인한 고통스러운 표정 외에는 아무 표정도 없었다. 경기병들이 들것에 실어 그를 데려갔다.

우리는 방으로 들어갔다. 나는 유년 시절을 회상하며 설레는 마음으로 집 안을 둘러보았다. 집 안은 전혀 달라진 것이 없었다. 모든 것이 예전 그대로였다. 시바브린은 타락하긴 했지만 치사스러운 탐욕에 대해서는 단호해서, 가재도구의 약탈을 허락하지 않았던 모양이었다. 하인들이 문간방에서 나왔다. 그들은 폭동에 가담하지 않았기 때문에 우리가 구출된 것을 진심으로 기뻐했다. 사벨리치는 우쭐했다. 거기에는 그럴 만한 이유가 있었다. 폭도들의 습격으로 한참 소란스러울 때, 마구간으로 달려가 그곳에 묶여 있던 시바브린의 말에 안장을 얹고, 몰래 끌어내 혼란한 틈을 타서 나루터로 달려갔던 것이다. 그는 이미 볼가강을 건너와 휴식하고 있던 연대를 발견했다. 그리뇨프는 그에게 우리의 위급한 상황을 전해 듣고, 즉각 기마를 명하고 진격 명령을 내렸기 때문에 제때에 달려올 수 있었던 것이다.

경기병들이 계속 폭도들을 추격하여 포로로 몇 놈을 더 붙잡아 왔다. 포로들은 우리가 감금당한 채, 끝까지 견뎌냈던 바로 그 창고에 갇혔다.

그리뇨프는 마을 서기의 목을 선술집 옆에 있는 장대에 몇 시간 걸어 놓으라고 명령했다.

우리는 각자 자기 방으로 들어갔다. 노인들에게 휴식이 필요했기 때문이다. 간밤에 한숨도 못 잔 나는 침대에 눕자마자 잠이 들었다. 그리뇨프는 부하들에게 할 일을 지시하기 위해 나갔다.

우리는 저녁때 응접실에 다시 모여 지나간 일에 대해서 유쾌하게 이야기를 나누었다. 마리야 이바노브나가 차를 따랐다. 나는 그녀의 옆에 앉아 넋을 잃고 그녀를 바라보았다. 부모님은 우리의 그런 모습을 흐뭇하게 바라보고 있었다. 그날 밤의 기억은 아직도 내 머릿속에 생생하게 남아 있다. 그날 밤 나는 너무나 행복했다. 가련한 인간의 삶에 있어서 그토록 행복한 날이 몇 날이나 될까?

다음 날 농부들이 아버지에게 용서를 구하기 위해 뜰 앞에 모여 있다는 이야기를 들었다. 아버지는 현관으로 나갔다. 그가 나타나자 농부들이 무릎을 꿇고 머리를 숙였다.

"이런 아둔한 사람들 같으니, 대체 무슨 짓을 한 게냐?" 아버지가 말했다. "뭣 때문에 폭동을 일으켰단 말이냐?"

"주인 나으리, 저희들이 잘못했습니다." 그들이 입을 모아 대답했다.

"그렇지, 잘못한 것은 사실이지. 그렇게 날뛰어 봐야 별로 득될 일도 없지 않은가? 하느님께서 내 아들 표트르 안드레이치를 만나게 해주신 기쁨으로 너희들을 용서하겠다." "죄송합니다, 저희들이 죽을죄를 지었습니다." "어쨌든 좋네. 뉘우친 목에는 칼도 안 들어간다고 하지 않던가. 요즈음 날씨가 좋아 건초 베기 좋은 때인데, 너희들은 바보처럼 사흘 동안이나 뭘 하고 있었단 말인가? 촌장! 한 사람도 빠짐없이 모두 풀베기에 내보내게. 그리고 정신 단단히 차려서 성聖 일리야 축일[57]까지는 건초를 모두 쌓아 올리도록 하게. 이젠, 돌아들 가게."

농부들이 절을 하고는 아무 일도 없었다는 듯이 모두 일터로 나갔다.

시바브린의 상처는 그다지 치명적이지 않았다. 그는 카잔으로 호송되었다. 나는 창문으로 그가 마차에 올라타는 것을 보았다. 우리와 시선이 마주치자 그는 얼굴을 숙였고, 나 역시 흠칫 놀라며 창에서 재빨리 물러났다. 적의 불행과 굴욕 앞에 의기양양한 모습을 보이고 싶지 않았기 때문이다.

그리뇨프는 행군을 계속해야 했다. 나는 가족들과 함께 며칠 머무르고 싶었지만, 결국 주린과 함께 떠나기로 했다. 떠나기 전날 밤, 나는 부모님께 가서 당시의 관습대로 그들의 발밑에 엎드려 마리야 이바노브나와의 결혼을 축복해 달라고 빌었다. 양친은 나를 일으켜 안고 기쁨의 눈물을 흘리며 기꺼이 허락했다. 나는 새파랗게 질려 몸을 떨고 있는 마리야 이바노브나를 양친에게 데리고 갔다. 부모님은 우리를 축복했다……. 그날 내가 어떤 감정이었는지에 대해서는 여기에 자세히 쓰지 않겠다. 나 같은 경험이 있는 사람이라면, 굳이 여기에 자세히 쓰지 않더라도 그때의 심정을 알 수 있을 것이다. 만약, 그런 경험이 없는 사람이라면 그에게 연민의 정을 보내며, 때를 놓치지 말고 누군가를 사랑하고, 부모의 축복을 받으라고 권할 뿐이다.

다음 날 연대는 집결했다. 그리뇨프는 우리 가족들에게 작별 인사를 했다. 우리는 전쟁이 곧 끝나리라고 믿었고, 한 달 후에는 결혼도 할 수 있을 것이라고 기대했다. 내가 떠나려고 할 때, 마리야 이바노브나는 여러 사람들이 보는 가운데 나에게 키스했다. 나는 말에 올랐다. 사벨리치는 다시 나를 따랐고, 우리 연대는 출발했다.

나는 두고 온 마을의 우리 집이 아주 멀어질 때까지 몇 번이고 뒤돌아보았다. 불길한 예감이 나의 마음을 어지럽혔던 것이다. 모든 불행이 아주 사라진 것은 아니라고 누군가 나에게 속삭이는 것 같았다. 나의 마음은 새로운 혼란 속으로 빠져들었다.

우리의 행군과 푸가초프의 반란이 어떻게 끝났는지에 대해서는 더 이상 상세히 쓰지 않겠다. 우리는 푸가초프에게 짓밟힌 마을들을 지나게 되었고, 비적들이 미처 긁어가지 못한 식량들을 주민들에게서 부득이하게 징발해야 했다.

그들은 누구에게 복종해야 할지 모르고 난감해했다. 가는 곳마다 행정은 마비 상태였다. 지주들은 숲속에 몸을 숨겼다. 비적 떼들은 도처에서 못된 짓을 하고 돌아다녔다. 그때 이미 아스트라한을 향하여 패주하고 있던 푸가초프를 추격하도록 파견된 여러 부대의 대장들은 죄가 있든 없든 간에 사람들을 마구 처형하곤 했다……. 전쟁의 불길이 휩쓸고 지나간 마을의 모습은 처참하기 이를 데 없었다. 신이시여, 러시아에서 이처럼 어리석고 무자비한 폭동이 이제 다시는 일어나지 않도록 하소서. 우리나라에서 불가능한 혁명을 시도하는 인간들은 우리 민족을 잘 알지 못하는 풋내기이거나, 그렇지 않으면 자신의 목숨을 동전 하나쯤으로 생각하고, 타인의 목숨을 그것의 사 분의 일쯤으로 생각하는 잔인한 패거리일 뿐이다.

푸가초프는 이반 이바노비치 미헬손의 추격을 받으며 도주하고 있었다. 얼마 후, 우리는 그가 완전히 패했다는 소식을 접했다. 마침내 그리뇨프는 장군에게서 참칭 황제가 체포되었다는 통지와 함께 모든 행동을 중지하라는 명령을 받았다. 나도 마침내 고향으로 돌아갈 수 있게 되었다. 나는 기뻐서 어쩔 줄 몰랐다. 그러나 이상한 느낌이 나의 기쁜 마음에 어두운 그림자를 드리웠다.

[1836]

작가 연보*

1799 러시아 구력으로 5월 26일(신력 6월 6일) 귀족 가문인 세르게이 푸시킨의 장남으로 모스크바의 네메스카야 거리(지금의 바우만 거리)에서 출생.

1805~1810 외할머니 마리야 알렉세예브나 간니발의 영지가 있던 즈베니고로드에서 프랑스어로 시를 쓰기 시작.

1811 모스크바에서 당시 수도였던 페테르부르크로 이사. 그해 10월에 개교한 차르스코예 셀로(현 푸시킨 시. 황제의 여름 별장이 있어서 '황제의 마을'이라고 불렸음)에 있는 귀족학교 리체이에 입학.

1814 모스크바의 잡지 《유럽 통보》 13호에 시 「시인 벗에게」를 최초로 발표.

1815 리체이의 진급 시험을 보기 위해 당시 러시아 최고 시인이었던 가브릴라 데르자빈이 참석한 자리에서 「차르스코예 셀로에서의 회상」을 낭송하여 격찬을 받음.

1817 6월 9일 리체이를 졸업하고 6월 13일 외무성 8등관에 임명됨. 그러나 외무성의 일보다는 문학 모임 '아르자마스'에 가입하여 활발하게 작품 활동.

1819 7월 미하일롭스코예에서 농노 제도의 비극을 노래한 시 「마을」을 씀.
9월 데카브리스트 주변 단체였던 '녹색 램프'에 가입.

1820 3월 26일 리체이 시절에 쓰기 시작한 푸시킨 최초의 서사시 「루슬란과 류드밀라」 완성.
4월. 혁명적 내용이 담긴 정치시를 썼다는 이유로 페테르부르크 총독에게 소환되어 신문을 받음.
5월 6일 송시 「자유」, 「차다예프에게」 등이 불온하다는 이유로 남러시아 카프카스로 추방되어 예카테리노슬라프(현재 드네프로페트로우스

* 날짜는 구력(율리우스력)을 기준으로 함.

크 시)에서 머묾.
5월부터 9월까지 직속상관 인조프 장군의 허가를 받아 카프카스와 크림 지방을 경유하여 몰다비아의 키시뇨프, 베사라비아 여행. 이 시기에 바이런을 알게 되고 많은 영향을 받음.
6월 서사시 「루슬란과 류드밀라」를 페테르부르크에서 출판.
11월 데카브리스트 비밀 결사 대원이었던 다브이도프의 영지인 키예프의 카멘카로 감.

1821 4월 데카브리스트 남부 연합의 지도자였던 표트르 페스첼과 만남.
12월 몰다비아의 키시뇨프, 베사라비아 지역 여행, 데카브리스트 당원들과 서신을 교환하며 긴밀한 관계를 유지. 서사시 「카프카스의 포로」, 「도둑 형제」, 「가브릴리아다」를 씀.

1822 8월~9월 「카프카스의 포로」 발표.

1823 3월 10일 「바흐치사라이의 분수」 발표.
5월부터 푸시킨의 대표작인 운문 소설 「예브게니 오네긴」 집필 시작.

1824 7월 오데사로 전출, 남러시아 지역 사령관 보론초프 백작의 감독아래 있게 됨. 7월 7일 시 「바다에게」 집필. 서사시 「집시들」 집필 시작. 7월 11일 황제 알렉산드르 1세의 명으로 오데사에서 파직되어 7월 30일 어머니의 영지였던 프스코프 지방의 미하일롭스코예로 유형당함.
11월 7일 후에 서사시 「청동의 기사」에 묘사되는 네바강 대범람.

1825 「예브게니 오네긴」 제1장 발표.
10월 10일 서사시 「집시들」 완성.
11월 7일 비극 「보리스 고두노프」 완성. 11월 19일 알렉산드르 1세의 사망 소식을 듣고 농노로 분장, 몰래 페테르부르크로 가다가 도중에 돌아옴.
12월 13~14일 서사시 「눌린 백작」을 씀. 14일 데카브리스트들이 페테르부르크의 세나트 광장에서 반란을 일으킴. 30일 『알렉산드르 푸시킨 시집』 출간.

1826 1월 「예브게니 오네긴」 제4장 완성.
5월 니콜라이 1세에게 추방 사면을 청하는 청원서를 냄.
7월 24일 데카브리스트 반란 주동자 처형 소식을 접함.
8월 24일 니콜라이 1세의 명으로 유형에서 풀려나 모스크바로 돌아옴. 니콜라이 1세는 자신이 직접 푸시킨의 검열관이 되겠다고 선언.
10월 「예브게니 오네긴」 제2장 발표.
이해부터 1830년까지 《모스크바 통보》, 《모스크바 전보》, 《망원경》, 《북방의 꽃》, 《문학 신문》 등의 문학지에서 활동.

1827 1월 초, 시베리아 유형지에 있던 데카브리스트 남편에게 가는 무라비요

프 부인에게 「시베리아로 보내는 시」를 써서 전함.
5월 서사시 「집시들」 발표.
6월 「도둑 형제」 발표.
10월 「예브게니 오네긴」 제3장 발표. 미완의 소설 「표트르 대제의 흑인」을 씀.

1828 역사시 「폴타바」 완성.
「예브게니 오네긴」 제4, 5, 6, 7장 발표. 신성 모독적인 서사시 「가브릴리아다」의 작자가 자신임을 니콜라이 1세에게 고백.
이해 겨울 모스크바의 무도회에서 미래의 아내가 될 미소녀 나탈리야 곤차로바와 만남.

1829 3월 「폴타바」 발표.
나탈리야 곤차로바에게 청혼했으나 확답을 얻지 못하고 5월부터 9월까지 다시 카프카스를 여행하며 유형 중인 데카브리스트 당원들을 만남.
이때의 경험을 「아르즈룸으로의 여행」으로 발표.
가을과 겨울에 걸쳐 「편지로 쓴 소설」(미완) 집필.

1830 1월 국외 여행을 신청했으나 거절당함.
3월 11일 잡지 《북방의 벌》에 푸시킨에 대한 불가린의 비방글이 실린 이후로 푸시킨에 대한 공격이 계속됨.
5월 6일 나탈리야 곤차로바와 약혼.
가을에 아버지의 영지인 볼지노로 가서 「예브게니 오네긴」을 1차로 완성하고, 「관 짜는 사람」, 「역관지기」, 「오네긴의 여행기」, 「농부의 딸로 변장한 귀족의 딸」, 「벨킨 이야기」, 「꼴롬나의 작은 집」, 「한 발」, 「눈보라」, 「인색한 기사」, 「모차르트와 살리에리」, 「고류히노 마을의 역사」(미완) 등을 집필.
11월에 「초대받은 석상」, 「역병 시대의 향연」을 씀.
12월에 다시 모스크바로 돌아옴. 「보리스 고두노프」 발표.

1831 2월 18일 나탈리야 곤차로바와 결혼.
5월까지 모스크바의 아르바트에 있는 저택에서 생활했고 여름에는 차르스코예 셀로의 별장에서 지냄. 이즈음 고골(1809~1852)과 알게 됨.
9월 「신부와 하인 발다에 관한 이야기」 완성.
10월에 페테르부르크로 이사하여 외무성에 보직을 얻음.
이해에 「예브게니 오네긴」 완결. 단편소설 「로슬라블레프」, 「술탄 이야기」를 씀. 「벨킨 이야기」 발표.

1832 「예브게니 오네긴」 마지막 장 발표.
서사시 「루살카」와 중편소설 「두브로프스키」 집필 시작. 10월부터 이듬해 2월에 걸쳐 쓰인 「두브로프스키」는 미완인 채로 남겨져 있다가 1941

년에 유작으로 발표됨.
장녀 마리야 출생.

1833 1월 러시아 학술원 회원이 됨.
2월 「콜롬나의 작은 집」 발표. 「예브게니 오네긴」의 모든 장이 처음으로 출판됨.
7월 장남 알렉산드르 출생.
8~9월 18세기 농민 반란의 근거지였던 볼가강 유역과 남부 우랄 지방, 카잔, 심비르스크, 오렌부르크, 우랄 등지를 여행하고 『대위의 딸』 집필.
10월부터 「청동의 기사」, 「스페이드의 여왕」 집필 시작. 「어부와 물고기 이야기」, 「안젤로」 등을 씀.
12월 30일 궁정 시종에 임명됨.

1834 1월 17일 아내 나탈리야가 궁중에 소개됨.
3월 「스페이드 여왕」 발표. 「황금 수탉의 이야기」 집필.
11월 『푸가초프 반란사』 발표.
가을에 단편소설 「키르드잘리」 집필. 《독서 문고》 12호에 발표.

1835 3월 「서슬라브인의 노래」 발표.
4월 차남 그리고리 출생.
6월 재정 문제로 시골에 머물기를 청했으나 황제의 허락을 얻지 못함.
7월 정부로부터 삼만 루블을 대출받음. 소설 「이집트의 밤들」(미완) 집필.

1836 3월 어머니 별세
4월 「황금 수탉 이야기」 발표. 문학잡지 《동시대인》을 고골과 함께 간행.
5월 차녀 나탈리야 출생.
8월 논문 『알렉산드르 라디시체프』 발표 금지.
10월 『대위의 딸』 완성. 서정시 「기념비」 등 씀. 잡지 《동시대인》에 『대위의 딸』 발표.
11월 아내 나탈리야의 부정을 들춰내어 푸시킨을 '아내에게 배신당한 남편'이라고 언명한 괴편지를 받음. 푸시킨은 편지를 보낸 자가 당시 네덜란드 공사 헤케른의 양아들이었던 단테스라고 확신하고 그에게 결투를 신청, 그러나 얼마 후 단테스와 나탈리야의 언니 예카테리나와 약혼이 발표되어 결투 신청을 보류.

1837 1월 10일 단테스는 예카테리나와 결혼했으나 나탈리야에 대한 구애를 계속함. 푸시킨이 단테스의 아버지 헤케른에게 모욕적인 편지를 보내자, 단테스가 결투를 신청. 27일 푸시킨은 결투로 복부에 총상을 입고,

29일(신력 2월 10일) 오후 2시경 자택에서 사망. 31일 밤, 경찰의 명령으로 유해가 비밀리에 코쥬센나야 교회로 옮겨짐.
2월 1일 교회에서 고별식. 정부에서는 일반 국민의 장례식 참석을 금지. 5일 유해가 헌병의 손에 의해 옮겨져 6일 새벽에 프스코프의 스뱌토고르스키 수도원에 안장됨.